Arknoah 2

ドラゴンファイア

乙 一

集英社文庫

Contents

人物紹介

アール・アシュヴィ

弟・グレイと一緒に『アークノア』に迷いこんだ少年。弟は元の世界に帰還したが、アールはまだ戻ることができずにいる。

リゼ・リプトン

アールを連れ回す少女。あだ名は『ハンマーガール』。『アークノア』では死をもたらす者として恐れられている。

マリナ・ジーンズ

『アークノア』に迷いこんだ少女。笑顔を見せることが少ない。

カンヤム・カンニャム

犬の頭をした男。『ビリジアン』を統率して、リゼとともに行動する。チョコと玉ねぎは食べない。犬だから。

ルフナ

『ビリジアン』に所属する少女。『蛇』を憎み、探している。アールはルフナを男の子と勘違いしている。

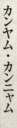

グレイ・アシュヴィ

アールの弟。口が悪いので、いつも周囲を怒らせてしまう。
元の世界に帰って、アールを待つ。

蛇

アールの心が生み出した『怪物』。
人を殺し、その姿になることができる。
アールを親として慕っている。

ドゥマゴ

一座を率いる旅芸人。マリナと出会う。

コアラティー

アークノア特別災害対策本部の物流管理部門。
軽薄な男。

ロンネフェルト

アークノア特別災害対策本部の所長。

ブルックボンド

アークノア特別災害対策本部の情報部門。
きれいな大人の女性。

イラスト　toi8
本文デザイン　石野竜生（Freiheit）

Arknoah《アークノア》

2

ドラゴンファイア

これまでのお話

『アークノア』という絵本がある。

読んだ者は本の世界へ迷いこんでしまうという。

910万9109個の部屋から成る異世界には、死を知らず、老いることのない人々が暮らしている。

たとえ何らかの事情で死んだとしても、次の日には朝靄《あさもや》の向こうから昨日の姿であらわれる。

もしもこの世界を滅ぼすものがあるとすれば、それは、『アークノア』の外からやってきた『異邦人』の心が生み出す怪物だ。

いじめられっ子の二人の兄弟、アールとグレイは、亡くなった父親のクローゼットから不思議な絵本『アークノア』を見つける。学校の帰り道、いじめっ子たちに追われるうちに二人はその絵本の中に広がる世界へと迷いこんでしまった。

二人は、リゼ・リプトンと名乗る少女と、犬の頭部を持つ男、カンヤム・カンニャムに保護されることになった。兄弟は、リゼから自身の心が生み出した『怪物』を殺すように言われる。それがこの世界から、元の世界へ戻る方法だと。

『異邦人』とともにあらわれる存在を『怪物』という。迷いこんだ子らの、行き場をなくした心がこの世界を破壊しようとかたちをとったものだ。アールとグレイは、リゼとカンヤム、その仲間たちである組織『ビリジアン』と『怪物』を倒す戦いにくわわることになった。

グレイの生み出した『怪物』、天衝《つ》く巨体と怪力を持つ『猿』の討伐がはじまる。しかしその最中、グレイはリゼ・リプトンのあだ名『ハンマーガール』の意味をしる。もし『怪物』を倒せなかったその時に、彼女は『異邦人』の頭をハンマーで砕くことになるという。リゼ・リプトンはこの世界でただひとり、人を殺すことができる人間なのだ。

『怪物』は、生み出した親である『異邦人』が死ぬとその力がなくなって消滅してしまう。『怪物』は、『アークノア』とは異なる価値観、異物である。『怪物』がこの世界に定着してしまえば、今の『アークノア』の世界は変容してしまうことになる。アールとグレイは、自分たちの命を守るためにも、『怪物』を殺さなくてはいけないのだった。

どんな攻撃に対してもびくともしない『猿』に対して、部屋を崩落させて圧《お》しつぶしてしまう作戦を立てるリゼ。作戦に参加するうちに、『アークノア』の住人たちと仲良くなっていくアール。作戦の最中、アールの生んだ『怪物』、『蛇』が姿を現す。『蛇』は、殺した人間の姿になることができる力を持っていた。リゼたちは『猿』を倒すことには成功したが、『蛇』は取り逃《のが》してしまった。

グレイは元の世界へ帰ることになった。アールはこの世界に留まり、『蛇』を捜すことになった。旅を続けるうちに、彼らのもとに、新たな怪物があらわれたという報せが。それは同時に、新しい『異邦人』がやってきたことを意味していた……。

prologue

マリナ・ジーンズの歯並びは、竜巻でも通りすぎたみたいに、とっちらかっている。クラスメイトたちはマリナのことを、びっくり箱と呼んでいた。初対面の男の子は彼女の歯並びに気づくと、ぎょっとした顔つきになり、よそよそしくなって目をそらすのだ。

年上の不良たちが、マリナの周囲を自転車でぐるぐるとまわりながらわらう。

「口を開けて、見せてくれよ」

「ひどい歯並びだな！　まるで化け物だ！」

「夜にばったりあったら、しょんべんもらしちまいそうだ！」

そこでマリナは、夕飯の席で両親にかけあってみた。

「歯の矯正《きょうせい》をしたいの。いいでしょう？」

「矯正？　どれくらいのお金がひつようかしってるの？」

「歯並びを良くしたいなら、自分ではたらいて金を貯めな」

しかたなく自分でその費用を貯めることにした。近所の家の草刈りや荷物運びを手伝ってこづかいをもらい、それを貯金箱に入れた。歯の矯正をしたいのだと説明すると、多少のあわれみがあったのか、おおめにもらえることがあった。貯金箱は壁の穴の奥へとかくしておいた。以前に何度か、父が勝手にマリナの貯金箱や財布を持ち去り、酒やギャンブルや煙草《たばこ》の費用にしてしまったことがある。だから盗まれないように気をつけなくてはならない。

歯列矯正の費用は大金だ。まわりのクラスメイトたちが、かわいらしい小物を買ってもらったり、町の商店でお菓子を購入しているときもがまんした。びっくり箱と呼ばれるのはもういやだった。歯並びが良くなったら、クラスメイトたちは、自分のことを避けなくなるにちがいない。休み時間にも、いっしょにおしゃべりをしてくれるかもしれない。学校の廊下をあるくとき、だれかが自分のとなりをあるいてくれるかもしれない。自分のことを大事におもってくれる友だちだってできるかもしれない。だれかに好きと言ってもらえるかもしれない。歯並びが良くなったときのことを想像しながらいつも眠りについた。

「治療することになったら、まずは数本の歯を抜き、それからマルチブラケット装置と呼ばれる金具を歯に取りつけます。接着剤で一個ずつちいさな銀色の金具を歯の表面にくっつけて、それらにワイヤーを通すのです。ワイヤーがぎりぎりとしめつけて、数年かけて歯の位置がすこしずつ移動してゆき、やがて歯並びが良くなるんです」

レントゲン写真を撮影し、治療の方針や費用について医者が検討する。母が同意書にサインをして、歯列矯正がはじまった。麻酔を打たれて数本の歯がひっこ抜かれ、さらにその一週間後、のこった歯に銀色の金具とワイヤーが設置された。

歯の表面を舌の先端でさぐると固い感触があった。口のなかに銀色の物体がはまっているのは異様だ。だけどその異様さがありがたかった。対面する人々が、歯並びそのものではなく、銀色の金具の方に注意をむけてくれる。

しかし不良たちのひどいあつかいは改善されなかった。

「何度でもそうしてやるよ！　びっくり箱のくせに！」

「その歯並びが、普通になんか、なるもんか！」

「ぎゃははは、見ろよ、口のなかが血だらけだぞ！」

歯並びを良くして普通の子になりたい、という向上心が癪《しゃく》にさわったようだ。その日、不良たちに呼び止められて、建物の裏に連れていかれた。不良のひとりが、ニッパーを用意していた。体を押さえつけて頭を固定し、無理矢理に口をひろげさせ、歯をつないでいるワイヤーにニッパーの刃をあてたのである。

ばつん！

歯をしめつけていたワイヤーが切断されると、その衝撃が顎《あご》の骨をふるわせた。切断されたワイヤーが、くちびるの内側の皮膚を傷つけて血が流れた。涙をこぼしながら、歯科医のもとへ駆けこんだ。口のなかが痛くてたまらない。待合室のベンチで顔をおおった。あまりのくやしさに、はげしい感情が胸にうずまいて、はりさけそうなほどおおきくなる。すべてを焼きつくしたくなるようなおもいが、体からあふれ出しそうだった。

一章

1―1

夕暮れどきの公園で僕は泣いていた。理由はおぼえていない。お気に入りのおもちゃをなくしてしまったとか、そういうちっぽけなことが原因だろう。涙をぬぐっていると、だれかが顔をのぞきこむ。女の子だった。

「どうしたの？　だいじょうぶ？」

その子は手をにぎってくれた。ジェニファーとの最初の出会いだ。彼女が町に引っ越してきてまもないころのことである。まるで天使だった。僕がなにか冗談を口にすると、心からおかしそうにわらって、たのしくてしかたないというように足をじたばたさせた。ころんでしまった僕の手をひっぱって立たせてくれたし、ママといっしょに手づくりしたというクッキーをわざわざうちまで持ってきてくれた。

草で編《あ》んだ冠《かんむり》をジェニファーの頭にのせて僕は言った。

「いつか結婚してくれる？」

「もちろんよアール」

その瞬間、世界は黄金色《おうごんいろ》にかがやいた。しかし彼女は成長して気づいたようだ。学校に入り、いろんな男の子としりあってみると、アール・アシュヴィという少年がそれほど魅力的な子じゃないってことに。アール・アシュヴィなんて少年は、どこにでもいる平凡な石ころみたいなやつで、あらためて周囲を見まわしてみれば、自分にふさわしい相手がたくさんいるのだと。ジェニファーはかわいらしい顔立ちをしていたから、学校でもすぐに人気者の座を手に入れた。ハンサムな男の子たちといっぱいしりあいになって、僕とあそぶ機会は次第に減っていった。

「ジェニファー、あたらしいゲームを買ったんだ。いっしょにやらない？」

「ごめんね、アール、予定があるの。また今度ね」

しかし僕は不安になんてならなかった。彼女との関係はいつまでもつづくとおもっていたのだ。

「ねえ、ジェニファー、映画でも観に行かない？」

「アール、わるいけど、もう家に来ないでくれる？　おかしな風に誤解されたくないんだよ」

しばらくたって、また話しかけてみる。

「ジェニファー、今度っていつさ……」

「え？　なんの話？」

「今度、いっしょにゲームをやるって、言ったじゃないか」

「……アール、お父さんのことは、私もざんねんだとおもってる。でもね、それとこれとは別。もう家に来ないで。窓に小石をあてて呼び出すのもやめて。今度やったら警察を呼ぶよ？　あとそれから、街であっても声をかけないでくれる？」

それからまもなく、彼女が上級生とつきあいはじめたことをしる。僕のことは、虫けらあつかいをするようになった。くそったれのジェニファー。公園で僕の手をにぎってくれた、やさしいジェニファー。草の冠を頭にのせてわらってくれた表情は、まるで天使そのもので、世界を黄金色にかがやかせる。死ねばいい。

「お客様、おきてください、お客様……」

肩をゆすられて、眠りから覚めた。目を開けると、中年男のひげ面《づら》がすぐ鼻先にあっておどろいた。

「お客様、切符を拝見します」

車掌《しゃしょう》が僕の顔をのぞきこんでいる。座席の下から低い音が聞こえた。鋼鉄の車輪がレールの上を走行している音だ。窓の外を景色が流れていく。木々の合間に海が見えた。目的地の砂漠地帯にはまだ入っていないらしい。

「お客様……」

「切符ですね、ええと……」

ジェニファーのおもいでを追いはらう。壁によって仕切られたコンパートメント席には僕だけがのこされていた。

「切符は連れが持ってるはずなんです」

車掌はうたがうような目で僕を見た。この席をつかうには別料金がひつようなのだが、支払わずにもぐりこむ者がおおいと聞く。ここからつまみ出されるんじゃないかと不安になる。

「あの荷物はお客様のものですか？」

コンパートメント席の出入り口のすぐ外に、銀色のトランクが置かれていた。車掌はそれを指さして言った。大人が入れそうな特大サイズのものだ。なにが入っているのかはしらないけれど、通行の邪魔になっている。入り口にひっかかってしまって、コンパートメント席に入れることができなかったのだ。

「ほかのお客様の邪魔にならないところで保管しておきます」

車掌は通路に出ると、銀色のトランクを押して移動させようとした。

「僕のじゃないんです。勝手にうごかしたら、怒られるかも」

立ちあがり、車掌を追いかけて、トランクの取っ手をつかむ。勝手に持っていかれてはたまらない。これの持ち主は怒らせるとまずいタイプの人だから。そのとき、機関車がカーブに入り、僕はよろけた。服の袖口《そでぐち》がトランクの留《と》め金《がね》にひっかかり、運わるく蓋《ふた》が開いてしまう。なかに入っていたものが、通路の床にあふれ出てしまった。車掌は唖然《あぜん》とした顔をする。トランクに入っていたものは、大小様々な口径の銃弾、拳銃《けんじゅう》やライフル銃、ダイナマイトとおもわれる爆薬や弓矢といった武器だった。これだけあれば列車強盗だってできるだろう。

弾薬のひとつがころがった。車掌の足の下をくぐり抜け、彼の背後のずっと先の方まで、金属製の高い音を発しながらカランコロンとすすむ。となりの車両に通じる扉が開いて、そこから出てきた少女の靴にあたって停止した。赤い靴底のガムブーツだ。少女は指先で弾薬をつまんだ。

「なにか問題でも?」

深緑色の外套《がいとう》を羽織《はお》った少女だ。髪の色は弾薬の薬莢《やっきょう》部分とおなじにぶい金色で、目の虹彩《こうさい》は空とおなじスカイブルー。

「リゼ! どこ行ってたの!」

少女は蓋が開いたトランクと、通路にころがっている武器や弾薬に視線をやる。

「武器の持ちこみに関する許可はとってある。待ってて、今、書類を出すから。どこにしまったっけなあ」

外套の内側をごそごそとかきまわした。そこに無数のポケットが縫《ぬ》いつけられ、様々な持ち物が収納されているらしい。書類はなかなか見つからない。乱暴にさぐっているうちに、外套にしまっていたものがいろいろと出てきて足下に落ちてくる。小型のナイフや血のついたペンチやドクロマークのラベルがはられた薬の小瓶や注射器。

「あったあった」

少女が書類を取り出して車掌に見せる。車掌はライオンを前にしたウサギみたいに怯《おび》えていた。

床に散らばった銃や弾薬の類《たぐ》いを、二人でかきあつめて銀色のトランクに押しこむ。この荷物はリゼ・リプトンがアークノア特別災害対策本部の人間から調達したものだという。

窓のむこうを様々な景色が流れていく。緑あふれる山、帆船の浮かんでいる湖、幅何キロにもわたってつづいている直線的な滝。しかしここは僕の見慣れた世界ではない。景色はときおり、巨大な平面によって分断されていた。まるで神様が宇宙規模の包丁をふり下ろして世界を切りわけたかのように、山の稜線《りようせん》や海の真ん中に、唐突に絶壁がそびえている。絶壁と言っても岩肌ではない。壁紙がはられたような、民家の一室に見られる平面の壁が、地上から空まで直立してひろがっていた。この世界の人々は、ほんとうの空というものをしらない。雲よりも高い位置に木製の天井があり、梁《はり》が縦横にのびて幾何学《きかがく》的な模様を描いていた。木製の空はずっと高いところにある。鳥がどれだけ自由に飛びまわっても頭をぶつけることはない。飛行機だって飛ぶことができるだろう。風も吹くから、部屋のなかに閉じこめられているという圧迫感はすこしもなかったが、青色の空が僕は恋しかった。どこまでも果てのない空。元の世界へ帰るためには、このリゼ・リプトンという少女についていくしかないのだ。

僕たちはコンパートメント席にもどってひまつぶしにトランプをはじめた。トランプの札を見ながら僕は質問する。

「砂漠地帯って、どんなところ?」

「砂漠の部屋がいくつもならんでいる。【雪ふり砂漠】とか、【遺跡砂漠】とか、【危険砂漠】とかね。そのあたり一帯を砂漠地帯って呼んでるんだよ」

数日前、【雨ふり砂漠】と呼ばれるところで、ひとつの村が壊滅したそうだ。一報を聞きつけたアークノア特別災害対策本部の使者が調査したところ、村は炎によって焼きつくされていたという。リゼが砂漠地帯にむかっているのは怪物の調査をするためだった。噂《うわさ》によれば、その怪物は、竜の姿をしていたという……。

1－2

炎が口から吐き出され、その場にあつまっていた人々の顔が赤々と照らされる。おどろきに満ちた表情になり、そして拍手が巻きおこる。旅芸人の男は可燃性の液体を口にふくみ、それをいきおいよく吹いたところへ、棒の先につけたちいさな火をあてる。霧状になった可燃性の液体が燃えあがり、まるで口から炎が出たように見えた。そばで見ていたマリナ・ジーンズの顔にまで熱がとどいて、おもわず圧倒されてしまった。

男が火ふきの芸を終えたら、今度はその奥さんがナイフ投げを披露する。その後はちいさな兄妹《きょうだい》の登場だ。彼らは肩車をしながら一輪車で綱渡りをしてみせた。

【霧の田園】の村人たちは目をかがやかせて演目をたのしんでいる。すべての演目が終わると、火ふきをしていた男が前に出てきてあいさつをした。

「今日は旅芸人ドゥマゴ一座の興行《こうぎょう》を観に来てくれてありがとう！　私が座長のドゥマゴであーる！　お代はその子が持っている箱のなかへ！」

座長のドゥマゴがマリナ・ジーンズの方を指さした。村人たちがいっせいに押し寄せて、マリナのかかえている箱のなかにペックコインを投げ入れる。

この世界にたどりついて数日が経過していた。この奇妙な世界に迷いこんでしまった理由はわからないが、もしかしたら、納屋で見つけた例の絵本と関係があるかもしれない。

マリナ・ジーンズの生まれた家は郊外に建っていた。周囲は荒れ地で、母屋《おもや》の横には農作業用の器具を保管する納屋がある。しかし普段、納屋には入らせてもらえなかった。不吉な逸話があったからだ。マリナには叔父《おじ》がいたらしいのだが、叔父が十三歳のときに納屋のなかで行方不明になったのである。以前、父が叔父のことを話してくれた。

「近所で評判のはねっかえりだったよ。コミックを万引きするし、ちいさな子からおもちゃを取りあげて泣かすし、扉に内側から南京錠《なんきんじょう》をひっかけてこっそりと煙草を吸っていやがった。煙を口から吐き出して、大人ぶって見せていたんだ。まさか自分が煙のように消えちまうとはおもってなかっただろうな」

叔父が行方不明になった日、納屋の唯一の出入り口は、内側から南京錠で閉ざされていたという。その状態で、どうやって消えてしまったのかは、だれにもわからない。

ある日、マリナは、いわくつきの納屋にしのびこんでさがしものをした。からっぽのポリタンクと石油ポンプがひつようだったのだ。父の車からガソリンをうつしかえて、不良たちの大事にしている自転車に火を放つためである。

計画はこうだ。深夜に家を抜け出し、不良たちの家を一軒ずつたずねていって、彼らの自転車にガソリンをぶっかけて、紙マッチで火をつける。噂によると彼らの自転車は外国製の高価なものだという。大切なものがうばわれる気持ちを味わえばいい。

舌の先で歯の表面をさぐり、金具とワイヤーの感触をたしかめる。切断されたマルチブラケット装置のワイヤーはすでにあたらしいものに取り替えていた。歯科医のすすめもあり、不良たちのことを警察や学校にも相談した。しかし彼らは、しらないふりをするばかりだ。信じがたいことに、大人たちは彼らを罰しなかった。彼らは成績も優秀で、スポーツでも活躍しており、先生たちに期待されているような者たちだ。おまけに芸能人のように白い歯で、おしゃれな服を着ている。マリナのほうがみすぼらしく、歯を露出させまいとして笑顔をつくらなかったので、先生たちの印象もわるかった。大人たちは全員、彼らの味方をする。だから自分の手で罰をあたえようとおもったのだ。警察につかまってもかまわない。あいつらは無罪放免になった後、自転車でマリナのまわりを周回しながらこんな風に言ったのである。

「いつだってニッパーを持ってるぞ！　何度でも切ってやる！」

「おまえなんかが、普通の子みたいに、なれるもんか！」

「いつまでも、びっくり箱のままさ！」

もしも火が建物に引火したら？　それが原因になって人が死んでしまったら？

かまうものか！

納屋でからっぽのポリタンクを見つけた。ひっぱり出したとき、上にのっかっていた段ボール箱がかたむいて落ちてくる。大量の埃《ほこり》とともにがらがらと箱の中身がぶちまけられた。野球のバットやボール、古びたグラブ、鉄砲のおもちゃ、コミック、糸くず、せんぬき、そして肩幅ほどもある大きな本が足下にころがった。野球のバットに見覚えがある。居間に飾ってある写真のなかで、十三歳の叔父が持っていたものとおなじだ。

これらは行方不明になった叔父の所持品にちがいない。

納屋の入り口から風が吹きこんだ。足下に落ちている本の表紙から砂埃《すなぼこり》がはらいのけられる。そのおかげで本の題名とおもわれる文字の連なりがあらわになった。どうやらそれは絵本のようだった。

「アークノア?」

表紙に印刷された題名をつぶやくと、だれかに名前を呼ばれた気がした。しかし周囲に視線をやっても、納屋には自分以外にだれもいなかった。

1－*3*

トランプのカードを配って僕は言った。

「機関車の旅はいいもんだね。自動車の旅よりも気楽だよ。きみがハンドルをにぎって、猛スピードでカーブに突っこむという恐怖がないもの」

リゼが僕のひざを蹴《け》る。骨を折ろうとする意思がこもっていた。そのとき、遠くから人の悲鳴が聞こえてくる。

「カンヤム・カンニャムがもどってきたみたい。三人のほうがおもしろいから、カードを配り直してくれない？」

リゼは手札を投げつけて命令する。彼女の持っていたカードを確認すると、僕が完全勝利できそうなほど弱いものだった。ようやくはじめて僕が勝てそうだったのに。

乗客たちの悲鳴やおどろきの声が通路をちかづいてきた。カンヤム・カンニャムは特徴的な顔立ちをしている。すれちがう乗客がおもわず声をあげてしまうのだろう。ほどなく、コンパートメント席の扉が開かれて、背の高いスーツ姿の男があらわれた。彼は席にどかりとすわって長い足を組む。スーツのポケットから煙草を取り出し、牙《きば》のならんだ口にくわえた。

リゼ・リプトンが、わざとらしく咳《せ》きこむふりをする。煙草に火をつけようとしていたカンヤム・カンニャムは、ため息をついた。

「かんべんしてくれ、俺にはそろそろ煙がひつようだ」

「この席で？　冗談じゃないよ。全身がくさくなっちゃう」

コンパートメント席は仕切り壁によって完全な個室になっている。煙草の煙は行き場をなくして部屋に充満するだろう。

「窓を開ければ、許可してくれるか？」

リゼ・リプトンがしかたなさそうに窓を開けてやる。気持ちのいい風が吹きこんできた。その直後、汽笛が聞こえてきて、機関車がトンネルに突入してしまう。窓の外が暗くなり、大量の黒い煙が室内に入ってきた。蒸気機関をうごかすために石炭を燃やした際の煙が、逃げ場のないトンネルに充満していたのだろう。僕たちはいっせいに咳きこんだ。すぐにトンネルは通過したけれど、三人とも全身が煙の煤《すす》にうっすらとおおわれてしまう。

リゼが冷ややかな目でカンヤム・カンニャムをにらむと、彼は煙草をポケットにしまいこんだ。

「言いわすれていた。強めに汽笛が聞こえてきたら、窓をしめなくちゃならないんだ。トンネルに入るって合図だからな」

スーツから櫛《くし》を取り出し、頭や耳のまわりや、目のまわりや、口元をおおっているシルバーグレイの体毛をととのえた。首から上がイヌ科である。アークノアは不思議な世界だが、彼以外にそのような姿をしている者を見たことはない。どうして彼だけがそのような顔つきなのか、だれにもわからない。

「さっきの駅で本部と連絡してきたんでしょう？　なんか言ってた？」

「ロンネフェルトが小言を言いたそうだったぞ。高い買い物だったからな」

「ロンネフェルトって？」

煤をはらいながら僕は聞いた。

「アークノア特別災害対策本部の所長だよ。とっても嫌なやつなんだ」

リゼは、名前すら聞きたくないという顔だ。カンヤム・カンニャムが牙のならんだ口を僕の耳元にちかづける。食い殺されるのかとおもったら、ただの耳打ちだった。

「そいつが予算の管理をしている。おおきな買い物には許可がいるんだ」

機関車はいくつかの駅で停車し、乗客を入れかえながらすすんだ。やがて車窓の風景に植物の姿がすくなくなる。汽笛が聞こえてカンヤム・カンニャムがいそいで窓をしめた。風景のなかに巨大な壁が出現する。世界が直角におれ曲がって空にむかってそびえているかのような平面だ。空をただよう雲はそこでさえぎられてちりぢりになる。

壁の足下に四角いトンネルが開いており、機関車がそこへ突入すると、窓の外が暗くなった。世界を区分けする壁の内部を機関車は走行する。壁のあつみは数百メートルもあるが、リゼ・リプトンに言わせると、部屋の巨大さにくらべたら紙のようにうすっぺらいあつさだという。それでもこの世界が崩落しないのだから、よほど頑丈《がんじょう》な材料で壁や床ができているのだろう。

窓の外があかるくなり、日差しで目がくらんだ。視界が元にもどると、ずっとむこうまで砂の海がひろがっていた。どこかに竜がいるという砂漠地帯に、列車は入っていく。

1－4

納屋で発見した『アークノア』という題名の本には、どのページにも隙間《すきま》なく絵が描いてあった。『ウォーリーをさがせ！』に似ている。こまごまとした絵のなかから、特定の人物をさがし出すタイプの絵本だろうか。巨大な建造物の断面図らしきものが描かれており、様々な部屋が縦や横に連なっている。しかしそれらの部屋は、どれもこれも奇妙だった。

山や川や海、砂漠や森や草原などが部屋のなかにおさまっている。自然界と部屋のなかがごちゃまぜになったような景色だ。ビルの建ちならぶ部屋があるかとおもえば、機関車がいくつもの部屋を通り抜けてはしっている。おおぜいの人物も描かれていた。マリナ・ジーンズはそのなかに、気になる少女を発見する。

自分自身にとても似ていた。髪や体型や服装だけではない。少女の口に銀色の線がひいてあった。それはマルチブラケット装置をおもわせる。なぜ自分が絵のなかに描かれているのだろう？

後からおもいかえしてマリナ・ジーンズは悔やんだ。そんな絵本のことは放っておいて、さっさと本来の目的にもどれば良かったのだ。不良たちの自転車に火を放ったための準備を再開していれば、奇妙な世界に迷いこむことはなかったのだ。
　絵本をながめていると、また、だれかに名前を呼ばれた気がした。納屋の奥の方から
その声は聞こえる。男か女かもわからない声だった。
「だれかいるの？」
　返事はない。納屋の奥へ行ってたしかめてみることにする。納屋には雑然と様々なも
のが積みあげられている。キャンプ用品やバーベキューの道具、なにが入っているのか
わからない木箱。身長よりも高いところまで荷物の壁ができていた。倒さないように気
をつけながら、奥へとあるいていたら、ふと奇妙に感じたことがある。
　どうしてこんなにもひろいのだろう？　両親が所有する納屋なんてたかがしれていた。
外壁にそって一周するのに一分もかからない。しかしすでに、納屋の奥にむかって五分
以上もあるいていた。
　荷物の積みあがってできたほそい通路は、迷路のように入り組んでいる。気づいたと
きにはすっかり迷っていた。ひきかえすことにして出口をさがす。さきほど叔父の所有
物を見つけたあたりまでもどろうとする。頭上には見慣れた納屋の天井があった。だけ
どなぜか外には出られなかったし、周辺の様子もおかしくなってくる。
　公園を見つけた。奇妙なことだが荷物の間に、ブランコやベンチが設置されていたの
である。植えこみや外灯まであった。いったいうちの納屋はどうなってしまったのか。

ひとまずベンチで一休みした。それからふと、すべり台をためしてみることにする。

いかにもたのしそうなすべり台が設置されていた。おおきめの公園にあるようなスペシャルなやつで、ジェットコースターのように曲がりくねっている。コースがふたつあり、一瞬で終わりそうな短いコースと、長めのコースとがあった。長めのコースは納屋に雑然と積んである荷物の隙間をどこまでもつづいている。階段をつかって台にのぼってみると、長めのコースの入り口に注意書きの表示があった。

【出口まで数時間を要します!】

なにかの冗談だろう。迷うことなく、そちらのコースをすべりはじめる。最初のうちはなかなか爽快《そうかい》だった。らせんを描くように体がすべり、スピードに乗って急カーブを抜ける。すべり台のコースが、地面に開いたトンネルへ突入したときから、だんだんあやしくなってきた。

納屋の地下に広大な空間があった。裸電球がそこら中にぶら下がっており、そのなかをすべり台のコースがのびている。すべり台の床面が、いつのまにか木製になっていた。ボウリング場のレーンのようなつるつるとした床だ。どれだけすべっても下にたどりつかないので、そのうちにあきてきた。

次第にすべり台の左右の幅がひろがっていく。すべり台と言うよりも、傾斜のついた床みたいになる。そこを延々とすべっていった。よく見れば、自分とほぼおなじスピー

ドで様々なものが傾斜のついた床をスライドしている。ウサギのぬいぐるみや、シルクハットや、ワインの瓶、銀色のトランクや、タロットカードや、缶詰などがすぐそばを通りすぎていった。

パイプベッドを発見する。床面に靴のかかとを押しつけると、スピードがすこしだけ落ちて、パイプベッドの方へと自分の体を押し出すことができた。手がとどいて這《は》いあがり、ベッドと一体になって傾斜のついた床をすべる。なにかひまつぶしになるようなものはないだろうか。人体を解剖した古めかしいスケッチの画集などがベッドのそばをすべっていたので、それをひろってながめる。

三時間がすぎてもすべり台が終わる様子はなかった。そのうちに眠たくなってきて、ベッドの上で目を閉じる。こわい夢を見た。世界を炎が焼きつくす夢だ。翼を持った巨大な影が頭上を飛んでいた……。

がたん、とベッドがなにかにあたってゆれる。衝撃で眠りから覚めた。すべり台の左右の幅が元通りにせまくなっており、ベッドの角《かど》がそこにあたっていた。周囲はいつのまにかあかるい。自分のすぐそばを鳥が飛んでいた。あらためて周囲を見まわしておどろく。

はるか下のほうに森が見えた。頭上には雲が浮かんでいる。すべり台は雲のむこうからつづいており、自分は今まさに、雲間からすべってきたところらしい。鳥の群れのなかを突っ切って地面がちかづいてくる。

すべり台は森の木々の間を抜けて、ぶあつい落葉の層へと到着し、そこで途切れていた。ベッドごと着地すると、落葉が衝撃で舞いあがった。腰まで落葉に埋もれながらベッドをはなれる。落葉の層は底なし沼のようになっており、ベッドを飲みこもうとしていたからだ。森のなかをさまよいながら、携帯電話でたすけを呼ぼうとしたが、どこにも電話はつながらなかった。

1－5

蒸気機関車は砂漠地帯をすすんだ。窓を開けると焼けるような風が入ってくる。砂丘の連なりに日差しが照りかえして目を開けていることもできないほどだ。僕たちは喉《のど》の渇きをいやすために水の入った瓶を購入した。砂漠の駅に停車すると、ホームで物売りをしている行商人がいて、僕たちは窓越しにそれをうけとる。カンヤム・カンニャムが腕を突き出してペックコインをわたそうとすると、イヌ科の頭におどろいて、物売りは代金をうけとらないまま逃げていった。【青の砂漠】【城塞《じようさい》砂漠】【危険砂漠】を機関車は通りすぎる。

「砂が線路をおおってしまうことはないの？」

疑問におもって質問する。リゼ・リプトンが砂漠地帯の地図をながめながら返事をした。

「鉄道網をつくったのは創造主様だよ？　不都合なことがおきるとおもう？　多少の砂がレールに降りかかっていることならあるけど問題ない範囲だ。むしろ砂まき装置の砂が減らなくて好都合だよ。しってる？　機関車って、車輪とレールの間に砂をまいて摩擦力をあげてるんだ」

砂漠地帯には村が点在しており、その付近に駅のホームがある。駅がちかづくとポイントによってレールがふたつにわかれて反対方面行きの機関車とすれちがった。それらの客車には、いかにも砂漠の民といった服装の人々が、たくさんの荷物をたずさえて乗りこんでいる。住んでいた村をはなれて一時的に避難する者たちだろう。【雨ふり砂漠】の村が、竜の形をした怪物によって壊滅したというニュースは、アークノアのすべての地域にラジオで報道されていた。

「【雨ふり砂漠】って、どこらへんにある？」

「砂漠地帯の南西よりのところ。ほら、これ」

リゼが地図を見せてくれた。無数の部屋で構成されたこの世界の地図は、巨大建築物の見取り図をおもわせる。大小の様々な四角形が複雑に組みあわさったような図面だ。

「百種類以上もの砂漠の部屋がこのあたりにはあつまっている。【雨ふり砂漠】は左下のここ。つまり南西の位置だ」

リゼの筆跡でところどころに数字が書きこまれていた。

「この数字は？」

「竜が目撃された部屋に書きこんでる。数字は最初の目撃情報からの経過日数だよ」

「経過日数？　それなら日付を書いたほうがわかりやすいんじゃない？」

「あいにく、そういう概念は持ちあわせてないんだよね」

そういえばこの世界にはカレンダーがないのだ。クリスマスも大晦日《おおみそか》も新年もない世界なのである。創造主はこの世界の住人から、時の流れをわすれさせたいのだろうか。

竜の目撃された部屋はどれも【雨ふり砂漠】の周辺だ。しかしここ数日、竜を見た者はいない。現在はどこにそいつがひそんでいるのかよくわからない状況である。僕たちが乗っているこの路線は、砂漠地帯を東から西へまっすぐに横切る。つまり竜の目撃情報のあった圏内へとちかづいていることになる。正直なところ、僕は行きたくなかった。しかし、リゼがついてこいと言うのなら、したがうしかないのだ。

機関車が【遺跡砂漠】を通過中に事件がおきる。コンパートメント席の椅子《いす》に深く腰かけ、ぼんやりと車窓の風景をながめていたときのことだ。砂漠のなかに石造りの塔が何千もならんでいる。塔はちいさめのビルくらいのおおきさで、夕焼け空からの光によって赤色に染められていた。しかしこれは本物の夕焼けではない。木製の空に設置された照明による効果だ。

　通路の方から口論の声がした。

「アールくん、様子、見てきて」

リゼに命令されて僕は立ちあがる。通路に出てすぐのところに巨大なトランクが置いてあった。それを倒さないようにしながら、声の聞こえてくる方向をうかがう。通路の先で、さきほどの車掌が何人かの乗客にかこまれて困り顔をしている。

「話がちがうじゃないか！」

「そんなことになったら、今日中に【カジノ海岸】へ行けないじゃない！」

【カジノ海岸】とは砂漠地帯の西に位置する部屋である。おおぜいの旅行客でにぎわっている場所だと聞いている。車掌がもうしわけなさそうにあやまる。

「このあたりに怪物が出るというニュースはご存じでしょう？　会社から無線連絡があったんです。この先への通行はしばらくの期間、できないことになりまして……」

　車掌にくってかかっていた女性客はちいさな男の子を連れていた。大人たちの喧嘩《けんか》にあきた様子で通路の窓にはりつき、外の景色をながめている。聞こえてくる会話によれば、砂漠地帯に出現した怪物のことを考慮して、鉄道会社はこれより先への運行を取りやめにしたらしい。

「アークノア特別災害対策本部が、砂漠地帯の南西部を危険区域に指定したのです。この機関車は危険区域を迂回《うかい》して西を目指します」

乗客たちがどよめいている。僕は席にもどってリゼ・リプトンとカンヤム・カンニャムに報告することにした。しかしあの二人が、アークノア特別災害対策本部の決定をしらないなんてことがあるだろうか。この機関車が危険区域に入っていかないことは予想していたのではないか。じゃあそこから先はどうやって竜のいる地域へ移動するつもりだったのだろう？　コンパートメント席にひっこもうとしたとき、窓の外を見ていた男の子が声をあげた。

「ねえ、ママ、あれはなに？」

大人たちは無視して口論をつづけている。その子は景色を指さして、しきりに注意をひこうとする。

「ねえ、なにかが飛んでるよ！」

夕焼け空の砂漠に見わたすかぎりの石造りの塔がならんでいる。通路の窓から見える塔はどれも真っ黒なシルエットで、長くのびた影のなかを機関車はくぐっていく。夕景を模した空に、なにかが飛んでいた。そいつは空高くにいて、ずいぶんと距離があるせいで、すぐにはその正体が判然としなかった。凧《たこ》かなにかが風に飛ばされているのかなと最初はおもったが、翼らしきものがうごくのを見て生物だと確信した。塔のシルエットにさえぎられながら、そいつはまるで機関車と併走するように空を飛ぶ。長い首を前方にのばし、尻尾《しっぽ》をたなびかせ、ふくらんだ胴体からは翼がひろがっている。

そのうちにどこか別の車両から悲鳴やざわめきが聞こえてきた。コンパートメント席の扉が次々と開いて、人々が何事かと顔を出す。空を飛んでいる生物に彼らも気づいて窓の前からうごけなくなる。車掌と口論していた大人たちが、周囲の異変をしり、ようやく喧嘩をやめた。

リゼ・リプトンがいつのまにか横にいて、伸び縮みするタイプの望遠鏡を取り出して空にむけていた。通路の窓におおぜいがならんで、不安とおびえの入りまじった表情で空を見あげている。赤い空をすべるように飛んでいる竜の姿は神秘的だった。窓の外を線路の切りかえポイントが通りすぎた。景色が一瞬だけ開けて、北にむかう線路のわかれ道がよぎっていく。機関車とおなじ方向に鼻先をむけていた竜は、やがて直角に方向転換して北へ遠ざかりはじめた。塔のシルエットがいくつも視界を横切っているうちに、その姿は夕景のむこうへと消えてしまった。

1-*6*

【霧の田園】での興行を終えて、幌馬車《ほろばしゃ》は出発する。村の子どもたちが手をふりながら追いかけてきたので、旅芸人の兄妹とともに幌のなかから手をふりかえす。濃密な霧がたちこめているため座長のドゥマゴは慎重に馬をあやつった。未舗装《みほそう》の道の両側には野菜畑がひろがっているらしいが、霧のせいでほとんどなにも見えなかった。

ドゥマゴ家には二人の子どもがいる。兄の名前はテトレー、妹の名前はペコという。ペコが肩をつついて、紙につつまれた石の破片のようなものを差し出す。

「これ食べてみて。【砂糖菓子の宮殿】の壁を削ったものなんだ」

一口かじってみると、口のなかに、なんともいえない甘い味がひろがった。

幌馬車に積まれた荷物越しに、御者台《ぎょしゃだい》にすわるドゥマゴの後頭部と、前方の景色が見える。霧のなかに突如として巨大な壁面があらわれる。壁にそってすすむと城門をおもわせる建造物があり、四角いトンネルが開いていた。幌馬車がそこに入っていくと、蹄《ひづめ》と車輪の音が反響して聞こえる。

この世界には携帯電話というものが存在しないらしい。どうりでずっと圏外だったはずだ。長いすべり台の果てにこの世界へと放り出されて、森をさまよったあげく、通りすがりの幌馬車に保護されたとき、二人の兄妹はマリナ・ジーンズの持っていた携帯電話に夢中だった。液晶画面を不思議そうにながめて「これはなにかの魔法にちがいない！」などと兄のテトレーはさわいでいたものである。

「あなたみたいに外の世界から子どもが流れついてしまうことがたまにおこるの。そういう子どもたちのことを異邦人って呼んでるんだけど、もしも出会ったら、保護して、しかるべきところに連絡を入れなくちゃならないの」

ニナスと名乗った女性は説明してくれた。

「ところで、口のなかを怪我《けが》してる？」

首を横にふる。ずっと口を押さえていたせいだ。歯並びを見られて相手をおどろかせないように、初対面の人と話すときは口に手をあてるのが癖だった。

旅芸人一家のドゥマゴ家は、行き先を変更して【中央階層】と呼ばれる街へむかうことになった。迷子の異邦人はそこへおくりとどけなくてはならないという。途中にある様々な村で興行をおこない、彼らは日々の生活費をかせいだ。はじめのうちは見ているだけだったが、そのうちに雑務を手伝うことになる。興行の終わりに、箱をかかえて観客たちからペックコインをあつめる係だ。

ドゥマゴ家と寝食をともにした。そのうちに口元をかくし切れなくなり、みっともない歯並びを見られてしまったが、彼らの反応はうすかった。世界を旅するドゥマゴ家の人々にとって、ふぞろいな歯並びなどはおどろくに値しないようだ。もっと奇妙な、たとえば全身がピアスだらけの冒険者や、入《い》れ墨《ずみ》だらけの部族にもあったことがあるらしく、それにくらべたらおとなしいほうなのだろう。それよりも、携帯電話の液晶のほうがずっと彼らを驚嘆させていた。ほっとして、この世界のことがすこしだけ好きになる。

しかしそんなある日のこと、竜についてのおそろしい報道を耳にする。

1－7

【暴風砂漠】の駅で機関車が停止した。強風によって飛ばされたこまかな砂粒が、車体をばちばちとたたいている。客車内に待機していた乗客たちにアナウンスがあった。機関車は当初の予定通り、西へすすむことにしたという。竜の怪物が【遺跡砂漠】を北上したことが確認されたので、警戒区域の範囲が変化したのだ。しかしリゼの目的は砂漠地帯を横断することではない。竜を追いかけるため、しかたなく、いごこちのいいコンパートメント席を降りることになった。

ホームに出ると横殴りの風でよろめきそうになる。目が開けられないほどの砂まじりの風だ。リゼ・リプトンの深緑色の外套がばさばさとおどるようにあおられた。カンヤム・カンニャムが巨大な銀色のトランクを押しながら駅舎にむかってホームをすすむ。

汽笛が鳴り響き、機関車が蒸気の排出をおこなった。鋼鉄の車輪が軋《きし》むような音を発する。長く連なった客車が、先頭の機関車にひっぱられてうごきだす。僕たちをのこして機関車は西へ消えてしまった。

泥をぬり固めてつくったような四角形の駅舎に入って一息つく。ベンチがならんでいるだけの簡素な造りだ。カンヤム・カンニャムは、水浴びをした犬がそうするように、首から上をぶるぶると左右にはげしくふって、毛の間に入りこんだ砂を落とした。リゼ・リプトンは駅舎の壁に鏡が設置してあるのを発見し、その前で髪の編みこみを直しはじめる。くすんだ金色の髪を、左側だけ編んで一本たらしておくのが好きらしい。

「時刻表を見てこようか？　北上する路線に乗りかえるんだよね？」

僕は立ちあがってカンヤム・カンニャムに聞いた。

「アール・アシュヴィ、その必要はない」

彼は黒のスーツに身をつつんでいるのだが、上着を脱ぎ、ネクタイをゆるめてシャツの一番上のボタンを外していた。イヌ科の首と、人間部分の境界が、襟元《えりもと》から見えかくれする。首の根元から胸へむかうにつれて、なだらかに体毛がうすくなっていた。

「もう機関車には乗らないの？」

「乗るさ。それより、今のうちにトイレにでも行っといたらどうだ」

「水分は汗になって出ちゃってる。だってどこも暑いんだもの。グレイだったら、くそったれって言ってるところだよ」

グレイというのは、僕の弟の名前だ。つい先日までいっしょに旅をしていたが、一足先に外の世界へもどっていった。

鏡の前で髪を編みながら、リゼ・リプトンが鼻歌を口ずさんでいる。どうやら機嫌《きげん》がいいらしい。イヌ顔の友人が言った。

「プレゼントがとどくのをたのしみに待っているような顔だろう？　あいつ、機関車を買ったんだ」

「機関車!?」

「もうじき、ここにとどくはずだ。もともとこの駅で降りて、そいつに乗りかえるつもりだったんだ」

一時間後、風の音にまじって機関車のせまる音が聞こえた。ホームに出てみると、砂まじりの風のむこうから雄々《おお》しい黒色の車体が姿をあらわす。無骨な甲冑《かっちゅう》をまとった黒騎士のような姿だった。重量級の車輪がいくつもならび、それらをメインロッドと呼ばれる棒がつなぎ、大地を削るような音を響かせながらせまってくる。どう猛ないきおいで蒸気を排出しながらホームに停止する様は、巨大な怪獣が鼻息をもらしている様を想像させた。

機関車の後ろには、炭水車と呼ばれる箱のような車両がつながっていた。炭水車は燃料を積載するもので、上部に石炭が積まれ、下部には水を入れる水槽がおさまっている。炭水車の次に客車がひとつだけ連結されている。左右に二人がけの座席が連なったごく普通のものだ。

機関車、炭水車、客車の三つで構成された列車を、強風のなかで腕組みしながらリゼ・リプトンは満足そうにながめていた。二名の機関士が降りてきて、ハンマーガールとドッグヘッドの姿を見つけると、緊張した面持《おもも》ちで整列した。がっしりとした体つきの中年男性と、おなかのおおきな青年の二人組である。中年機関士はアーマッドと名乗り、もう一方の青年機関士はトランスハーブと名乗った。どちらの左腕にも緑色の腕章がある。彼らは鉄道会社に勤務するビリジアンだ。機関車の運転を担当してくれるという。

ビリジアンとは、アークノア特別災害対策本部の怪物退治を手伝うため、各地から駆けつけてくれるボランティア兵のことだ。僕の生まれ故郷とちがって、この世界には国家というものがなく、戦争もない。軍隊というものが存在しないので、有事の際にはこうして一般人が名乗りをあげて戦いを手伝ってくれる。その期間、本来の仕事を放り出し、子育ても他人にまかせっぱなしになり、家を何日もあけてしまうため、家族からはこのシステムの評判がすこぶるわるいという。

「このマシンをゴールデンティップ号と名づける！」

リゼ・リプトンが唐突に言って、さっそく客車に乗りこむ。

「なにをぼやっとしてるの、竜が遠くへ行ってしまうよ。私はここに乗るから、カンヤム・カンニャムは先頭で機関士に指示を出して。アールくんは、トランクを駅舎からはこんできて」

僕は命令にしたがい駅舎から銀色のトランクをはこんでくる。ホームに出たところでカンヤム・カンニャムが手伝ってくれた。風に乗って肌に刺さる砂粒に辟易《へきえき》しながら僕は言った。

「自分で取りに来ればいいのにさあ！」

「きっとリゼにはやることがあるんだ。頭をフル回転させ、作戦を立てているのにちがいない。空飛ぶ竜をしとめるための方法を模索しているのだ。可能性を検討し、最良の手を導き出す。俺たちはそのサポートに徹するのがいいんだ」

二人がかりでトランクを持ちあげて客車のステップを乗りこえる。そこで見たものは、座席に腰かけて両足をぶらつかせながら鼻歌まじりに好物のピーナッツバターをなめているリゼ・リプトンの姿だった。ずっとほしかったおもちゃを手に入れた子どものような、にやついた顔である。むずかしいことをかんがえているようにはとても見えない。ちらりとカンヤム・カンニャムをふりかえってみたが、彼は無言できびすをかえして先頭の機関車へと立ち去った。

火室で燃やされた石炭が高温の燃焼ガスを発生させる。ボイラーでその熱が水を沸騰させ、高圧の蒸気をつくり、それは弁装置によって制御されてシリンダーにおくりこまれる。シリンダーのピストンを作動させ、メインロッドに力が伝達され、重量級の車輪がうごきだす。がこん、がこん、という衝撃音を連結部で発生させながら、炭水車と客車がひっぱられた。

ゴールデンティップ号が【暴風砂漠】の駅を出発する。これから【遺跡砂漠】へともどり、線路のポイントを切りかえて北上するルートに入る。さきほど目撃した竜を追いかけるのだ。客車の座席は木製だった。僕はリゼのちかくの席に腰かける。少女は自分の所有する機関車のはしりに満足そうだ。

「あいつ、線路にそって移動していたのかもしれない。だから列車と併走していたんだ。この地図を見てごらん、竜がむきを変えた場所と、線路が北にむかってわかれている場所が、ほとんど重なってる」

リゼは地図を見せてくれる。たしかに竜は、線路のわかれ道のあたりで進路を変えていた。

「でも、どうして線路にそって飛んでるんだろう？」

「推測はつく。あの竜は砂漠の部屋を次々に移動しているんだ。そうするためには、壁に開いたトンネルをさがしてくぐり抜けなくちゃならない。空を飛んでいながらトンネルをさがすかんたんな方法があるんだ。それは線路をたどることだ。機関車が通るため、線路の先にはかならず、となりの部屋と行き来するためのトンネルがある。あいつはそのことに気づいたんだろう。あの竜はそれなりの知能を持っているようだ。そして、なぜかはわからないけど、砂漠地帯の部屋を次々と移動しなくちゃいけない理由がある。なにかをさがしているのかもしれない。でなけりゃ、おなじ部屋をぐるぐる飛んでるだけでもいいはずだからね」

ほどなくして砂まじりの風のむこうに巨大な壁が出現する。ゴールデンティップ号は、壁に開いたトンネルへと入っていき、窓の外が一時的に暗くなった。

1-8

ホテルロビーのラジオの前に、宿泊客たちがあつまって深刻そうな顔をしていた。いったい何事かとマリナ・ジーンズは立ち止まり、ラジオ放送に耳をかたむける。災害に関する報道がなされているようだ。竜巻だろうか、地震だろうか、あるいは津波だろうか。しかしそのどれでもなかった。ラジオによると、砂漠地帯という場所に竜があらわれて村をひとつ壊滅させたという。

興行のチラシを配りながら座長のドゥマゴに質問した。

「竜って、何なんですか？　この世界にはそういう生物が住んでるんですか？」

するとぎこちない様子でドゥマゴは言った。

「怪物災害のニュースを耳にしたんだな？」

「なにも聞かないでくれないか。俺はうまく説明できる気がしないんだ。だれかがそのうちにわかりやすく教えてくれるだろうよ」

マリナ・ジーンズはチラシを配りながら【ボックスタウン】の繁華街をあるいた。この町は時間帯によって外部との行き来ができなくなる。何日も滞在を強《し》いられている者もおおい。人々は娯楽に飢《う》えているらしく、おおぜいが旅芸人一座のチラシに関心をしめしてくれた。

【ボックスタウン】は階層移動式の部屋である。巨大なエレベーターの箱のなかに、町や川や空が入っているようなものだ。耳をすますと、雲よりも高いところから音が聞こえてきた。機械が町の入った箱をうごかしている音だという。このような階層移動式の町がアークノアにはいくつかあり交通の要所になっているという。特にこの【ボックスタウン】は【中央階層】に直通で行けるために利用者がおおいそうだ。

その晩、広場でドゥマゴは火を吹き、ニナスはナイフを投げ、テトレーとペコは軽業《かるわざ》を披露した。すべての演目が終わり、ドゥマゴが座長のあいさつをする。人々はマリナ・ジーンズのところにつめかけ、かかえている箱にペックコインを投げ入れた。

「マリナ、にっこりしろ」

ドゥマゴが観客たちに手をふりながらちかづいてきて耳打ちした。

「にっこりなんかしたら、私の歯並びが見られてしまいます。きっとみんな、気分がわるくなって吐いちゃいますよ」

「かんがえすぎだ。さあ、にっこりだ」

しかたなく笑みを浮かべた。歯に設置した銀色のマルチブラケット装置が外気に触れる。ペックコインを箱に入れる何人かはマリナ・ジーンズの歯に目をとめた。そのうちの一人か二人くらいは、特徴的な歯並びと見慣れない銀色の金具にぎょっとした顔をする。しかしほとんどの者は気にとめた様子もなく、箱にコインを投げ入れてさっさとどこかへ行ってくれた。


翌日、ドゥマゴ一家の幌馬車は、町を出ていく人混みのなかにあった。【ボックスタウン】の東側の壁が前方にそびえている。横長の四角いトンネルが口を開けており、町が階層移動をしている最中はそこに遮断機《しゃだんき》が下りていた。

「ねえお母さん、この町はどこまでのぼっていくの？　【ゆらぎ】まで行ける？」

幌馬車のなかで、ペコがニナスに聞いた。

「いいえ。世界のはしっこまで行けるような階層移動式の部屋は見つかってないの」

【ゆらぎ】というのは、この世界の外側にあると言われている地域だ。【ゆらぎの海】や【ゆらぎの場】とも呼ばれていた。

「お母さんは【ゆらぎ】に行ったことある？」

「行きたいともおもわない。だってそこは、こわいところなんだよ。わかっていないことがおおすぎるの。世界地図にも、そこはいつだって、工事中って書かれてる」

母親のニナスは、子どもたちにとっての先生だった。マリナ・ジーンズもまた、彼女からたくさんのことを教わった。特におどろかされたのは、この世界の住人たちは死を免除されているという話だ。

アークノアには飢えもなく、戦争や病気もない。人間が寿命で死ぬこともなく、今の年齢のままいつまでも暮らしていけるという。カレンダーは存在せず、年や月や週という概念もない。この世界には歴史というものがない。あるのは神話だけだ。それによれば創造主はこの世界をつくるとき、９１０万９１０９個の部屋をデザインしたという。

この世界がいつはじまったのかわかっていない。人々は気づくと今の暮らしをしていた。いつから自分というものが存在しているのかをしっている者はだれもいないのだ。この世界では出産の経験をした者もいない。妊婦はいるが、そのおなかがそれ以上にふくらむことはなく、赤ん坊はいつまでも外に出てこない。それでも全員がしあわせだという。妊婦はおなかをさすりながら、夫や家族から大切にされている。

「創造主様はこの世界がもっともいい状態に保っておられるの。流通するペックコインの数も、動植物の数も、私たち人間の数だって、一番いい状態に調節してくださっている。私が二人の子どもたちを愛しているのも、創造主様がそのようにつくってくださったからよ」

　自分のなかにある愛情さえも創造主がつくったのだと彼女は言う。マリナ・ジーンズはふと、両親のことをおもいだした。二人とも元気だろうか。それなりに両親のことは好きだったけれど、彼らに対してどれほどの愛情があっただろうか。大好きという時期もあれば、顔も見たくないという時期もある。もしも外の世界にも絶対的な創造主がいて、自分もまたつくられたものだという確信があったなら、愛の在処《ありか》もはっきりとしていただろう。人々は愛情の不確かさに不安になり、おびえることもないのだろう。

【ボックスタウン】にサイレンが響きわたり、拡声器からアナウンスがおこなわれる。果てしなく巨大なエレベーターシャフトを移動していた町が、ついに【中央階層】へ到着するという。部屋の上昇が停止する瞬間、町全体が震動して全員がよろけた。馬車の馬たちも戸惑うような声を出し、御者たちが落ちつかせようとする。遮断機があがって、町の出入りが可能となる。人々や馬車の列がすすみ、ドゥマゴ一家の幌馬車もつづく。【ボックスタウン】外壁のトンネルを通り、垂直な崖《がけ》に跳ね橋のかかっている空間へ出る。橋をわたると、【中央階層】外壁のトンネルがつづいている。出口がちかづいてきて、ようやく視界が開けた。ペコが「わあ！」と声をあげる。灰色の曇り空を背景に、高層ビルの建ちならぶ都市がひろがっていた。

1-9

砂漠に火傷《やけど》しそうなほどの熱い風が吹いている。双眼鏡を窓の外にむけて竜をさがしながら僕は汗をぬぐった。リゼ・リプトンは反対側の窓辺《まどべ》で望遠鏡をのぞきこんでいる。アンティーク家具の金具みたいな色の髪が汗ばんだ頰《ほお》にはりついていた。この少女はどんなに暑くても深緑色の外套を脱がない。

「冷房のきいた部屋が恋しいよ。僕はどうしてここにいるんだろう? だってそうじゃないか。竜の怪物なんて、僕には関係ないんだもの。ここにいる理由がないよ」

「アールくんも一応はビリジアンだぞ。怪物退治のために活動してくれないなら、その腕章はかえせ」

僕の左腕には深緑色の布きれが巻かれている。怪物退治を手伝うボランティア兵の印だ。しかもこれはただの布きれではない。リゼの外套の一部をもらったのだ。リゼの外套は、下のふちが一部分だけ切り裂かれたようにぎざぎざである。幅数センチの生地がそこからうしなわれた状態だった。

ゴールデンティップ号が【暴風砂漠】を出発して一時間ほどが経過していた。【遺跡砂漠】を北上し、空に目をむけながらいくつかの部屋を通り抜けた。途中で線路の切りかえポイントが数カ所あり、そのたびにどの方向へ行くべきかをペックコインの裏表で決める。竜の姿を発見できないまま砂漠地帯をさまよい、この【熱風砂漠】へとたどりついた。

「いた！」

岩場の陰《かげ》を出たところでリゼが声を発する。望遠鏡から目をはなさずにさけんだ。

「カンヤム・カンニャムに報告を！　東の空にいる！」

僕は客車の窓から身を乗り出した。砂漠にしかれたレールを、機関車と炭水車と客車が連なって走行している。焼けつくような風を顔面にうけながら先頭車両にむかってさけんだ。

「いたよ！　東の空！」

僕の声は、蒸気の噴《ふ》き出《だ》す音や、重量級の車輪がレールを踏む轟音《ごうおん》にかき消されそうになる。しかしイヌ科の耳にはとどいてくれたようだ。舌をたらして暑さに辟易しているカンヤム・カンニャムが、機関車の乗車口から身を乗り出して東の空を見あげる。

そいつの姿は肉眼でもわかった。熱せられた砂丘がひろがっている先に、世界を区切る東側の壁面がかすんでいる。それを背景に浮かんでいる影があった。そいつは北にむかって移動している。リゼは地図を取り出して確認した。

「東の壁にそって南北に線路がのびている。あいつ、それをたどるように飛んでいるんだ」

切りかえポイントでゴールデンティップ号の行き先を変更し、東の壁へと接近するルートをとった。線路がゆるやかにカーブを描き、列車は目的のレールへと乗り入れる。巨大な壁面を右手に見ながら、竜の後方千メートルを維持して北上する。リゼの目的は戦闘ではなく観察だ。窓から身を乗り出してそいつの姿を観察し、スケッチブックに絵を描く。

僕も双眼鏡をかまえてそいつの姿をながめた。高すぎず、低すぎない位置をそいつは飛んでいる。翼をあまりうごかすことなく、うまいこと風をつかまえて滑空していた。おとぎ話に登場するような、翼を持った竜である。遠目でよくわからないけど、全長二十メートルくらいだろうか。皮膚の色は灰色と青色の中間くらいで、全身を奇妙な模様がおおっていた。望遠鏡で竜を観察しながらリゼ・リプトンが言った。

「壁紙みたいな模様だね。植物？　花柄かな？」

北側の壁が見えてくる。線路は壁に開いたトンネルへとつながっていた。竜は地面すれすれに降りてきて、速度をゆるめることなく飛びこんだ。トンネルは高さも幅も充分にあるため、翼をひっかけるようなこともない。リゼは砂漠地帯の地図を確認する。

「この先は【竜巻砂漠】か……」

「そこってどういう場所？」

「アールくんが今、想像してる通りの場所だよ。いつもぶあつい雲が空にあって、渦巻き状の上昇気流がそこら中にあるんだ」

客車の窓をしめてトンネルにそなえた。北の壁面がちかづき、視界の大半をおおったかとおもうと、窓の外が暗くなる。機関車の力強い音が反響し、行き場のない煙がたちこめているトンネル内を列車は前へと突きすすんだ。

ほどなくして視界が晴れた。壁を通過して【竜巻砂漠】に出たらしい。窓を開けると、しめった風が入ってきて心地よかった。しかし空には真っ黒な雲がたちこめている。

「あれえ?」

外套を風にあおられながら少女は窓から身を乗り出す。竜の姿が見当たらないようだ。僕も反対側の窓から空を確認する。さきほどまで千メートル先の線路上を飛んでいた竜の姿がどこにもない。しかし、異変を感じたカンヤム・カンニャムが、先頭の機関車から身を乗り出し、周囲に視線をめぐらせて、だれよりもはやくそいつの姿を発見した。

「後ろだ!」

僕とリゼは後方をふりかえった。さきほど通過した壁面が地上から空までそびえている。そこに竜がはりついていた。翼をおりたたみ、四肢《しし》の爪《つめ》を壁に食いこませ、逆さまになった状態で首をこちらにむけている。

僕たちが追いかけていることに、竜は気づいていたようだ。あえてしらないふりをしてとなりの部屋までさそいこみ、そこでまちぶせを仕掛けていたらしい。双眼鏡をつかわなくても顔つきのわかる距離だった。蜥蜴《とかげ》みたいな面構《つらがま》えにふぞろいの牙がならんでいる。決して歯並びが良いとは言えなかった。金属製の部品が牙をつないでおり、それはまるで歯列矯正用の金具を想像させる。

「今日は観察だけのつもりだったのに」

リゼ・リプトンが舌打ちした。竜が壁からはなれる。しがみついていたあたりの壁の表面がえぐれて地面に破片をばらまいた。空中で翼をひろげて竜は風をつかみ、線路の上すれすれを、すべるように飛びながらゴールデンティップ号にちかづいてくる。翼をうごかすと、地表の砂があおられて、ふわっと砂煙をあげた。

「スピードをあげて！　追いつかれる！」

リゼが先頭の機関車にむかってさけぶ。そのとき、歯列矯正中の竜が顎をひろげた。喉の奥があかるくなったかとおもうと、赤色のかがやきがふくらむ。僕は窓から首を突き出してぼんやりとそれを見ていたのだが、おなじようにしていたリゼが咄嗟《とっさ》にうごいて僕の服をつかみ、ひっぱって窓からひきはなした。

視界が赤色に染まる。どん、という熱の圧力が列車を横からなぐった。列車をすっぽりと飲みこむほどの炎だ。幸いなことに直撃はまぬがれて、列車の右側へとそれてくれたが、熱と衝撃で窓ガラスがいっせいに吹き飛び、炎が車内に入りこんできてカーテンや座席に燃えうつった。

ガラスの破片の散らばった通路をリゼがはしる。壁にひっかけてあった消火器をつかむと僕にむかってすべらせた。そいつをひろって、つかい方がわからずに手間取りながらも消火剤を噴射する。

リゼは通路に放置していた銀色のトランクに飛びついた。留め金を外すと、拳銃、ライフル銃、散弾銃、弓矢などの様々な武器、そして大量の弾薬が雪崩《なだれ》をおこして足下にひろがる。少女がつかんだのはライフル銃だった。猟師が狩りにつかうような長い銃身である。銃身の右側にある丸いレバーのような部品を手前にひいて、五個セットにまとめられたロケットのような弾薬を弾倉に流しこみ、ふたたびレバーをもどす。なれた手つきだ。

座席の炎を消し終わり、今度はカーテンに消火器の噴射口をむける。そのとき、低いうなり声が聞こえてきた。

ぐるううううう……。

声は列車の後方から接近する。竜の巨体が後方からあらわれて客車の横にならんだ。割れた窓のむこうを併走しながら、車両内を観察するようにこちらへ顔をむけた。爬《は》虫類《ちゅうるい》をおもわせる目だ。ぶしゅう、と牙の間から熱い息がもれて、客車のなかにまでその熱がただよってくる。あまりにも牙が目茶苦茶な方向に生えているものだから、それらをつないでいるワイヤーは、あやとりの糸みたいにジグザグだ。

火薬の破裂する音がした。リゼが座席に伏せるような格好でライフルを窓の外にむけている。丸いレバーをうごかすと、がちゃこん、という音を発して薬莢が飛び、次の弾薬が薬室に装填《そうてん》される。少女が二発目を撃つ。その瞬間、肩や背中が、重いものをうけとめたときみたいにゆれる。弾丸の発射される反動だ。がちゃこん。金色のからっぽの薬莢がまたひとつ床にころがり、三発目の弾薬が送りこまれる。弾丸は竜のぶあつい皮膚にはじかれていた。致命傷を負った様子はないが、竜はいまいましそうにリゼをにらむ。攻撃を避けるように客車の横からはなれていくと、上昇し、列車の真上へと移動する。

窓から竜の姿が見えなくなった。すこしだけあたりがしずかになる。逃げていったのだろうか。あるいは、見逃してくれたのかもしれない。そのとき長大な鞭《むち》のような影が客車の側面にたたきつけられた。竜は客車の直上を飛びながら尻尾をぶつけてきたのである。

客車を衝撃がおそった。側面の一部がひしゃげて、客車の形が変わった。床の片方がせりあがり、客車がななめになって僕とリゼはころがって頭をぶつける。車輪の軋むようなすさまじい音がした。尻尾のひとふりだけで、片方の車輪が持ちあがったようだ。そのまま横転するかとおもわれたが、前の車両にひっぱられてもちこたえた。客車が水

平にもどると、リゼが絶望的な表情でさけぶ。

「買ったばかりなのに！」

座席は何個か外れているし、こげくさいし、修理するよりも廃車にしたほうがいいだろう。そんなことより、僕はおそろしさでショック状態だった。遠くから観察するだけだと聞いていたのに、こんなのってあんまりだ。

「に、に、逃げよう！　はやく、どっかに、逃げよう！」

「逃がしてくれるかな。なにせこっちは、レールの上をすすむことしかできないし」

車窓を流れる風景は、さきほどよりも速くなっていた。機関車の速度はましているようだ。空には灰色の雲がかかっており、砂丘のならんでいるむこうの方に、不気味な色の巨大な柱が何本も立っていた。そいつは水中の植物みたいにゆらゆらとうごきながら砂漠を移動している。竜巻だ。

「アールくんに仕事をたのみたい」

リゼは窓にちかづいて竜をさがしながら言った。

「ことわってもいいかな」

「だめ。これをカンヤム・カンニャムにわたしてきてくれる？　射撃の腕、私よりもあるから、そうしたほうがいいんだ」

ライフル銃を僕に持たせて、足下にころがっていたロケットみたいな弾薬をいくつかひろいあつめる。それを僕のポケットにねじこんで、客車前方の扉を指さした。炭水車を乗りこえていけ、という意味だろうか。先頭の機関車にいるカンヤム・カンニャムに手渡しするには、たしかにそうするしかないけれど。

「無茶言わないでよ。危険じゃないか」

「ここにいるほうが危険かもよ？」

がん、という音を響かせて天井がひしゃげた。客車がはげしくゆれて、床にころがっている弾薬が騒々しい音を出す。かぎ爪が天井の素材をつらぬき、ばきばきと破片をまき散らしながらひき裂いた。竜が客車の屋根に乗っている。ふり落とされないようにかぎ爪でしがみついているらしい。

「カンヤム・カンニャムに、あいつを撃ってくれるようにたのめばいいんだね!?」

「撃つのはあいつじゃない！　進路を西にむけるように伝えて！」

リゼは弓矢をひろいながら言った。僕はライフルをかかえて、客車の通路を進行方向にむかってはしる。扉が通路の先にあった。

背後ですさまじい音がした。竜が爪と顎をつかって客車の屋根に穴を開けている。ばきばきと大量の破片がまき散らされ、天井の裂け目から竜が顔をのぞかせた。怪物はなぜ彼女を敵と見なしたのだろう。ライフルで撃ったからか。それとも、目についたものすべてを破壊しなければ気がすまないのだろうか。リゼは座席の間にかくれながら僕をふりかえり、はやく行けというような仕草をする。それから弓に矢をセットすると、天井の裂け目をひろげようとしている竜の顔にむけた。

客車の扉を開けて連結部分のデッキへと出る。力強い車輪の走行音が地響きのように鳴っていた。風圧によろめきながら、手すりにしがみついて炭水車の背面を見あげた。垂直でのっぺりとした面に鉄製のはしごが設置してあるだけの造りだ。客車のようなデッキは見当たらない。

手すりから身を乗り出して下をのぞいてみる。車両をつなぐ連結器が見えた。前後の車両から鋼鉄製の腕がのびており、それぞれの先端部分はL字型におれ曲がっていた。祈る人の手みたいにL字型の先端部分が接しており、鎖のついた鋳鉄製《ちゅうてつせい》の輪っかがそこにはまっている。連結器の下は高速で移動する地面だ。もしもそこに転落したら無事ではすまされない。

ライフル銃には革製《かわせい》のベルトがついていた。そいつを肩にひっかけて、デッキの手すりを乗りこえる。ゆらゆらとうごいている連結器にまずは片足をのせた。体重をかけてゆき、もう一方の足をのせる。炭水車のはしごにむかって手をのばし、乗りうつろうとしたとき、竜の咆吼《ほうこう》が聞こえた。

客車の屋根の破壊される音がして、列車がゆれる。手すりをつかんでいた手が、汗ですべってはなれてしまう。僕は両手をどこにもそえていない状態で、連結器の上に立たされた。スケートボード初心者の子がやるように、倒れまいとして体を前にかたむけたり、後ろにかたむけたりする。連結器が、がたんとゆれた。おもいきって炭水車のはしごにむかってジャンプする。腕をからみつかせて、転落をまぬがれた。

泣きそうになりながら炭水車のはしごをのぼり、積まれている石炭の山へとたどりつく。視界がひらけて【竜巻砂漠】の景色が見渡せた。砂丘の間を遠くまで線路がのびており、そのむこうには竜巻の不気味な姿が何本もそびえている。

「カンヤム・カンニャム！　ライフルだ！」

煙突から出た煙が、僕の頭上を通りすぎて、後方の空に長く尾をひいていた。背後にはすさまじい光景があった。客車の屋根に巨大な生物がはりついているのだ。そいつが体をかたむけるたびに、今にも脱線しそうなほど片方の車輪が持ちあがる。天井に開いた裂け目から、リゼが放ったとおもわれる矢が飛び出す。しかしぶあつい皮膚に傷をつけることさえできないままはじかれていた。

僕は石炭の山を這って列車の進行方向へむかう。服があっというまに黒くなった。炭水車の真ん中まで来たとき、イヌ科の頭が前方からあらわれる。

「アール・アシュヴィ！」

カンヤム・カンニャムが炭水車にあがってくる。炭水車の前方部分には、石炭の取り出しや、ブレーキハンドル操作のための足場がある。比較的、楽にあがってこられるようだ。客車にはりついている竜に視線をむけながら、身を低くして石炭の山を移動してくる。

「あれ？　いつから黒い犬になったの？」

「作業を手伝っていたらこのざまだ」

毛並みが灰色から黒になっていた。石炭を火室に投げこむ作業でもやっていたのだろう。彼にライフル銃をわたした。

「リゼが言ってた。ライフルで撃つのは竜じゃないって。あとそれから、進路を西にむけてほしいって」

カンヤム・カンニャムは弾倉に入っている弾薬の数をチェックした。リゼがポケットにねじこんだ弾薬をひっぱり出して彼にわたす。

「ターンアウトスイッチを狙《ねら》えという意味だろうな」

カンヤム・カンニャムはそう言うと、追加の弾薬を弾倉に入れる。

「ターンアウトスイッチ？」

「線路のポイント切りかえをするためのレバーだ」

本来なら機関車を停止させてレバーを切りかえに行かなくてはならない。しかし今はそれどころではないため、機関車からライフル銃で狙い撃ちして切りかえろというわけだ。

「どうして西に行きたいのかな?」

「【ピーナッツバター砂漠】でもあるのかもな」

ピーナッツバター。それはリゼがこの世で一番、愛している食べ物だ。それにしてもライフル銃をかまえるドッグヘッドは様になっていた。長身で高貴な顔立ちである上に、殺し屋のような目をしていたからだ。

客車の屋根にはりついた竜が、裂け目にむかっておおきく顎を開いていた。竜の喉の奥があかるくなった。炎を吐こうとしている。

「リゼ!」

僕はさけんだ。そのとき少女の放った矢が出現する。客車のなかから放たれた矢は、屋根の裂け目から飛び出して、竜の上顎に目茶苦茶に生えている牙の隙間をすり抜けた。その矢にはほそいワイヤーがつながっており、ダイナマイトらしきものがむすびつけられていた。矢は牙の隙間をすり抜けて空の彼方へ消えようとしたが、ダイナマイトはそいつの牙と牙の間にひっかかった。まるで白ごまが歯の隙間にはさまったときみたいに。

「ふせろ!」

カンヤム・カンニャムが頭を低くする。僕もそれにならう。

かわいた破裂音が砂漠にひろがった。

1―10

【中央階層】は東西二十キロ×南北三十二キロという広大な面積の部屋である。地面を分断するように、運河が北から南へ流れていた。西側の岸辺《きしべ》に商業地区があり、東側には居住地区がひろがっている。幌馬車からマリナ・ジーンズが見あげたビル群は商業地区のもので、ビルはどれも古めかしい。白黒映画『キングコング』で巨大な猿が這い上っていたような高層建築物がひしめいていた。

「この街は世界の経済の中心でもあるの。食べ物のとれる場所がこの付近にはないから、かわりにペックコインをかせいで、ほかの地域から缶詰を買いあつめるひつようがあるみたい」

ニナスが教えてくれる。通りには商店がならび、土産物《みやげ》のキーホルダーやタペストリーを売っている店や、綿菓子を売っている屋台まであった。ペコが綿菓子をほしがったので、幌馬車をとめて子どもたちだけで屋台にむかった。マリナも自分のお金でひとつ買ってみることにする。腰にくくりつけた巾着袋《きんちゃくぶくろ》には、まだコインがたっぷり入っていた。興行の手伝いをするかわりに報酬《ほうしゅう》としてもらったものである。

綿菓子を買って口に入れていると、ふと周囲が暗くなった。

「ワーオ！　見て！」

ペコが頭上を指さしてさけぶ。高層ビルの隙間にのぞいていた曇り空に、鯨《くじら》をおもわせる巨体が浮かんでいる。飛行船だった。ゆっくりとした速度で通りすぎていく。

「マリナ！　あれに乗ろう！」

「だめだよ。マリナには、行くところがあるんだ」

テトレーが妹をさとす。元の世界に帰るため、アークノア特別災害対策本部という場所へ行かなくてはならない。しかしマリナはかんがえこんでしまう。

自分は、ほんとうに元の世界へ帰りたいのだろうか？

幌馬車にもどって大通りをすすむうちに、前方に運河が見えてきた。幌馬車は運河にそって北上する。霧雨が降ってきて周辺のビルはどれもかすんで見えた。ドゥマゴ家の四人には心から感謝していた。アークノア特別災害対策本部とやらで、彼らとはおわかれになってしまうらしいが、さびしさが募《つの》ってくる。

「ねえ、アークノアにいつまでもいることってできないのかな？　どこかに家を借りて住み着いてる異邦人ってこれまでにいないの？」

気になって少年に聞いてみる。

「いないよ。異邦人は全員が外の世界へ帰る決まりになっているんだ。決まりをやぶったら、寝ているときにハンマーガールがやってきて、どこかへ連れていっちゃうんだよ」

「そういうおとぎ話があるの？」

「ほんとうにいるんだよ。とってもこわいやつだって聞いたことがある。お父さんだって、そいつのことを口にするとき、顔がひきつるほどだもの。僕たちがわるいことをすると、ハンマーガールに連れていってもらうぞ！　って、おどかすんだ」

ハンマーガール……。

実在するのかどうかよくわからないが、ドゥマゴの顔をひきつらせるほどだから、よほどいかめしい顔つきの人物にちがいない。

1-11

ダイナマイトの爆発にともなう煙を置き去りにして列車は走行する。竜は爆発の衝撃に耐えていた。傷を負った様子さえ見られない。しかし、その体の下で客車の屋根と壁が崩壊をはじめた。のしかかっていた場所が砕けて、竜はバランスを崩し、走行する車両からふり落とされる。しかし翼をひろげて風をつかむと、地面へ落ちる直前に上昇して空へ離脱した。

「リゼ！」

炭水車の上から客車の無残な姿が見下ろせた。天井と壁はほんの一部分しかのこっていなかった。特に最後尾のあたりなどは床まではがれ落ちて車輪がむきだしになっている。

「アール・アシュヴィ、おまえはここにかくれていたまえ。ここも安全かどうかはわからないが」

上空にちいさくなった竜の姿を見ながら、カンヤム・カンニャムは石炭の山を移動し、先頭車両へもどっていった。僕はすこしだけ迷って、客車へ行く決意をする。リゼが無事かどうかをたしかめたかった。

炭水車に設置されたはしごを下りて、慎重に連結器をわたった。今度は予想外のゆれもなく、さきほどよりもスムーズにわたることができた。客車の進行方向側の壁は無事だ。扉ものこっている。取っ手をひいてその先にすすむと、すっかり見晴らしがよくなっていた。

客車は壁の大半をうしなっていた。車輪のついた板の上に、座席がならんでくっついているだけというありさまだ。武器をつめていた銀色のトランクが蓋を開けた状態で通路にふせられている。その下から深緑色の外套がのぞいていた。

「リゼ！　だいじょうぶ!?」

声をかけると、トランクが押しのけられて、下から少女があらわれる。そいつを盾《たて》にして身を守ったらしい。体は埃まみれで、髪の毛もぼさぼさになり、すこしふらついていたけれど、リボルバー式の拳銃をひろって弾をこめはじめる。リゼ・リプトンは周囲に視線をさまよわせ、空の一点で目をとめる。長い首と尻尾に、ひろげられた翼の組みあわせは、真下から見ると十字架のようだった。少女はトランクに腰かけて、親指の爪を噛《か》むような格好でひとりごとをつぶやく。

「あいつ、炎を吐こうとした。最初の炎から、何分くらいすぎたかな。五分くらい？　七分くらい？　その間、爪と牙だけの攻撃だった。あの炎、連続して出すことができないのかもしれない」

少女が僕を見る。スカイブルーの虹彩の中心に瞳《ひとみ》の黒点が浮かんでいる。

「アールくん、この後、私が死んだら、明日《あした》の私に教えておいてくれる？」

「僕が死んでなかったらね」

アークノアの住人は死から免除されている。信じがたいことだが、たとえ命を落としても翌朝には朝靄のむこうからもどってこられるのだ。彼らにとってそれは奇跡でもなんでもない。創造主がデザインした世界の摂理《せつり》だ。しかし命をうしなった日の記憶は消えてしまうため、竜に関して判明したことを明日に伝えるには、だれかが生きのこらなくてはいけない。ちなみに僕はこの世界の住人ではないため、死んだら、それっきりだ。不公平なことに。

「どこかに書きのこしておいたらどうかな」

「おこづかいあげるから、ペンとメモ用紙を買ってきてくれる？」

銃声が響いた。ほんのすこしおくれて、金属製の物体に弾丸の命中するような高い音が生じる。先頭車両からカンヤム・カンニャムがライフル銃を発射したらしい。ターンアウトスイッチのレバーが作動し、線路の切りかえがおこなわれた。

列車は速度をゆるめないまま、西方向へのレールに乗り入れる。カーブに入ると車体が悲鳴のような音をあげた。外の景色がぐるりと大回転する。客車の壁は大部分がうしなわれているため、外へ放り出されてしまいそうになり、座席にしがみついた。竜もまた上空で方向転換する。列車を追いかけるように首を西へむけた。

カーブをすぎて列車は直進をはじめる。西の方角には複数の竜巻があった。ほそ長い蛇のような上昇気流の渦巻きが線路の先でゆらゆらとうごいている。巻きあげられた砂によってあたりはうす暗い。

「竜巻を利用して竜から逃げ切るつもり？」

おおきな翼は竜巻の影響を強くうけてしまうにちがいない。僕たちも危険だけれど、重量のある機関車のほうが、竜巻のそばを駆け抜けるのに都合がいいはずだ。

「今日は西端に竜巻があつまっているようだね。竜巻の密集地点を越えたところに、となり部屋への出入り口がある」

「あいつは風にはばまれて追ってこられない？」

「確証はないけどね。脱線しないことを祈ろう」

そのとき、リゼの顔の側面が赤色に照らされた。少女の顔だけではない。僕も、客車の座席も、なにもかもが横から赤色のかがやきをうけている。直後に爆発的な熱が横殴りするかのように押し寄せた。ゴールデンティップ号のすぐ横の地面に、真上から炎が吹きつけられている。炎は列車の横を追いかけてくるようにせまってきた。列車との距離がちかづいてきてついに交差するとき、リゼが僕を押し倒す。

床にふせて銀色の特大トランクをかぶった。最初は窮屈《きゅうくつ》で真っ暗な状態だったが、すぐにあかるくなっておたがいの顔が見えるようになった。トランクと床の隙間から、炎の光が一瞬だけさしこんだのだ。吐息がかかるほどすぐちかくに、リゼの端正な顔がある。瞬間的にオーブンのなかみたいな温度になった。しかし焼け死ぬ前に炎がおさまり、空気の軋むような轟音が消えた。炎の持続時間が終了したらしい。あと十秒もつづいていたらあぶなかった。

トランクを出て、おそるおそる立ちあがる。一面が火の海だ。壁の破片、床面に固定された座席など、あらゆるものが燃えている。

「買ったばかりなのになあ……」

リゼが悲しそうにぼやいた。炭水車の方からありえないほどの煙があがっている。積載していた石炭に引火したのだろうか。あそこにとどまっていたら今ごろ僕は死んでいた。炎をまとわりつかせた状態で列車は走行している。

空にのぼる黒煙よりもずっと高い位置に竜はいる。顎を閉ざして、僕たちの動向をうかがうようにこちらを見ている。リゼの推測があたっているなら、あと五分から七分ほどは炎による攻撃が来ないはずだ。

パン、と火薬のはぜる音がする。僕とリゼは二人で銀色のトランクのはしっこを持っていたのだが、トランクの平面に、かん、となにかがあたった。床にころがっていた弾薬が炎にあぶられて暴発したらしい。一度きりでは終わらなかった。まるでポップコーンができるときみたいに、そこら中で暴発がおきる。僕たちはトランクで壁をつくり、列車の進行方向へと通路を後ずさりした。客車前方は、壁や天井ものこっており、延焼もすくなかった。

「僕、死なずに家へ帰りたいよ！」

「安心して。炎であぶって暴発させたときの弾丸の初速はそんなに高くないんだ。命中したとしても、せいぜい血が出るくらいだよ」

トランクをつかんでいる手に、がつんと衝撃がはしる。僕の鼻先にトランクの裏面があったのだが、裏側にむかって先端のするどい円錐《えんすい》形が生まれていた。どうやら銃弾がめりこんだらしい。

「暴発の仕方によっては、初速を得ることがあるのかも」

客車の外壁の裂け目から外を確認することができた。ほそい竜巻がいくつも砂漠を行き交っている。ぶつかってからみあいながら消滅するものもあれば、合体して巨人のように太い竜巻になるものもあった。もうじき竜巻の密集地帯を通る。

そのとき、客車がはげしくゆれた。がらがらと様々なものが破壊され、レール上へ破片がふり落とされていく。ブレーキをかけられたみたいに、車輪とレールがはげしく火の粉を散らす。

ぐるぅぅぅぅぅ……。

地鳴りのような低い声がすぐ目の前から聞こえる。壁と天井の大部分がはぎとられた客車に、竜が降りたって、しがみついていた。四肢の爪を座席や床にくいこませ、翼をたたんで身を低くしている。炎や暴発する弾丸の上に平気で胴体を押しつけていた。全身は象のような皮膚によっておおわれている。おばあちゃんの家の壁紙をおもわせる花柄の模様が皮膚の表面に浮かんでいた。間近でそれをながめ、あらためて異様さにぞっとさせられる。これほどの暴力性を見せながら、よりによって花柄模様だなんて。

竜の重みに耐え切れず、床面が砕ける。外れた座席といっしょに破片が飛び、風に巻きあげられ、積乱雲のたちこめた空へ消えていった。竜巻がちかい。すさまじい風がおそいかかった。列車にはりついていた炎をはぎとり、砂をたたきつけてくる。

竜は客車の床に爪を立て、風に抵抗しながら僕たちのいる方へにじりよってくる。そいつの両目は、はっきりとリゼをとらえていた。この少女が敵であることを認識している顔だ。リゼが銀色のトランクを竜にむかって投げつける。風のいきおいがくわわって、それは竜の顔に命中した。がこんと音を立てて客車の外に放り出され、空へ飛んでいった。怒ったように竜は上下の顎をひろげて威嚇《いかく》する。鼓膜に穴が開いてしまいそうなするどい声だ。

「逃げよう！」

リゼに手をひかれ、僕たちは背後の扉をくぐり抜けた。客車のデッキに出る。連結器のむこうに炭水車の背面があった。はしごを指さしながらリゼがさけぶ。

「先に行って！」

手すりを乗りこえる。連結器の上を慎重に移動した。ここを通るのは三度目だ。風にあおられてバランスを崩しそうになったが、炭水車のはしごにしがみつく。はしごの設置された鉄板が熱せられており火傷しそうだった。積載された石炭からは大量の黒煙が出ている。燃えている石炭の上を移動することなんかできない。だからここが僕たちの逃げられる最終地点だ。

ふりかえるとすでにリゼが連結器をわたりはじめていた。客車の車両からのびた鋼鉄製の腕に赤い靴底のガムブーツをのせている。しかし少女は途中で立ち止まった。

「はやくこっちへ！」

「すぐ行く！」

髪と外套を風のなかでばたつかせながら少女がさけぶ。リゼは連結器の上でしゃがみこんだ。連結器を固定している輪っかを外そうとしているらしい。ベルトのバックルみたいな四角型の輪っかには鎖が溶接されていた。少女はその鎖をつかんで上方向へひっぱった。

「ん――――！」

しかしびくともしない。走行中は客車の重量がひっかかっているため外れにくいのだろう。女の子の力では無理そうだが、リゼはあきらめようとしない。鎖をひっぱりつづける。

少女の背後から破壊の音が聞こえた。客車にかろうじてのこっていた壁が、内側からの一撃によって吹き飛ばされ、破片となり、ばらまかれる。そのむこうから、姿勢を低くした竜の姿があらわれた。風に翼を持っていかれそうになりながら、床に爪をひっかけて僕たちを追ってきたのだ。牙の隙間から熱い吐息がもれる。そいつが長い首をのばして、連結器の上のリゼに食らいつこうとした。トラックほどの大きさの頭部がせまってくる様は圧巻だ。

少女は攻撃を寸前でよけた。連結器の上で腹ばいになり、さきほど弾をこめたピストルを取り出す。連続で発射して全弾命中させるが竜はびくともしない。皮膚や牙がすべての弾丸をはねかえしてしまった。最後にピストルを投げつけるが、竜を怒らせただけである。

「リゼ！　こっちに……！」

僕は手をのばす。しかし少女は連結器を外すために鎖をひっぱりつづける。

「ん――――！」

竜が横殴りの風をうけながらにじりよってきた。巨体が何倍にもふくらみ、おしつぶされそうなほどに感じられる。顎が開かれる様は、地獄への入り口が目の前に開いたかのようだ。牙にはられたワイヤーが風切り音を発した。連結器に気を取られて、リゼの回避行動が一瞬だけおくれる。

顎が少女の立っている位置を通過して炭水車の背面にまでとどいた。巨大な鉄槌《てっつい》を食らったような衝撃がおそって、車輪から火花が飛び散る。僕ははしごにしがみついて、ふり落とされないように耐えた。牙が炭水車の一部をえぐった。鉄板がゆがみ、ひきちぎられ、火のついた石炭が周囲にばらまかれる。

「リゼ!?」

衝撃がおさまって周囲を確認する。少女の姿は連結器の上にはない。しかし転落したわけではなかった。リゼは連結器に腕をまわしてぶら下がっている。ガムブーツの靴底が高速スライドする地面をこすっていた。苦しそうな表情をしている。

ぶしゅう、と竜が息を吐き出す。火傷しそうな息が、僕の顔のすぐそばにあった。僕と目があったけれど、こいつは脅威ではないと判断してくれたらしく、攻撃してくる様子を見せない。

少女が口に指を突っこんで、指笛を鳴らした。竜は長い首をひねり、音の方向をさぐる。連結器にぶら下がっている少女を、ほとんど真上から見下ろすような角度でにらみつける。靴底を地面ですり減らしながらリゼ・リプトンは言った。

「よし、それでいい」

竜の牙の一本に、なにかがひっかかっていた。鎖だ。顎が突進してきた瞬間、リゼはそいつを竜の牙に巻きつけておいたらしい。竜が首を持ちあげると、鎖がひっぱられて、がこんと重い音がする。リゼがどんなに力をこめても外れなかった連結器の輪っかが、鎖にぶら下がってゆれていた。

機関車にひっぱられている炭水車とは異なり、客車は車輪の摩擦と風によって速度を落としはじめる。ふたつの車両からのびた鋼鉄製の腕がはなれ、距離ができはじめた。竜は客車から首をのばして攻撃しようとするが、ぎりぎりで僕たちのところまではとどかなかった。

少女が力つきて連結器から落ちそうになっている。僕はあわてて手をのばす。風にあおられた深緑色の外套の一端をつかんだ。リゼは這いあがってきて、はしごをつかみ、ほっとするように息を吐き出す。

竜巻の風が吹きあれていた。さすがの竜も客車を飛び立って追ってくることはできないようだ。しかしまだ終わってはいなかった。ぼろぼろの客車に爪を立てて、竜は姿勢を低く保ち、おおきく口を開ける。喉の奥がぼんやりとあかるくなる。炎だ。僕たちは、はしごにしがみついて身構えた。

竜の喉の奥から、炎があふれ出す。その瞬間、ひときわ強い風が横なぐりに竜の翼をからめとった。竜は姿勢を崩し、しがみついていた客車の片方の車輪が持ちあがる。長い首は胴体にひっぱられる。炎は円を描くように炭水車の周辺へとそれていった。すさまじい金属音を生じさせながら客車が脱線し、地響きと砂煙をまき散らす。ついに竜は客車ともども、砂まじりの風のむこうへと見えなくなった。

ゴールデンティップ号は息もできないほどの暴風のなかへと突入する。はしごにひっかけている腕が肩から抜けてしまいそうだった。竜巻の風は大量の砂を巻きあげて視界をうばう。炭水車に積載されている石炭が飛んでいった。砂と風が暴れ狂うなか、僕とリゼ・リプトンの体が持ちあがり、ほとんど逆立ち状態になる。砂同士が空中でぶつかり、雷がばちばちと生じた。しかしその状態は長くつづかなかった。ふいに視界が晴れると、風も弱まり、呼吸が楽になる。体重がもどってきて、炭水車の出っ張りに足をつく。

周囲がおだやかになった。後方をふりかえると、線路上に風の柱がそびえている。機関車はそこを突っ切ってきたらしい。僕の横でリゼ・リプトンが、外套と髪の毛を風にあおられながらようやく笑みを浮かべた。言葉を発したかったが、なにも出てこない。すっかりぼろぼろだった。死んでないのが不思議なくらいだ。安堵《あんど》のせいで、おもわずわらいがこみあげてくる。

進行方向に巨大な壁面があった。【竜巻砂漠】の西側の壁だ。速度をゆるめずに壁へ直進し、となりの砂漠へと通じるトンネルへ機関車は入っていく。ようやく言葉が出てきて、僕はさけんだ。

「たすかったんだ！　たすかった！　僕たち、たすか……、ごほっ……、ごほんごほん……、ごほんごほん……」

トンネルを抜けたとき、僕たちは煤で真っ黒になっていた。

1－12

【中央階層】の商業地区から外れたところに、なぜかそこだけ雑木林のひろがっている区画がある。鉄製の門扉《もんぴ》があり、幌馬車はそこを抜けて枯れ木の密集したなかをすすむ。

趣のある建物が前方に見えてきた。アークノア特別災害対策本部である。中世貴族の屋敷をおもわせるデザインだ。石造りの壁面や窓の周辺には、植物を模したレリーフが彫られている。建物の横に電波塔らしきものがあった。馬車を降りてドゥマゴ家の者たちと正面玄関にむかう。

「ガイドブックによれば、玄関ホールまでなら自由に出入りしていいらしい。ここは観光名所になっているんだ」

足を踏み入れると大理石のひんやりとした八角形のホールがひろがっている。ツアー客らしい中年の集団や、モップがけをしている掃除人がいた。土産物売り場があったので兄妹といっしょにのぞいてみる。おもちゃのやわらかいハンマーや、ピーナッツバター味のお菓子、犬の絵柄の入った紅茶セット、緑色のマント、緑色の腕章などが販売されていた。売れ行きがそれほど良くないのか、どれもこれも値下げのシールがはられている。

受付カウンターの女性に座長がなにかを告げると、女性は緊張した表情になり、マリナ・ジーンズの方をちらりと見て、どこかへ電話をかけた。ほどなくして出入り口付近にあった赤色灯がひっそりと点滅しはじめる。ホールに立っていた数人の職員がたがいに視線をかわし、出入り口をふさぐような位置へ移動した。

「マリナ、こっちへおいで。さあ、ほら、おまえたちも」

ドゥマゴが手招きする。靴音を響かせながら二人の男があらわれる。

高そうなスーツにネクタイをしめた中年の紳士が前をあるいていた。胸板があつく、顔が普通の人よりもおおきい。表情は自信にあふれ、腕にはまっている金色の機械式時計はロボットに変形しそうな重厚さである。その男につきしたがうように、書類をかかえた細身の青年がくっついていた。

顔のおおきな紳士は、エネルギーの塊《かたまり》のようなぎらついた笑みを浮かべてみんなを見まわした。

「長旅ご苦労だった。本来なら担当の者が出向くところだが、あいにくとこちらもいそがしくてね」

咳払《せきばら》いをしてドゥマゴが前にすすみ出た。

「私はドゥマゴと言います。異邦人を保護し、こちらへ電話回線による連絡をおこなった者です」

「よろしく、私はロンネフェルトだ」

「ロンネフェルト?」ドゥマゴは眉間《みけん》にしわを寄せた。どこかでその名前を聞いたことがある、と言いたげな表情だ。「おもいだした。アークノア特別災害対策本部の所長だ」

ロンネフェルトと名乗った男はまんざらでもない様子でネクタイの形をととのえる。

ニナスがマリナにそっと耳打ちした。

「とっても有名な人よ。表には出ないから、どんな人なのかとおもってたけど」

ロンネフェルトがマリナの前に立つ。間近で見ると、よけいに顔の大きな男だ。視界いっぱいに顔面がひろがって、あとずさりしたくなる。

「きみがここへやってきたおおまかな経緯は、ドゥマゴくんから電話で聞いている。これからよろしく」

アークノア特別災害対策本部一階の奥まった場所に職員専用のバーがあり、窓から見える裏庭には雑木林がひろがっている。バーカウンターにはなぜかピーナッツバターの瓶がならんでいた。そこでドゥマゴ一家との最後の時間をすごす。

「マリナを無事に外の世界へ帰してあげてください」

ニナスがそう言うと、ロンネフェルトは確信のこもった声で返事をする。

「わかった、約束するよ」

彼が指を鳴らすと、つきしたがっていた細身の青年が布の袋を取り出す。

「旅にかかった費用と手間賃です」

覇気《はき》のない声で青年が言った。袋にはどうやらペックコインが入っているらしい。しかしドゥマゴはそれをうけとらなかった。

「そのかわり、マリナにおいしいものを」

「わかりました」

青年はうなずいて袋をしまう。

おわかれの時間がやってくると、ドゥマゴ一家は立ちあがり、マリナと握手をする。

ロンネフェルトが青年に言った。

「私はみなさんを外まで案内する。おまえはマリナくんを部屋へ」

「わかりました」

顔とわらい声のおおきな紳士に連れられてドゥマゴ一家が職員専用のバーから出ていった。ペコとテトレーが最後まで手をふってくれた。ついにみんながいなくなって、ひとりになり、マリナは心ぼそい気持ちになる。

青年がすこしはなれたところからマリナの顔を見ていた。青年はロンネフェルトの秘書のような存在らしいが、名前も紹介されないままだ。ウェーブがかった灰色の髪には寝癖らしきものがある。スーツの下に着ているシャツは、なんだかよれよれだった。年齢は二十代くらいだろうか。

「マリナ・ジーンズさん、お部屋へご案内します」

「部屋？　ここで暮らすの？　どれくらい？」

「わかりませんが、それほど長い期間ではないでしょう」

部屋までの道のりを、青年に連れられてあるいた。廊下には濃い緑色の絨毯《じゅうたん》がしかれてあり、壁に絵画が飾ってある。置かれている調度品はどれも品があった。

扉の開いている部屋があり、室内からおおぜいの声が聞こえてきた。通りすがりにのぞいてみると、ひろい部屋に三十人ほどがならんで電話とむきあっている。

「世界中から怪物の目撃情報が寄せられています。有意義な電話は、ほとんどありません。大半は見間違いか、私たちへのおしかりの電話です」

青年はため息をついて部屋の扉をしめる。

階段の踊り場を通りかかったとき数名の職員が談笑していた。彼らには仕事をさぼっているような雰囲気があった。しかし、所長に告げ口されるとでもおもったのか、青年の姿を見た途端に笑顔を消して会話をやめる。青年とマリナを通すように壁へ背中をくっつけてならび、青年が通りすぎたあとには、ほっと安堵するような気配があった。

三階の廊下を移動中、前方から美しい女性があるいてきた。都会のキャリアウーマンといった外見の美人である。彼女はすれちがいざまに青年へ友好的な笑みを見せた。

「こんにちは、所長。ご機嫌いかがです?」

「わるくはないですよ」

その美人はハイヒールで颯爽《さっそう》と脇《わき》をすり抜けていく。マリナは青年の後ろをついてあるきながら質問した。

「さっきの人……」

「情報部のブルックボンドです」

「あなたのことを所長って呼びました」

青年はちらりとマリナを横目で見た。目の色は灰色、寝癖のある髪の毛とおなじ色だ。どんな話をするときも、この青年は、こんな風に覇気のない声を出すのだろうか。

「部下にたのんで、私のふりをさせることがよくあるんですよ」

「どういう意味？」

「ドゥマゴ家の方々と握手をしていたのは私の部下なんです」

廊下の突き当たりの部屋までマリナを案内すると、所長のロンネフェルトは一礼して帰っていった。

1-13

【休息砂漠】は砂漠地帯の外れにある。オアシスを中心に草原が点在し、砂の色と草の緑がまだら模様になっているような場所だ。この砂漠の特徴は、家のリビングにあるようなソファーが、そこら中にころがっていることだろう。革張りのものもあれば、布製のものもあった。だれかがそこに捨てていったのではない。奇妙なことに、それらは砂の下から生まれてくるのだという。以前、植物みたいに地面から生えて成長する階段を森で見たけれど、それとおなじようなものだろうか。

オアシスのほとりにヴィラ風の宿があり、【竜巻砂漠】で竜におそわれた僕たちは、そこで休息することにした。竜の攻撃から生きのびたことへの高揚感は、一晩たつと消え去り、今度は恐怖が心にとりついた。僕は竜の炎に焼かれる悪夢で目覚め、ゴールデンティップ号の機関士二名は竜巻によって脱線事故をおこす夢を見てベッドからころげおちた。部屋のベッドに腰かけ、窓辺でゆれているカーテンをぼんやりと見つめながら一日をすごす。コップの水を飲む以外に、なにもやる気がおきなかった。あまりに強烈な体験をしたせいだろう。

青年機関士のトランスハーブが脂汗《あぶらあせ》を流しながらふるえはじめたら、中年の機関士のアーマッドと僕とで彼の背中をさすってあげた。アーマッドが涙ぐみながら奥さんの名前をつぶやくのはまだいいほうだ。僕なんかは数時間おきにパニックになって「水をかけて！　焼け死んじゃうよ！」とさけんではコップの水を頭からかぶった。僕たちがこんな状態だから、すぐに出発できるはずもない。

その期間、リゼ・リプトンとカンヤム・カンニャムは宿の電話回線をつかって【中央階層】のアークノア特別災害対策本部とやりとりをしていた。竜の目撃情報をあつめて地図に印を書きこみ、今後の作戦についてかんがえをめぐらせているようだ。竜は当然のごとく竜巻に巻きこまれた程度では死んでおらず、その姿はひきつづき各地で目撃されていた。竜が砂漠地帯から出ていくと、避難していた砂漠の住人たちがすこしずつもどりはじめたという。

僕と機関士二名が正気を取りもどしたのは三日目の昼だった。カンヤム・カンニャムがやってきて、僕たちにタバスコ入りのジュースを飲ませたのである。顔を真っ赤にして咳きこんでいる僕たちに、イヌ科の頭を持つ男は言った。

「出発するぞ。竜の創造主が、アークノア特別災害対策本部に保護されたらしいからな、会いに行ってみようじゃないか」

カンヤム・カンニャムの話によると、異邦人の名前はマリナ・ジーンズ。僕とおなじ肌の色の女の子だという。現在は【中央階層】に滞在しているらしい。

洗面所で顔を洗い、出発の準備をはじめた。宿の主人に食料を持ってきてもらって、固いパンを水でおなかに流しこむ。リゼの姿が見えないので、どこにいるのかとカンヤム・カンニャムに聞いてみた。

「オアシスで瞑想《めいそう》中だ。絶対にちかづくなと言われている。竜との対決にそなえてイメージトレーニングをしているのにちがいない」

出発の準備が整ってもリゼはもどってこなかった。カンヤム・カンニャムと二名の機関士は、ゴールデンティップ号をうごかす準備でいそがしそうだったので、しかたなく僕が少女を呼びにいくことになる。

オアシスのほとりには草木が生えていた。水は透明で、手をつけると、ひんやりとつめたい。オアシスのふちにそってあるいてみると、水辺《みずべ》に置かれたソファーの背もたれに、見覚えのある外套と衣類がひっかけられている。靴底をすり減らしたガムブーツもそばにころがっていた。

水音が聞こえてオアシスをふりかえる。宿で貸し出ししているおおきな浮き輪にのって、足を水にひたしながら、水着姿のリゼがフルーツをかじっていた。その様はバカンスをたのしんでいる旅行客にしか見えない。

「瞑想中じゃなかったの？」

声をかけると浮き輪の上から返事がある。

「アールくん、心の具合はどう？」

「もうだいじょうぶ。花火のささった南国風のカクテルなんかを見たら、竜の炎をおもいだして、オアシスに飛びこんじゃうかもしれないけど」

「カクテル？　お酒なんか飲めないお子様のくせに」

リゼは水に入り、浮き輪を押しながらあるいてくる。彼女の立てた波が水面にひろがった。

「ひとりだけずるいよ。たのしんじゃってさ」

「そっちが勝手に抜《ぬ》け殻《がら》のようになってたんじゃないか。それより、むこうをむいてて。

殺されたくなかったらね」

リゼは水を滴《したた》らせながら陸にあがり、緑色の外套をつかむ。僕のほうがはずかしくなって目をそらした。だけど一瞬だけ視界に入ったものが気になって、別の方向を見るふりをしながら、ひそかにリゼのほうを横目でうかがった。ワンピース型の白い水着である。背中がおおきくひらいており、肌のおおくが露出していた。

この世界の住人は、たとえば大怪我をしても、一度、死を通過すれば、元の状態で朝靄のむこうからもどってこられる。傷跡もない状態で完璧《かんぺき》に。だからもしも生きかえったとき、体に傷があったとしたら、それはその人の本来の姿なのだ。この世界が、その人物を、そのように認識しているということである。

リゼ・リプトンの背中には、何度もナイフをふりおろされたようなすさまじい傷跡があった。少女はそれをかくすように、すぐさま深緑色の外套を羽織った。

ヴィラ風の宿を出て数分の場所に【休息砂漠】を通過する線路があった。経費で購入した機関車を、カンヤム・カンニャムと機関士二名が手分けして整備している。炭水車には走行に問題ない程度の石炭がのこっていた。竜から逃げ切ったあと、いそいで消火活動をおこなったおかげだろう。

機関士たちが火室で石炭を燃やしはじめる。高熱のガスが水を沸騰させ、高圧力の蒸

気をつくることができたら発車準備完了だった。リゼ・リプトンの合図で汽笛が鳴らされ、ゴールデンティップ号は発進した。行き先はもちろん、異邦人の少女がいるという【中央階層】である。客車はなくなってしまったので、僕とリゼは炭水車に乗りこんだ。

炭水車は上半分が石炭を積載するスペースになっており、下半分が水のタンクになっている。タンクに水を入れるための取水口周辺の足場へ僕たちは腰かけた。ほどよい速度で機関車は走行し、風が気持ちよかった。

「【中央階層】ってところには、どうやって行くの？　線路はつながってる？」

僕はリゼに聞いた。

「階層が異なるから、【スーパーターミナル】を経由しなくちゃいけないね」

「【スーパーターミナル】？」

「階層移動式の町だよ。アークノアをつらぬく縦長の巨大な空間を何日もかけて行ったり来たりしている。エレベーターの箱のなかに町があるようなものかな」

その部屋には線路がしかれているため、機関車ごと乗りこんで別の階層へ旅をすることができるらしい。

ほどなくして砂漠地帯を抜けると、ゴールデンティップ号は行きずりの無人駅で停車する。駅には石炭の備蓄と給水タンクがあった。機関士たちはさっそく炭水車への燃料補給作業にとりかかる。給水タンクは高い位置にあり、レバーをひっぱるだけで水はホースを通じて炭水車の取水口へと流れこんだ。石炭の方は滑車《かっしゃ》でうごくタイプの木製クレーンを使用する。

カンヤム・カンニャムは駅のホームで作業をながめながら煙草を吸っていた。リゼは無人駅の待合所をあるきまわり、据え置きタイプのラジオを発見すると電源を入れる。

「ニュースを聞こう。竜はどうなったかな?」

ラジオのダイヤルをまわして、怪物災害ニュースの電波をさがす。

「本部に電話して聞いてみればいいのに」

「ロンネフェルトのやつが電話に出るのがいやなんだ」

よくわからないが、リゼはその人のことを敬遠しているようだった。ドッグヘッドが本部とやりとりしていることの方がおおいのはそのせいだろうか。いくつかのラジオ局が怪物災害に関する情報番組を流していた。それぞれに、アークノア特別災害対策本部からの報告を独自の視点と解釈で切り取っている。スピーカーから流れる雑音まじりの音声を聞いて、僕とリゼは目を見あわせた。

「カンヤム・カンニャム!」

リゼは駅舎から顔を出して、ホームにいる相棒を呼んだ。彼は煙草を地面に落として靴底で踏み消す。律儀《りちぎ》にも吸い殻をつまんで、ホームに備えつけの灰皿へと捨てた。

「ちょっとそこにある電話で、本部に確認してみてくれないかな。今、ラジオが気になることを言ったんだ」

リゼは駅舎の奥を指さす。壁際に電話が置いてあった。僕の家にあったようなデザインではない。卓上のマイクスタンドに、電線で筒状のスピーカーがつながっているような、古めかしい形をしている。ラジオで報道されているニュースを聞いて、カンヤム・カンニャムが言った。

「行き先がおなじってのは、どういうわけだ?」

最新の目撃情報によれば、竜は今日の昼ごろ【スーパーターミナル】の縦穴へ侵入したという。【スーパーターミナル】と言えば、僕たちがこれからむかおうとしていた場所だ。竜が侵入した縦穴というのは、エレベーターシャフトのようなものらしい。カンヤム・カンニャムが電話でアークノア特別災害対策本部に連絡する。

【スーパーターミナル】は、エレベーターのように縦穴を垂直に移動している。そこにもしも竜がぶつかったら町が落ちてしまうのではないか。そのような心配をしてしまったが、報道によればそうなる可能性は非常にすくないそうだ。おおきさがあまりにちがいすぎるからだ。町が入った箱にくらべたら、目撃された竜はごま粒みたいなものである。ひとつの町が移動する縦穴は、竜が羽虫におもえるくらいの広大な空間らしい。それが何百キロも上下に長く、この世界を縦につらぬくようにのびているのだから、とほうもない話だ。

「竜が僕たちの先まわりをしたのかな？」

「線路をたどっているうちにそこへたどりついたんだ。【スーパーターミナル】は鉄道旅行をする際の重要な中継ポイントで、たくさんの線路がそこに集中している。だから偶然ではないとおもうけど……」

リゼは外套の内側から何枚かの地図を取り出した。砂漠地帯の地図や、その周辺地域の地図だ。僕が宿でぼんやりしていたあいだにも、竜の目撃された地点を示す印がいくつもふえている。

「あの竜、創造主のいる位置がわかっているのかもしれない。怪物と創造主は、見えないへその緒《お》でつながっている。障害物をすり抜けられるような、私たちには感知できないつながりがあるんだ。それが竜には見えているのかも。これまでにもそういう怪物はいた。結びつきが強まれば、意思の疎通だってできるようになるんだ」

ある程度の知能を持った怪物は、自分の創造主に会いに行こうとする。そういうものなのだと、聞かされたことがある。リゼは舌打ちをした。電話をしている最中のカンヤム・カンニャムへちかづいて電話を本体ごとひったくる。

「もしもし？」

卓上マイクをおもわせる本体の送話器部分にむかって少女は言った。

「こちらハンマーガール。【中央階層】のみんなにつたえて。竜はそこにむかってる可能性がある。避難勧告？　だれかにまかせればいい。うん、おおぜいが死ぬかもしれない。でも、ほうっておいていい。大事なことはひとつ。異邦人の少女をかくして」

二章

2―1

自分を呼ぶ声で眠りから覚めた。まるで赤ん坊が母親にふりかえってもらいたくてあげているような声だ。ベッドで上半身をおこし、周囲を見るが、だれもいなかった。マリナ・ジーンズにあてがわれた部屋は、アークノア特別災害対策本部の建物の三階にあり、充分なひろさがあった。リビングとベッドルームとバスルームの三部屋で構成され、家具は高そうなものばかりである。まどろみながら、自分を呼んだ声についてかんがえる。夢のなかの出来事だったのだろうか。それにしては、はっきりと聞こえた気がする。

窓辺にちかづいて、鉄格子《てつごうし》の隙間から外をながめた。枯れ木の密集地帯のむこうに、【中央階層】の高層ビルがひしめいている。廊下に通じる扉は外から鍵《かぎ》がかけられていた。自由にあるきまわれるのは、この三部屋のみである。外を散歩するときは、かならずだれかといっしょでなければいけなかった。食事の時間になると料理がはこばれてくる。部屋には新品の歯ブラシも置かれていて、食事の後は念入りに歯とマルチブラケット装置をみがいた。ざんねんながら、外の世界にあるような、ナイロン製の毛の歯ブラシがアークノアには存在しない。木製の柄《え》に動物の固い毛を植えつけたタイプの歯ブラシが一般的だった。今はもうなれたけれど、この世界にやってきた当初は、動物の毛でみがいているのだと想像して「オエー！」となったものだ。

ほとんどの時間をひとりですごさなくてはいけなかったが、たまにブルックボンドという名前のきれいな女性が部屋をたずねてきて話し相手になってくれた。彼女はマリナの世話係であり、教育係でもあった。この世界に関することや、怪物と異邦人の関係について教えてくれる。彼女の話によれば、今、この世界のどこかを飛びまわっている竜の怪物は、自分の心が生み出したもので、それを殺さないかぎりは元の世界には帰れないらしい。

「あなたと竜の間には、見えないつながりがあります。へその緒でつながったお母さんと赤ん坊みたいにね。だから、竜を放置したままこの世界をはなれることはできないの」

つい最近も【森の大部屋】という場所で巨大な怪物の討伐作戦がおこなわれたという。無事にそれは成功して、異邦人の少年が外の世界へ送りかえされたそうだ。しかしその少年の兄はまだこの世界にのこされているとのことだ。

「名前はアール・アシュヴィ。いつか会うことになるでしょう」

アール・アシュヴィの怪物は蛇の姿をしていたという。そいつの居場所はわかっておらず、この世界のどこかに潜伏しているはずだと聞かされる。

ブルックボンドはスーツを着こなした大人の女性だった。話をするとき、くちびるの隙間から、きれいに整列した白い歯がのぞいた。おもわずそれに見とれてしまう。

「怪物は、あなたの心の影です。あなたが故郷にいるとき、それに強い意思で形をあたえられていたら、怪物になんてならなかったでしょう」

「なにになっていたというんです？」

「もっと肯定的な創造物です。絵画や彫刻、音楽や文学などの、芸術と呼ばれるものです。ここにやってくる異邦人の子どもたちは、心のつかい方がまだ未熟で、怪物を飼い慣らせなかったのかもしれない」

異邦人の連れてきた怪物は、アークノアという世界観を傷つけ、侵食し、やがてはその在《あ》り方を変えてしまうという。場合によってはその結果、世界の安定性がやぶれて、泡がはじけるみたいに世界が消滅する可能性もあるらしい。だからこの世界の人々は、いつも怪物ニュースに耳をかたむけて、一刻もはやくそれが退治されることを祈るのだ。

ブルックボンドはいつも、マリナの精神状態を気にかけてくれた。部屋をたずねてくるとき、レコードや本を持ってきて、この部屋での滞在が退屈なものにならないようはからってくれた。しかし日がたつにつれて、窮屈に感じはじめる。今の状態にくらべたら、ドゥマゴ一家とともに旅をしていたころはなんて自由だったのだろう。

窓辺に立ってため息をつくと、鉄格子の隙間を通り抜けて、息が窓ガラスを白色にくもらせる。ふと見下ろした先を黒人の少年があるいていた。窓ふきの道具を腰にぶら下げ、長いはしごをかかえて、建物の裏を移動している。

「ねえ、そこのきみ」

窓を開けて、鉄格子の隙間から少年を呼ぶ。少年は立ち止まり、三階の窓で手をふっているマリナに気づいてくれた。ひとさし指をくちびるにあてて、しずかにという仕草をしながら手招きすると、少年は怪訝《けげん》な顔をしながらも窓の下まで来てくれる。

「きみ、ここの組織の人？」

鉄格子に額《ひたい》をくっつけて、下をのぞきこむような格好で話しかけた。

「ちがうよ。ただの窓ふきさ」

「じゃあ、お願いがあるんだけど、ペックコインとひきかえに、この鉄格子を外す道具、持ってきてくれないかな。それとついでに、はしごを窓辺にわすれていってくれるとありがたいんだけど」

「つまり、おねえさん、そこから出たいってこと？　閉じこめられてるの？　いったい、なにをやったの？」

「よくわからないけど、危険な動物を放し飼いにしちゃったみたいなんだ」

少年は「ふうん」と言いながら、はしごをかけてのぼってくる。だれかに見られても、窓ふきの仕事をしていると言い訳できるだろう。少年は三階の窓辺までやってきて、鉄格子をはさんでマリナとむかいあう。目がおおきくて、かしこそうな顔をした黒人少年だ。できるだけくちびるを開かないで話をすることにした。この歯並びを見せてしまったら、おどろいてはしごから転落してしまうかもしれない。

「道具があれば、外せるかな、これ」

黒人の少年は鉄格子を観察した。

「溶接されてる。でも、だいじょうぶ。おねえさん、ここを出ていく準備でもしてなよ。こいつはなんとかしておくから」

「たすけてくれるの？」

「そうだよ。おねえさんを逃がすことで、ここの人に迷惑がかかるのだとしたら、よろこんでそれをやっちゃうよ。僕、ここの人がきらいなんだ」

窓辺からはなれて、所持品を入れた巾着袋を腰にむすんだ。電池の切れた携帯電話やペックコインがなかに入っている。窓辺から目をはなしていたのは十秒ほどの時間だった。その短時間のうちに、鉄格子はぐにゃりと曲げられて、マリナが通り抜けられる程度の隙間ができている。

「……どうやって曲げたの？」

「こつがあるんだよ。やり方さえ工夫すれば、道具なんてなくたって曲げられるんだ」

「へえ、しらなかった」

「そんなことといいから、おねえさん、はやく出ておいで」

少年が先に下りて、はしごがうごかないように手で押さえてくれた。三階の窓の高さはそれなりに恐怖を抱かせる。意を決して鉄格子をくぐり抜け、慎重にはしごをつたって下りた。固い地面にたどりついて、巾着袋からペックコインを取り出す。

「ありがとう、たすかった。これ、約束のもの」

どれくらいあげればいいものかわからなかったが、おおめにわたしておこう。しかし少年はうけとらなかった。

「こいつはいらない。ところでおねえさん、これからどこへ行くの？」

「街のほう。服屋さんを見たり、川沿いをあるいたりしたいんだ」

「ふうん、気をつけて」

黒人少年とわかれて雑木林に入った。茂みのなかをまっすぐにすすめば、ビルのならんでいるにぎやかな地区へ出られるはずだ。すこしあるいてふりかえると、黒人少年が建物のそばからマリナの方を見ていた。手をふってみると、少年もまたふりかえしてくれた。

2―2

異邦人の少女にあてがった部屋は、三階の廊下の突き当たりにある。廊下には緑色の絨毯がしかれているため、ハイヒール特有の音はしなかった。ブルックボンドはボードゲームのセットをかかえている。街のおもちゃ屋で購入してきたものだ。マリナ・ジーンズの自由は制限されている。せめて頻繁《ひんぱん》に足をはこんで話し相手になってあげよう。

扉の前で立ち止まり、ノックする。

「マリナさん、ごきげんはいかがです？　ブルックボンドです」

いつもならすぐに返事がある。しかし今日はいつまでたっても彼女の声は聞こえてこない。寝ているのだろうか。耳をすますと、室内から床の軋むような音がする。おきて移動しているらしいが、それならどうして返事をしないのだろう。

「マリナさん？」

奇妙な音が聞こえてきた。湿った物体が床に落ちるような様と、飛び散った液体が蒸発していくような様を想像させた。ボードゲームを足下に置く。鍵を取り出して鍵穴に差しこんだ。異邦人の部屋の鍵を持っているのはかぎられた一部の人間だけだ。ブルックボンドはそのうちのひとりである。

「開けますよ！」

扉を開けて室内に踏みこむ。最初に目に入ったのは正面の窓だ。否応なくそこに視線がすいよせられてしまう。カーテンが風にあおられ、ゆれていた。鉄格子が曲がり、人が通り抜けられるくらいにひろげられている。

「マリナさん！」

窓に駆け寄った。はしごが外にかけられている。逃げられた、と咄嗟におもう。次に疑問がわいた。どのような方法で鉄格子を曲げ、はしごを調達したのだろう。

得体のしれないにおいが鼻の奥をついた。血のにおいに似ていたが、魚のような生臭さもまじっている。周囲に視線をめぐらせて、においの元をさがす。ベッドルームの扉はしまっていた。まずは開きっぱなしになっているバスルームをのぞいてみると、そこで異様なものを発見する。

白いタイル張りの床に人が横たわっていた。マリナ・ジーンズではない。袖から出ている腕の皮膚が黒色だ。体のおおきさから、少年か少女だ。顔つきから性別が判断できなかったのには理由がある。ブルックボンドは口を押さえた。

横たわっている少年の首から上が見当たらない。いや、それだけではない。背骨や肋《ろっ》骨《こつ》や内臓までもごっそりと抜き取られている。服が裂けて、首から胸元にかけてぽっかりと大きな穴が開いていた。しかしその肉体と衣服は次第に形を崩しはじめる。ガスが発生したのでバスルームを出た。

なにがおきているのかわからない。まずはロンネフェルトに報告しよう。廊下にむかってはしりだす。扉はすぐ目の前だ。しかし、そこにたどりつくことはできなかった。ベッドルームの扉がいつのまにか開いていた。そこからほとんど音もなくすべるように鱗《うろこ》の体がのびている。手足のない肉体が天井にはりついていた。青銅色の巨大な蛇の存在に気づくのと、その攻撃をうけたのは、ほとんど同時だった。牙のならんだ上下の顎が、おおきく開かれて頭上から降ってくる。悲鳴をあげることもできないうちにブルックボンドは死んだ。

2-3

マリナ・ジーンズの横を、エンジンの音を響かせながら自動車が通りすぎた。禁酒法時代のマフィアが乗りまわしているようなデザインの車だった。

【中央階層】はほかの部屋と異なり、自動車を見かける頻度《ひんど》が高い。ドゥマゴに聞いたことがある。この世界には自動車をつくるための工場というものは存在せず、道をはしっているものはすべて、どこかの部屋で地中から発掘されたものらしい。自動車の数は人口にくらべてすくない上に、燃料を供給する施設もないため、乗り物としては馬車の方が一般的なのだ。【中央階層】に自動車がおおいのは、燃料のガソリンを安定して供給できるような設備があるおかげだろう。これほどの都会では、馬の餌《えさ》を確保するよりも、ガソリンを買う方がずっと楽なのだ。

街角の露店で【中央階層】の旅行者用ガイドブックが売られていた。一冊買って開いてみると、この部屋の詳細な地図が掲載されている。デパートの位置や、おいしいレストランの情報を入手した。まずは商業地区のメインストリートと呼ばれている通りを目指して移動する。

【中央階層】の地面は石畳《いしだたみ》がしかれていた。雨が降ったとき、都市が水浸《みずびた》しにならないよう、水はけを良くするための側溝もあった。花屋が店先でつかった水は、側溝の穴へと吸いこまれて、通行人の足下をぬらすこともない。ガイドブックによれば、この都市の地下には雨水を逃がすための水路がはりめぐらされているという。交差点で見かけるマンホールの存在は、なんとなく外の世界をおもいださせてなつかしい。

ビルの谷間をあるいていると、女性むけの服屋があった。レトロなデザインのかわいらしいコートを見つけて試着してみる。膝《ひざ》くらいまでの長い丈《たけ》だ。外の世界から着てきた服がすっぽりとおおいかくされて都合がいい。手持ちのペックコインで足りたので購入を決めた。

ひとりで街をぶらつくのはたのしかった。映画館や劇場のならんでいる一画をながめて、持ち帰り用のコーヒーをカフェで注文する。噴水広場のベンチにすわって、方舟《はこぶね》のオブジェをながめながらコーヒーを飲む。

運河のほとりにも行ってみた。反対岸がかすんで見えるほどに幅がひろい。何艘《そう》もの船が運河を移動していた。ガイドブックによれば、この運河は最終的に南の果てで滝となって下の階層へと流れおちているという。

ジョギングをしている人々や、子どもを連れて散歩をしている親子がたくさんいた。景色をたのしんで、そしてすこしだけ不安になる。勝手に抜け出してしまったが、今ごろおおさわぎになっていなければいいのだが。

そしてまた、自分を呼ぶ声がした。眠っているときに聞いたのとおなじ声だった。立ち上がり、ふりかえってみたが、その声を発したものはいない。周囲の通行人の様子を見て、それが自分にだけ聞こえる種類のものだと理解する。

2-4

目を覚ましたとき、肉体が変貌《へんぼう》している。自分の本来の姿は人間の社会ではおおきすぎる。壁にはりついて垂直にのぼれるのは便利だが、人の目につきやすいし、小回りもきかない。だから屋内探索は人間の姿を借りておこなうのが一番だ。自分は変身の能力を持っている。殺した相手の姿へと、自分を変貌させながら、この世界をさまよっている。

足下に乳白色の抜け殻が落ちていた。青銅色の鱗の皮膚が変質した袋状のものだ。乾燥してちぢんでいたが、それでもなお、ひとかかえもあるようなおおきさだった。ベッドの下に押しこんでかくすことにした。変身にともなう残留物はやっかいなものだ。肉の部分は蒸発してくれるが、鱗の部分だけはこうしてのこってしまう。

鏡で容姿をチェックした。美人の部類に入るだろう。髪はブロンド、目は茶色だ。窮屈なスーツに、ハイヒールという格好だった。同時に記憶も手に入れることができた。あたらしい肉体の名前はブルックボンド。アークノア特別災害対策本部の情報部門の人間である。

人間の体の操縦方法にはすっかりなれたが、変身のたびに視線の高さや腕のリーチが変わるため、意識して避けないと家具にぶつかってしまう。服装のみだれをただして部屋を出た。入り口のところに置いてあるボードゲームは、ブルックボンドが購入して持ってきたものだ。死ぬ間際の記憶でそのことをしる。室内のテーブルに移動させて扉に鍵をかけた。さきほど部屋から逃がした少女の正体も判明した。少女は今ごろ街を観光でもしているのだろうか。自由は長くつづかないだろう。少女の所持品には居場所をしらせる発信器が仕込まれているのだから。

緑色の絨毯がしかれた廊下を直進する。すでに建物の構造はわかっている。すれちがう人の名前や仕事、話しかけられたときの対応の仕方、すべて問題ない。ブルックボンドのふりをしながら目的の部屋を目指した。機密情報を保管している場所は、彼女の記憶によれば、地下深くの階層の警備員に守られた一画である。ブルックボンドにはその部屋に入る権限がないけれど。

「やあ、ブルックボンド」

金色の重そうな腕時計をはめた男に呼び止められる。おおきな顔とおおきな声をした、ディンブラという名前の人物だ。彼の横にコアラティーという名の青年がいる。少年の面影をのこした顔立ちだ。二人は物流管理部門の人間である。

「こんにちは、ご機嫌いかが?」

コアラティーが前にすすみ出てブルックボンドの手をにぎった。

「聞いてください、朝からわるいことつづきなんです。コーヒーをおろしたてのシャツにこぼしちゃったんです。だけど、たった今、すがすがしい気分になりました。あなたに出会ったからです」

ブルックボンドの記憶によれば、この青年からは何千回と愛の告白をされていた。しかしいつも青年の言葉は聞こえないふりをしている。

「これからどちらへ?」

ディンブラに質問する。彼らは上着を羽織って外に出る格好だ。

「商人たちと食事だ。この前の一件で物資を融通してもらったからね。お礼に食事をおごるって約束したんだ」

この前の一件とは、大猿討伐作戦のことだろう。

「街で旅芸人の一家に出会わないよう注意してくださいね。ロンネフェルトさんから聞きましたよ。ディンブラさんが、所長のふりをしてごあいさつしたと」

「ああ、そうだった、そうだった。まだ【中央階層】にいるかもしれないものな。彼らにとっては、私が所長ってことになってるんだ。こいつはおかしい」

バリトンの低いわらい声でディンブラがわらう。

「たのしんでいらしてくださいね」

「あなたが同席しない食事に、どんなたのしみがあるでしょう」

コアラティーの声を無視してあるきだす。かなしそうな声が背後から聞こえてきたが、ブルックボンドが青年の愛をうけいれることはないだろう。ほかにも何人もの男から求愛されていたが、彼女はすべてことわっているようだ。彼女の心のなかは、ロンネフェルトへの愛情で占拠されているからだ。

地下は堅牢な石造りの構造だった。階段を下りて地下深くを目指す。最奥部までたどりついて、ひんやりとしたうす暗い通路を抜けた。硬質なハイヒールの音が響く。途中に警備員が二名、立っていた。彼らの背後の突き当たりに頑丈そうな扉がある。そこが機密情報の書類を保管している部屋だ。ブルックボンドの頭のなかをどんなにのぞいても、ここから奥にすすんだ記憶は見つけられなかった。

「ブルックボンドさん、どうされました？」

警備員に声をかけられた。一歩踏みこんでひとり目の心臓をえぐり出す。血が飛び散り、警備員はすぐさま生命活動を停止させた。肉体は輪郭《りんかく》をくずし、白色の煙となった。飛び散った血も蒸発する。

アークノアにおいて人間の身体はあいまいなものである。死ねば血や肉は風に溶けて世界へ回収される。肉体という器に、魂が輪郭をあたえている。死ぬと煙になるのは、自分というものを認識しているものが消えて、器の形状を保っていられなくなるせいだろう。青銅色の鱗を持つ自分の肉体が、変身と同時に質量を増減させることができるのは、この世界において肉体というものがあいまいだからにちがいない。死んで煙になった状態の彼らを吸いこむことで、自分は彼らの記憶を入手し、その肉体へと変身することができる。

もうひとりの警備員があっけにとられてこちらを見ている。体を反転させてもう一撃をくりだした。今度は手加減して脇腹《わきばら》をたたく。それだけで警備員の体は床を何メートルもすべってうごかなくなった。死んではいない。気絶している体をさぐって鍵束を入手した。首をハイヒールで踏み抜く。

扉にちかづいて鍵穴に一致する鍵を差した。電灯のスイッチをさがす。広い室内には棚が整列していた。タイプライターによって記録された書類が保管されている。

これまでにアークノアへ流れついた異邦人のことや、出現した怪物についての資料だ。片っ端からそれらを読みあさる。これまでに消されてきた怪物たちは自分の兄弟みたいなものだ。親は異なるが境遇はいっしょである。彼らはどのような姿を持ち、どのような能力を持ち、そしてどのように殺されたのだろう。生きのびた怪物はほんとうに一匹もいないのだろうか。ほかの怪物たちのことをしらべることで、自分のことがなにかすこしでもわかるのではないかと期待していた。

怪物とは何だろう?

なぜ自分はここにいるのだろう?

思考するようになっていつもかんがえていた。異邦人は自分の生み出した怪物を消さないかぎり外の世界に帰ることができない。だからアール・アシュヴィも、この世界の住人たちといっしょになって殺そうとしてくる。理不尽なものだ。世界中から嫌われ、親からも死をのぞまれている。それなのに自分はどうしてこんな風に生まれてきたのだろう。どうして生きようとしているのだろう。自分という存在に、いったいなんの意味があるのだろう。

不安でたまらない気持ちになったら「パパ」と口に出して言ってみる。たとえ自分の死をのぞんでいたとしても、いつも彼のことをおもっていた。怪物と創造主の間には見えないつながりがある。どれほど距離がはなれていても、創造主の魂と深くむすびついている。心がやすまるのだ。自分は無から生じたのではない。彼がつくってくれたからここにいる。そうおもうことで、存在することから生じる孤独がうすれてくれた。

そのとき、サイレンが響きわたった。部屋の入り口から通路を観察する。天井に設置された赤色灯が点灯していた。自分の侵入がばれたのだろうか。あるいは、マリナ・ジーンズの姿がなくなっていることにだれかが気づいたのかもしれない。どちらにしろ脱出したほうがよさそうだ。

警備員のいた通路を抜けて階段をあがる。おりかえしの階段がしばらくつづいて、ようやく地上へ出た。絨毯のしかれた一階の廊下を人々がいそがしそうに行き交っている。サイレンは建物の外でも鳴っているらしい。戦争でもはじまったかのような騒々しさだ。

「ブルックボンドさん、どこにいらっしゃったんですか。さがしたんですよ」

声をかけられて立ち止まる。情報部の後輩の女の子だ。

「どうしたんです？　このさわぎはいったい……」

「ハンマーガールから連絡があったんです。【中央階層】に竜が来るかもしれないって。竜の目的は異邦人の女の子だって」

おどろいた表情をつくってみせたが、心のなかでは安堵する。サイレンは自分に関係したものではなかったようだ。後輩といっしょに情報室へとむかう。彼女をふりきって逃げてもかまわないが、情報室に行けば、竜の怪物やリゼ・リプトンに関する情報を入手できるかもしれない。なによりも、アール・アシュヴィのことも。

情報室ではブルックボンドの同僚たちが無線機にむかっていた。アークノア各地に点在するラジオ放送局へと現在の状況を伝達している最中だ。電話回線を通じて報告された最新の目撃情報によれば、竜は【スーパーターミナル】の縦穴を出て、まっすぐにこを目指しているという。

人々は意見をうかがうような視線をブルックボンドにむけた。情報部の最高責任者は所長であるロンネフェルトだ。しかし彼がその場にいない場合、ブルックボンドにその権限があるらしい。ブルックボンドが言いそうな言葉を選択して口にした。

「仕事をつづけてください。最後まで無線機の前からはなれてはだめ。この場に竜があらわれたなら、その姿や特徴を電波にのせて話しなさい。今日のあなたたちが死んでも、つたえられた言葉は明日にのこってゆきます」

言葉を聞いていた者たちは、自分のなすべきことを再開する。

窓の外に電波塔が立っていた。あとで破壊しておこう。電波塔がなくなれば、無線もつかえなくなり、彼らの言葉が明日へのこることもなく、完全な無駄死にとなるだろうから。人間の姿で蛇の怪物はそんなことをかんがえる。

2―5

街のいたるところでサイレンが鳴っていた。鳥たちがおどろいていっせいに飛び立ち、ビルの上空を逃げていく。運河沿いに店をかまえていたレストランから従業員が飛び出してきて道行く人にむかってさけんだ。

「安全な場所へ！　竜が来るぞ！」

たった今、ラジオで【中央階層】の住人あてに避難勧告がなされたという。竜の怪物がこの都市を目指して移動しているとのことだった。母親に連れられて散歩していたおさない子どもたちが、大人たちの異変を感じて泣き出してしまう。

「あとどれくらいだ⁉」

「もうじきさ！　すぐそこにいるんだとよ！」

どうやらアークノア特別災害対策本部へ帰った方が良さそうだ。そこが安全かどうかはわからないが、きっとみんな自分のことをさがしているはずだ。マリナ・ジーンズは、はしりだした。

【中央階層】の住人たちによる自主的な避難がはじまった。ビルの窓から荷物を投げ落とし、車につめこんでいる。普段のにぎやかさとは種類の異なる、緊張をはらんだ喧噪《けんそう》が都市に充満する。車がビルの壁面にぶつかって大破していた。いそいで逃げようとして、ハンドルを切り損《そこ》ねたのだろう。運河の反対岸でも似たような事故が頻発《ひんぱつ》しているらしく、黒い煙がそこら中でたちのぼっている。マリナは、不安におもう反面、心のどこかで疑問も抱いていた。ほんとうにここに竜があらわれるのだろうか。なにかのまちがいじゃないだろうか。そうかんたんに日常が壊れるとはおもえなかったのだ。

　やがて道は避難する人々でごったがえし、はしれないほどに混雑しはじめた。ぶつかって怒声をあげる者や、連れの相手とはなればなれになって名前を呼びながらさがしている者などで埋めつくされる。【中央階層】から避難するには、東西南北の壁に開いている数カ所の出入り口を抜けるしかない。その数はかぎられているため、出入り口へちかづくほどに外へむかう人々が密集するらしい。

　突然、悲鳴が聞こえた。女性が立ち止まり、南の方角の空を指さして、恐怖に目をひろげている。おおぜいがその事態に気づいた。マリナもまた、信じられない気持ちでその光景を見つめる。

　都市の上空を飛んでいた飛行船が燃えながら墜落しようとしていた。避難勧告を聞いて発着場へむかっていたはずだ。しかし着陸する前になんらかの攻撃をうけたのだろう。曇り空のなかを、赤々と炎をまとって飛行船が急降下していった。大量の黒い煙を空にのこし、ビルの密集する地域へと墜落する。遠くからでもはっきりとわかるくらいのおおきさの、高層ビルをすっぽり飲みこむほどの炎がふくれあがった。人々の顔がいっせいに赤く照らされる。すこしおくれて爆発音がこだまをのこしてひろがった。

空にたちこめていた黒い煙のなかに、炎によって下方向から照らされる点がういていた。目をこらすと、そいつは、翼を持った生物だとわかる。ひろげた翼に風をはらみながら、そいつは降下してきて、高層ビルの天辺《てっぺん》に降り立つ。その衝撃で窓ガラスがいっせいに砕けて、ビルの一部が破片となってざらざらと流れ落ちていった。

都市を見下ろして、そいつは、耳障《みみざわ》りな声で咆吼する。何千という弦《げん》楽器をいっせいにかき鳴らしたような声は、赤々と炎に照らされるビル群に反響した。人々は顔をこわばらせる。世界の終わりを目の当《ま》たりにしたかのように。飛行船の落下地点からたちのぼる黒煙が都市をおおって、ビルの天辺にいるそいつの姿をさえぎった。

マリナの足は、アークノア特別災害対策本部とは反対方向にむかってうごいた。その姿をもっと間近で見たかった。なぜか恐怖は感じない。自分はあの生物をずっと前からしっているという奇妙な確信があった。

はじめて見た気がしない。あの声も、どこかなつかしい。ずっと以前、外の世界でみじめなおもいをしながら暮らしているときから、そいつは自分の心にいたのかもしれない。はっきりと、その形を見るまでは気づかなかったけれど。

黒煙のむこうでビルが傾きはじめ、崩れ落ちる。その地響きは【中央階層】のどこにいても感じられた。次々と爆発音が発生する。巨大な火炎放射器で攻撃をうけたみたいに、路地や大通りを炎がなめるように駆け抜けた。すさまじい速度で影が横切る。そいつの巻きおこす風により黒煙が渦を巻いた。

逃げようとする人々の流れにさからってすすまなければいけなかった。人々に押されてころびそうになる。大人たちの背丈はマリナよりずっと高い。視界がわるく、様々な音でごったがえしていた。やがて煙のにおいがただよってきて、群衆の頭上に灰や火の粉が降りそそぐようになった。火の手がひろがっているのか、それとも自分が火災の中心へとちかづいているのか。

ふいに人混みが途切れて、開けた空間に飛び出した。逃げまどう群衆の背後に、地獄のような光景がひろがっている。黒煙が空をおおい、窓という窓から炎を吐き出し、都市が赤色に染まっている。その光景に圧倒され、接近する自動車の存在に気づくのがおくれた。

マリナが立っていたのは車の通り道だった。人混みが急に消えたのはそういう理由だったのだ。しかし、せまってくる自動車のフロント部分を見ても体がついていかなかった。足がすくんで咄嗟にはうごけない。クラシカルな形状の自動車は、今さらブレーキを踏んでも間にあわない速度だった。運転席でハンドルをにぎっている男とガラス越しに目があった。衝突するとおもわれた瞬間、頭上から垂直に巨大な物体が降ってきた。

眼前にせまった車が一瞬で姿を消す。いや、消えたのではない。乗っていた男ともども、わずか数センチの薄さにまでつぶされて地中にめりこんだのである。衝撃で地面がへこみ、たわみ、石畳がめくれあがる。後方に吹き飛ばされ、地面にころがって体を打つ。

しばらく息ができなかった。耳が一時的におかしくなって、音がこもって聞こえる。ぱらぱらと小石が降ってきた。目を開けて、まだ自分が生きていることを確認する。手にすり傷をつくっていたが、車にはね飛ばされるのにくらべたら微々たる被害だ。おきあがり、さきほどまで立っていた場所をふりかえる。ぺちゃんこになった車から白い煙がたちのぼっていた。車の上には、爬虫類をおもわせる形状の巨大な肢がのっている。マイクロバス程度ならひと裂きにできそうなするどい爪が生えていた。

燃えさかる都市を背景に、巨大な生物がマリナ・ジーンズを見下ろしていた。図鑑に描かれていた恐竜の姿に似ているけれど、その背中には蝙蝠《こうもり》の翼に似たものが生えている。長い首の先には蜥蜴のような頭部があり、口に生えているするどい牙たちは、四方八方に乱れていた。まったくひどい歯並びだ。おもわずわらいがこみあげる。牙の表面には金具が設置され、無骨なワイヤーでそれらがひとつなぎになっていた。特大サイズのマルチブラケット装置だった。牙があまりに好き勝手な方向へ生えているものだから、ワイヤーはジグザグにはられている。

まわりから人々が逃げていく。マリナ・ジーンズは、竜とむかいあった。軋むような音を立てて巨体がしずみこむ。頭部が低い位置まで下がってきて、マリナの方へ首をのばしてきた。巨大な頭部のうち、もっとも先端に来るのは、鼻ではなく、前方に突き出るように生えた牙である。手をのばしてふれられる距離になり、竜の牙をさわってみた。火傷しない程度に熱かった。炎が口から吐き出されたときの熱がのこっているのだろうか。竜はいかめしい面構えで、常に無表情だったが、長い尻尾はうれしそうに、びったん、びったん、と左右にゆれて石畳を破壊している。

「私をたすけてくれたの？」

つぶれた自動車を見下ろして問いかける。死なせてしまった運転手にはわるいことをした。

「私をずっと呼んでいたのは、あなたね？」

ぐるうぅぅぅぅ……。

竜が喉を鳴らす。こちらの言葉がつたわっている。竜はイエスの返事をしたのだ。

「変わった模様ね」

象みたいにぶあつい皮膚の表面に、微細な模様が浮かんでいる。なんとなく見覚えがあった。それはマリナ・ジーンズの部屋の壁紙とおなじ、白ゆりの模様だった。

そのとき、なにかが横から飛んでくる。筒状の形をしたそれは、からん、と金属製の音を立てながら竜の足下にころがると、いきおいよく白い煙を噴射する。

すこしはなれた地点から、花火のような音がした。直後にそれが銃声だと気づき、悲鳴をあげてかがみこんだ。竜が巨体を瞬間的に転回させ、銃声のした方向へ体をむける。肢の下でつぶれていた車がねじ切れ、ふりまわされた尻尾が街灯にぶつかって形をゆがませた。

さきほどまで人が密集していた運河沿いの道はずいぶんと見晴らしがよくなっていた。路上に放置された屋台の物陰に男が立っている。アークノア特別災害対策本部をはじめておとずれたとき、ロンネフェルトのふりをしていた、顔と声のおおきな中年の紳士だ。彼が小型の拳銃をにぎりしめて竜にむかって発砲していた。しかし竜の皮膚は銃弾をはじいている。その間にも足下にころがった筒からは白い煙が噴射されつづけている。白い煙は、ついにマリナの周辺を白く染めあげた。煙のなかでだれかに腕をつかまれる。有無を言わせぬ力で、竜から遠ざかる方向へとひきずられていった。

「だれ!?」

「しずかにするんだ、かわいこちゃん」

竜からはなれると煙がうすれた。腕をひっぱっている人物の顔が見える。十代後半か、二十代前半くらいの青年だ。おそらくアークノア特別災害対策本部の者だろう。

銃声はつづいている。白い煙のなかで竜の巨体はシルエットのように浮かびあがっていた。そのシルエットが翼をおおきくひろげて風を巻きおこす。たちこめていた煙が渦を巻いてはらいのけられた。竜の顔は、マリナと、その腕をつかんでひっぱっている青年にむけられる。

「さあ、飛びこむんだ！」

青年がさけんだ。目の前に運河の手すりがある。水面までは十メートルほどの高さだ。躊躇《ちゅうちょ》していると、青年が体に腕をまわして抱きかかえる。制止する間もなく、マリナは運河に投げこまれた。

2－6

ブルックボンドのふりをしながら、蛇は窓の外をながめていた。炎につつまれる都市の姿が雑木林のむこうにある。飛行船の落下も、黒煙のなかを飛びまわる生物の姿も、情報部の窓辺から確認できた。ビルの合間で爆発が生じて炎が吹きあがる。後輩の女が口に手をあてすすり泣きをはじめた。別の部署の男が深刻な顔で情報室に入ってくる。窓から見える光景を気にしながらちかづいてきて耳打ちした。

「異邦人の少女が行方不明です。所長が指揮をとり、行方をさがさせています」

「わかりました。じきに見つかるでしょう」

「それと、所長から伝言です。異邦人の部屋まで来てほしいそうです」

「何の用事でしょう？」

「マリナ・ジーンズを外部から手引きした者がいるらしく、所長は頭をなやませてらっしゃいます。ブルックボンドさんが、少女からなにか聞いていないかをしりたいようです」

部屋の窓辺に、はしごをかけたまま放置していた。その状況を見れば、だれかが脱出を手伝ったとおもうのは当然だろう。男は部屋を出ていく。わざわざ耳打ちしに来たということは、マリナ・ジーンズが行方不明になっている件は、まだ少数にしかしらされていないのだろう。

商業地区の火災は時間とともに範囲をひろげている。いつかはこの建物も炎につつまれるのだろうか。すべての火が消えるのに何日ほどかかるだろう。さけぶように交わされている無線によれば、人々の避難は今もつづいている。近隣の部屋が避難者をうけいれ、数日後には救援物資もとどけられるはずだ。その手配や連絡もアークノア特別災害対策本部の仕事である。

竜の咆吼が風に乗って聞こえてくる。空気をかきむしるような耳障りな音だ。自分にもあのように強大なパワーがあればよかったのに。そんなことを蛇はおもう。竜にくらべれば、自分はちっぽけで非力な怪物だ。だけど、自分なりのことができるはずだ。おなじ境遇の仲間として、あいつの役に立つことをしてあげよう。

ブルックボンドの記憶に武器保管庫に関する情報がある。警備員からうばった鍵束をつかえばそこに入れるはずだ。保管されている爆薬で電波塔を破壊するつもりだった。

情報室をあとにする。絨毯のしかれた廊下を武器保管庫の方向へすすむ。しかし途中で立ち止まり、蛇はすこしかんがえて、行き先を変えた。せっかくだから爆薬の準備をする前に、ロンネフェルトとやらに会ってみるのもわるくない。

ロンネフェルトという青年は、リゼ・リプトンやカンヤム・カンニャムとならぶアークノア特別災害対策本部の重要な構成員だ。こちらに有益な情報をなにか持っているかもしれない。そいつに変身して記憶を入手することができればありがたい。

階段をあがって異邦人の部屋にむかう。風に乗って飛ばされてきた灰が、雪のように舞って窓の外に降りそそいでいる。蛇はその光景を、うつくしいと感じた。部屋の前に到着して、木製の扉をノックする。

「ブルックボンドです」

「お入りください」

室内に足を踏み入れる。リビングルームの椅子に青年がすわっていた。灰色の髪がところどころはねている。ちいさな丸テーブルに置かれた小型の無線機をいじっていた。

室内にいるのは彼だけだ。

ベッドルームに目をやる。扉が開けっ放しになっていたので部屋の奥まで見えた。ベッドをうごかされた形跡はない。その下にかくしておいた蛇の抜け殻は発見されていないのだろう。もしも見つかっていれば、もっとおおきな騒動になっていたはずだ。

ロンネフェルトは、黒色のスーツの下によれたシャツを着ている。ネクタイはしめていない。声には覇気がなく、憂鬱《ゆううつ》そうな顔をしている。まるで曇り空のような男だな、と蛇はおもった。

「住人の避難は順調ですか？」

ロンネフェルトが聞いた。

「多少の混乱はありますが、今のところは。いつまでこの状態がつづくのでしょう」

「しばらくはこのままでしょうね。ハンマーガールの推測によれば、あの竜はマリナ・ジーンズの位置を正確に把握しているようです。だからこの商業地区からはうごかないはずです。マリナ・ジーンズが地中にいるかぎり」

「地中？」

「彼女の捜索にあたっていた者から報告がありました。彼女を保護したそうです」

説明によると、街へ出ていたディンブラとコアラティーの二人組が少女の捜索にあたり、運河のちかくで発見したという。コアラティーが少女とともに運河に飛びこんで、地下水路への横穴へ逃げこんだとのことだ。【中央階層】の地下には、雨水を逃がすための水路がはりめぐらされている。地下水路には竜の巨体が入っていけるほどの幅がないため、それ以上、追いかけることができなかったらしい。

ロンネフェルトが無線機の電源スイッチを切る。部屋はしずかだ。カーテンが風にあおられてゆれている。曲がった鉄格子のむこうには雑木林があり、火の手のおさまらない都市がひろがっていた。部屋に入る風に煙のにおいがまじっていた。

「だれがあの子の逃亡を手引きしたのでしょう……」

そう言って窓辺にちかづいてみる。鉄格子の表面に微細な粉がまぶしてあった。指紋を採取しようと試みられた形跡である。そんなことをしても無駄だ。黒人少年の指紋がどれほどの手がかりになるだろう。

背後でカチリと音がする。青年が椅子に足を組んだ状態で拳銃を取り出していた。銃口がこちらにむけられている。撃鉄がおこされ、引き金にひとさし指がひっかけられていた。

「所長？」

ロンネフェルトの灰色の目にはどんな感情も浮かんではいなかった。

「私の命を賭《か》けますよ、ブルックボンド」

彼の言葉が終わって、パンとはじけるような音がした。銃口から煙が噴き出したかとおもうと、おなかをするどいもので突かれるような衝撃があった。ブルックボンドの窮屈なスーツに、赤い血のしみがひろがっていく。そこへマグマを流しこまれたような痛みがおそいかかった。鱗の体だったら、ちいさな口径の銃弾くらいはねかえせただろう。しかし人間の肉体はもろい。鉄格子を曲げるほどの筋力をひき出すことができても、銃弾をはねかえすほどのことはできない。

カチリ。ふたたび撃鉄のおこされる音。ロンネフェルトは、片手で投げやりに銃をかまえている。椅子から立ちあがる様子もない。

「ブルックボンド、あなたは部屋に入るなりベッドの方を見ましたね。窓を見るべきだったとおもいますよ。だって鉄格子がゆがんでいるんですから」

血がしたたり落ちて絨毯にひろがる。

「かくしていたものが気になったんですね？」

蛇は確信した。この男は、すでに抜け殻を見つけていたのだ。それでいて、しらないふりをした。部屋に入るなりベッドに視線をむける人物を射殺するために。

「やめて、ください……。私は……」

この男は、自分のしていることがわかっているのだろうか？　撃ち殺した相手が、もしも怪物ではなかったとしたら？　正真正銘の人間だったとしたら？

アークノアの住人は死を免除されている。しかし【目覚めの権利】は、殺人などの重罪をおかすと、たちどころにうしなってしまう。死というものから逃れられなくなる。創造主によってデザインされたこの世界の、それが摂理だ。

「ロンネフェルト……、やめて……」

銃口が額を狙っている。この肉体のまま撃ち抜かれた場合、死ぬ可能性があった。蛇にも死への恐怖はある。狙いのそれる瞬間をさがした。

「あ、愛しています、ロンネフェルト……、心から……」

目に涙をため、声をしぼりだす。愛を告白することで、この男から動揺をさそうことができるかもしれない。しかし銃口はぴくりともしなかった。

淡々とロンネフェルトは引き金をひいた。パン。一瞬、自分は死んだとおもった。しかし弾丸は額ではなく肩に当たっている。わざとではない。この男の射撃能力は低いようだ。馬鹿みたいにヘタクソだ。次の弾丸が薬室へ送りこまれる前に蛇はうごいた。

鉄格子の曲がっている背後の窓へ飛びこむ。三階分の高さを落下した。衝撃で足の骨がおれる。ハイヒールを履いた足がおかしな方向にねじ曲がった。変身をといてブルックボンドの肉体を捨てると、腹と肩と足の苦痛も同時に消えてくれる。

背骨と内臓をずるりとひっこ抜く。数秒のうちに本来の姿の骨や筋肉繊維が復元した。蛇自身が認識する自分の姿へともどっていく。頭部にはりついていた皮膚もはがれ落ち、全身の質量を増大させながら、青銅色の鱗が体表面に展開した。窓辺から発砲する音が聞こえた。しかし弾丸はあらぬ方向へと飛んでいった。

2－7

階段を駆けあがってくる足音が聞こえてきたかとおもうと、バタンといきおいよく扉が開かれた。何事かとおもって僕はベッドから飛びおきる。

「ノックくらいしてよ。僕が着替え中だったらどうすんのさ」

部屋をたずねてきたのはリゼ・リプトンだった。

「ノックがひつようなのはアールくんの頭だ。寝てる場合じゃない。さっき電話回線で【中央階層】から報告があった」

深緑色の外套を羽織った少女は、僕の宿泊している部屋にずんずんと入ってきて窓辺で腕組みをすると、「蛇が出た」と言った。出現場所は【中央階層】のアークノア特別災害対策本部。今もまだその近辺にひそんでいるかもしれないが、捜索している余裕はないらしい。

【中央階層】の置かれている状況は、ラジオ放送によってアークノアの全住人につたえられていた。蛇はその混乱に乗じてアークノア特別災害対策本部にもぐりこんだのだろうか。それともタイミングが重なっただけだろうか。

宿屋の二階の窓から、煤まみれの町並みが見わたせる。そこら中で機関車が行き交い、石炭を燃やした煙が町全体をおおっていた。アパートメントのひしめきあうせまい路地にも線路がしかれ、自家用車をちょっと乗りまわすかのように人々が機関車で移動している。リゼ・リプトンの所有するゴールデンティップ号は、宿屋の窓から見下ろしたところに停めてあった。

【スーパーターミナル】と呼ばれるこの町は、数千メートル四方の巨大なエレベーターの箱のなかにひろがっている。階層移動のための仕掛けがうごいているのか、よどんだ空の上から、がこーん、がこーん、と低い音が響いてくる。

眠れないまま朝がおとずれた。午前中、リゼは商人らしき人物と面会して商談をおこなった。契約書にサインをして中古の客車を購入する。しばらくして宿屋の前にそいつがはこびこまれた。ゴールデンティップ号の炭水車へと連結させて、さっそく出発する。

町の出入り口は東西南北の四カ所にある。僕たちは北側の出入り口を目指してすすんだ。【スーパーターミナル】の路地をうろつく野良猫《のらねこ》や野良犬たちは、機関車の通行になれているらしく、ぎりぎりまで避けようとはしなかった。背の高いアパートメントの隙間から、北側にそびえる巨大な壁面が見えてくる。

正午付近になるとサイレンが響きわたった。煙でかすむ空の上から、金属の軋むような音が聞こえてくる。時間をかけて上昇速度がゼロにちかづき、完全に停止した瞬間、かるい衝撃が地面の下から突きあげた。壁面に開いた【スーパーターミナル】の出入り口は、横長のトンネルである。機関士がゴールデンティップ号を前進させ、僕たちは【スーパーターミナル】の町並みにわかれを告げる。

鉄道で北上し【運河ステーション】という部屋へむかった。その先は運河をボートで移動することになっている。それがどうやら【中央階層】までの最短ルートのようだ。【運河ステーション】へたどりつくまでに、いくつかの部屋を通り抜けたのだが、その景色にはどこか異様な雰囲気がただよっている。人々が疲弊《ひへい》した顔つきで道を連なってあるいていた。子どもを連れた家族、老人を乗せた荷馬車、背広を泥まみれにしながら手ぶらであるいている男性。【中央階層】で発生した怪物災害から逃げてきたのだろう。線路と道が交差する地点では、汽笛を鳴らして彼らの歩みを中断させ、ゴールデンティップ号がその前を通りすぎた。客車の窓から見下ろす僕とリゼの顔を、彼らのつかれたような目が追いかけてくる。

竜が【中央階層】に飛来して丸一日が経過していた。空を飛ぶ怪物はそのまま都市部にいすわりつづけているという。脱出した人々は近隣の部屋に分散し、竜がふたたびどこかへ飛び去るのを待たなくてはいけない。周辺地域に点在する農家が避難者たちに食事や寝床を提供していた。

田舎町の駅を通過した。人々が駅前広場にひしめいている。ビリジアンが炊き出しをおこない、そこに行列ができていた。避難者たちのうずくまっているテントや、ドラム缶の炎をかこんで毛布をかぶっている人の姿があった。親とはぐれてしまったのだろうか、ちいさな子どもが泣いている。リゼは窓辺に肘《ひじ》をつき、それらの景色にスカイブルーの虹彩と瞳をむけていた。ゴールデンティップ号は前進し、車窓から見える様々な光景を後方へ置き去りにする。

日が暮れるすこし前、【運河ステーション】と呼ばれる部屋に到着した。煉瓦造《れんがづく》りの建物がひしめいているなかに、いくつもの水路がのびて小舟が行き交っていた。イタリアのヴェネツィアという町の写真を見たことがあるけれど、なんとなくその風景をおもいだす。

水路を避けるため、線路は高架になって町の上をのびていた。まるでジェットコースターの出発直後のように、線路が上向きに傾斜して、ぐんぐんと視界が高くなる。家々の屋根よりも高い位置に出ると水平にもどり、空中にのびた線路を機関車は走行した。客車の窓のすぐそばを鳥たちがさえずりながら横切っていく。リゼが窓を開けると、風をうけて髪をなびかせた。ゆるやかなカーブを描いて機関車は町の上空をすすむ。食事の支度をしているのだろうか、家々の煙突からほそい煙がたちのぼっており、ゴールデンティップ号はその間を縫うようにすすんだ。

水路の町のむこうに水辺がひろがっていた。線路が傾斜して高度を下げる。島の中心に駅舎がかすむほどに広大な運河である。そのなかにぽつんと島が浮かんでいた。線路が傾斜して高度を下げる。島の中心に駅舎があり、速度を落としながらホームへとすべりこんだ。完全に停車してリゼが背伸びをする。


「まずは腹ごしらえだ！」

僕たちはホームに降りた。先頭の機関車からカンヤム・カンニャムと機関士二名が出てくる。ドッグヘッドは毛並みについた煤をはらいながら機関車を見あげた。

「ここでしばしのおわかれだな、ゴールデンティップ号」

機関車はこの島の倉庫に保管しておく手はずになっていた。機関士二名ものこるというので、僕は彼らとかたい握手をする。

ゴールデンティップ号と機関士にわかれを告げて島のレストランにむかった。普段は観光客でにぎわっているそうだが店は空いている。怪物災害をおそれて人がいなくなってしまったようだ。パスタを食べながら運河沿いに水路の町を見わたす。日没の時間がすぎて空が暗くなると、運河に家や街灯の橙色《だいだいいろ》の明かりが映りこんで、星屑《ほしくず》を浮かべたようになった。

おなかが満たされて、島の船着き場にむかった。船舶会社につとめるビリジアン数名が待機して、リゼのために小型の蒸気船を用意してくれていた。船尾の外輪で水をかきながらすすむタイプのもので、三人も乗ればいっぱいになるくらいのひろさしかない。まずはリゼが乗りこんだ。ドッグヘッドと僕もそれにつづく。船体中央部の煙突から、ポンポンとリズミカルな音を立てて煙が吐き出される。

「出発するよ。アールくん、落ちないように気をつけて」

いつのまにか舵《かじ》をリゼがにぎっていた。少女は目をかがやかせているが、僕はわるい予感しかしなかった。リゼの運転する車に乗ったことがあるけれど、あれは史上最悪の体験だったからだ。カンヤム・カンニャムは甲板を見まわして舌打ちをする。

「くそ！　浮き輪が人数分ないぞ！」

発進の瞬間、船体はさっそく船着き場にぶつかって、そこにならんでいたビリジアンたち全員が水のなかへと落ちた。

運河は複数の部屋にまたがって流れている。世界を分断する巨大な壁の下を、くぐり抜けるようにしながら蒸気船で北上した。奇跡的に転覆はしなかったが、僕とカンヤム・カンニャムは何度も「もうだめだ！」とさけんだ。

やがて運河の水が黒くにごりはじめた。上流から流れてくる灰や煤のせいだろう。そしてついに目的地へとたどりつく。壁の下をくぐり抜けて運河を北上していると、水面に照りかえす赤色の光が見えてきた。それは【中央階層】を彩《いろど》る炎の照りかえしだった。

2－8

暗い部屋のそこら中に、銀色の缶が積みあがっていた。なかに映画のフィルムがつまっている。この世界で撮影され、現像されたものではない。各地で発掘されたフィルムの断片をつなぎあわせたものだった。

マリナ・ジーンズのそばに映写機が置いてある。すでにフィルムがセットしてあり、スタートのボタンを押すだけだ。

「それじゃあ、かわいこちゃん、今日の上映をはじめるよ」

「かわいこちゃんって言うのはやめてください」

彼の名前はコアラティー。やわらかそうな髪に、中性的な顔立ちという外見だ。言動に独特なものがあり、マリナ・ジーンズは何十回もため息をつかされていた。竜の眼前から逃亡する際、運河の水に投げ落とされた恨みはわすれていない。

「さあ映画を観よう。僕は女の子と映画が好きなんだ。いや、ちょっと待って……」かんがえるように時間を置いて彼は言った。「前言撤回《てっかい》する。やっぱり映画よりも女の子の方が好きだな」

「心底、どうでもいい……」

暗くした室内に映写機の放つ光の筋が浮かびあがる。映像が壁に映し出された。音はついていない。たまに地上から震動がつたわってきて、頭上からぱらぱらと砂埃が降ってくる。またどこかでビルの外壁がはがれ落ちたのだろうか。

運河の岸辺に開いた地下水路への入り口に入ってしまうと、もう竜は追ってこられなかった。竜にとって地下水路はあまりにもせまく、入り口から奥をのぞくことしかできないようだった。コアラティーやディンブラの話によると、今もまだ竜は地上をうろついているという。ディンブラという男は、ロンネフェルトのふりをしてドゥマゴ一家とあいさつをしていた顔のおおきな中年紳士である。地下水路で合流し、あらためて自己紹介されたときに、先日の件を謝罪された。

三人で水路内をひたすらにあるいた。点検用とおもわれる通路や鉄扉《てっぴ》を抜けて、エアコン用ダクトのような場所を埃まみれになりながら四つん這《ば》いですすみ、たどりついた先がこの場所だった。映画館【キャッスルトン・シアター】地下のフィルム保管庫だ。位置的には【中央階層】商業地区のど真ん中だという。そこでマリナ・ジーンズは待機を命じられ、じっとさせられていた。

水道管、電線、電話回線が生きていたのでそれなりに快適だった。それらは地下深くに埋まっており、地上がどんなに悲惨なことになっても滅多なことでは途切れないという。人々が快適にすごせるようにとの、創造主の配慮にちがいない。食料はディンブラが調達して水路経由ではこんできてくれた。マリナ・ジーンズは彼に感謝の意を告げる。しかしだまっていたことがあった。マリナには、ずっと聞こえていたのだ。地上から自分に呼びかける声が。

「天井のない世界か。奇妙なものだね。こわくはないの？」

壁に投影された映画を観ながらコアラティーは言った。フィルムに記録されていたのは、マリナ・ジーンズが生まれ育った外の世界の光景だった。おそらく第一次世界大戦の記録映像だ。大空を飛ぶプロペラ式の戦闘機の姿が映し出されている。

「アークノアは天井があるから、創造主様に守られてるって感じがあって、ほっとするんだ。天井がない世界だなんて、裸でひろい場所に放り出されたような心細さがあるよ」

「フィルムが白黒なのがざんねん。青色の空を見たかったな」

「世界のどこにも壁がないってことは、飛行機でどこまでも飛んでいけるってこと？」

「飛んでいけやしませんよ。国境を越えた時点で撃墜されます」

「ああ、ブルックボンドさんの心の内側へも飛んでいけたらな……」

「やめてください。ブルックボンドさんにめいわくです」

そのとき、天井のエアコンダクトから、体の重みが鉄板をたわませるような音がした。食料調達と状況報告のために出かけていたディンブラがもどってきたのだろう。ほどなくしてディンブラのシルエットがダクトの四角い穴から下りてくる。映画上映のために部屋を暗くしていたので、全身は影におおわれていたが、「よっこらせ」というバリトンの声で彼だとわかった。しかし彼はひとりではなかった。

「客を連れてきた。運河の岸辺で合流したんだ。竜に見つからないよう水路を通ってきてもらったが、ほんとうならおおぜいで出むかえたかったところだ」

ディンブラにつづいて別の人影が下りてくる。その人物はしなやかなうごきで四角い穴のふちにぶら下がったかとおもうと、下にいたディンブラの頭に無断で足をのせて、よろけそうになる彼を踏み台にしながら床へ下り立った。マリナとおなじくらいの背丈のシルエットだ。その人物が映写機の光のなかへすすみ出ると、全身をおおっていた影がぬぐいさられる。壁に映し出された戦争の記録映像を背景に、深緑色の外套を羽織った少女がまぶしそうに顔をしかめた。

「そこにいるのはコアラティー？　ひさしぶり、電気つけてくれない？」

くすんだ金色の髪を、左の一カ所だけ編んでいた。からからと映写機の音のする室内で、光をうけて立っている。

「あとそれから、もう帰ってもいいよ。あんたの破廉恥《はれんち》な言動は好きじゃないんだ」

「あいかわらずきついな。でも、僕はあなたの冷ややかな目は、ご褒美《ほうび》だとおもっている」

「よしわかった。今ここで息の根を止めてあげる」

「冗談だよハンマーガール、その金槌《かなづち》をしまって」

コアラティーがフィルム保管庫の明かりを点灯させた。あかるくなった室内で少女と目があう。きれいな青色の虹彩は、なにかに似ている。外の世界の空とおなじ色だった。

さらにダクトの鉄板のたわむ音がした。四角い穴から長い足がたれ下がり、軍服姿の男が下りてくる。シルバーグレイの毛におおわれ、殺し屋のような目つきをした、イヌ科の頭を持った男だった。どこかから悲鳴があがった。さけんでいるのは自分の口だった。

「だいじょうぶだ、食い殺しはしない」

イヌ科の頭部が言葉をしゃべったことで、さらなる恐怖がわいてくる。

その横でディンブラが天井を見あげてだれかに呼びかけている。

「おーい、アールくん！　だいじょうぶかね!?」

「はい、なんとか……」

ダクトの四角い穴から返事があった。少年の声だ。ダクトの穴からその人物の足が見えた、かとおもうと次の瞬間、ずるりとすべり落ちてきた。「わあ！」とひと声あげて、少年が床の上にころがった。そのいきおいのまま、積みあげてあったフィルムの缶に突進し、騒々しい音を立てる。缶は雪崩をおこして部屋中に散らばった。

クラスにいても印象にのこらないような地味な雰囲気の少年だった。

「なんでもないよ！　僕、片づけておくから！」

頭とおしりをさすりながら少年は立ちあがる。缶をひろいあつめて腕いっぱいにかかえるが、缶の蓋が開いてしまい、なかのフィルムをばらばらとぶちまけてしまった。

2―9

竜が【中央階層】に飛来して数日が経過しても商業地区の火災はおさまらない。ビルの窓という窓から火の手があがっている。

一方で、ほとんど被害のない地域もある。運河をはさんで東岸にひろがっている居住地区だ。蛇は居住地区の公園にいた。ジャングルジムにのぼり、双眼鏡をつかって反対岸の火災をながめる。

アークノア特別災害対策本部の建物が見えた。周囲の雑木林は焼失していたが、貴族の屋敷をおもわせる建物と電波塔は無事だ。どうやって火災の被害をまぬがれたのだろうかと蛇は疑問におもったものだが、最近になってその理由が判明した。ビリジアンたちが話していたのを聞いたのだ。

所長のロンネフェルトの指示により、火の手がせまってくるよりも先に、本部の周囲にひろがっている雑木林へと火が放たれたという。その火は人の手によってコントロールされ、本部に被害をあたえることなく、雑木林だけをきれいに灰と化した。山火事の延焼をおさえる際に用いられる迎え火と呼ばれる方法だという。商業地区から火の手がせまってきたとき、アークノア特別災害対策本部の周辺には燃えるものがなく、飛んできた火の粉をはらう程度の最小限の労力によって火災をまぬがれたらしい。

焼け野原のなかに建つ建築物と電波塔はよく目立ったが、竜がわざわざ出向いて攻撃を仕掛けることはなかった。竜の意識は、地下にもぐったまま出てこないマリナ・ジーンズにむけられているのだろう。竜があの少女に執着しているらしいという考察は、この数日間、ラジオの怪物災害ニュースでも取りあげられていた。

「ジャワ、さがしたぞ。そろそろ行こう、休憩はおしまいだ」

公園を囲む金網《かなあみ》のむこうから声をかけられた。緑色の腕章をはめた男が立っている。

ジャワというのは、ついさきほど殺害した青年のことだ。青年の肉体は白い煙となり、蛇はそいつを吸って体内に取りこんだ。変身を終えるまでの十分程度の時間、だれにも発見されなかったのはありがたい。

「先に行っててくれ。気が変わった、俺はここにのこるよ」

蛇はジャワのふりをして返事をする。

「ジャングルジムから下りてトラックへ乗りこむんだ。おまえが来なかったら、俺ひとりで運転しなくちゃならなくなる。本部の人たちも言ってただろう、なにがあるかわからんから、二人一組で行動するようにって」

男は公園前に駐車したトラックを指さしていた。荷台には近隣の避難所に送る缶詰が積みあがっている。

「食料なんて持っていくひつようないだろ。一時的に避難所周辺で供給のバランスが崩れているだけだ。経済活動が破綻《はたん》しているのは【中央階層】だけで、周辺地域は正常なんだ。俺たちがわざわざ行かなくても、あと数日もすれば周辺から物資が流れこむ」

「おまえの意見なんかどうでもいい。行くったら行くんだよ」

蛇はジャングルジムを下りて男を黙らせた。

ひとりになると、蛇は公園をはなれて商業地区へむかう。運河にかかる巨大な橋を徒歩でわたった。全長数百メートルもある石造りの橋だ。運河の水面にいくつもの巨大なアーチをならべて、その上に一直線の道をのばしたような外観である。

どこか休める場所をさがして、ラジオを聴こう。情報の入手のためだけではない。ニュースの合間に流れる音楽が好きだった。ひとりきりでこの世界をさまよい、話し相手もなく夜をすごさなければならないとき、孤独をいやしてくれるのは音楽だけだった。あかるい曲も、さみしげな曲も、耳をすませて聴き入った。自分はいつまで生きられるだろう。音楽を聴いていると、そんなことをおもう。

商業地区には黒煙が充満し火の粉が舞っている。ビルの合間を滑空する竜がちらりと見えた。巨体が通りすぎると黒煙は渦を巻き、炎は押しのけられる。竜はもうしばらくの間、この都市にいすわりつづけるようだ。創造主のマリナ・ジーンズがここからうごかないかぎり。それならこの街で、竜の討伐作戦がおこなわれるにちがいない。それを特等席から見物させてもらおう。

2－10

映画館【キャッスルトン・シアター】は摩天楼の中心地にある。階段をあがって屋根の上に出ると、四方をとりかこむ高層ビルたちに見下ろされるような視界がひろがった。カンヤム・カンニャムとディンブラが腹這いになり周辺の状況を観察する。僕はビリジアンの下っ端として、二人の後につきしたがった。ほふく前進で映画館の屋根のはしっこまで行き、無人の都市の姿をながめようと頭を持ちあげる。

【キャッスルトン・シアター】内部の火災はすでにおさまっているが、周辺のビルではまだ炎がくすぶっている。割れた窓から煙を吐き出しているフロアがいくつもあった。まるでビル全体が巨大なお香にでもなったかのようだ。

双眼鏡はひとつしかなかったので、交代でのぞきこんで竜をさがす。がれきの落下する音がして、ディンブラがそちらに双眼鏡をむけた。数ブロック先にそびえる高層ビルの天辺に、うごく影が見つかった。巨大な爬虫類の尻尾のようなものが屋上の端からたれ下がっている。砂漠地帯で対面したときの、いかめしい顔つきが頭をよぎる。

「拳銃はきかない。飛んでいるときは狙いもさだまらないんだ。あっというまに何ブロックも移動するし、まるで雷のように速い」

ディンブラがつぶやく。カンヤム・カンニャムは顎の下あたりを指でかきながら言った。

「車をさがそう。できるだけ速いのがいい。今度の作戦には、そいつがひつようだからな」

リゼ・リプトンから作戦の概要を聞いたのは、マリナ・ジーンズと合流した翌日だ。フィルム保管庫の床に【中央階層】商業地区の地図をひろげてリゼは説明した。

「作戦はいたって単純。爆弾のついたワイヤーを何本もビルの隙間にはりめぐらせておくんだ。そこへ竜をさそいこむ。蜘蛛《くも》の巣に鳥が飛びこんでいくところを想像してほしい」

爆弾のついたワイヤーは一定の負荷でビルの外壁から外れて竜の体にからみつく。爆薬は数秒後に爆発。衝撃で竜が絶命すれば作戦終了。まだ息があればさらなる攻撃でとどめをさす。

「爆弾の数にはかぎりがある。どこかへ集中的に罠《わな》をはっておいて、竜がそこに飛びこんでくるようにしないとだめだ」

「どうやって竜をさそいこむ？」

カンヤム・カンニャムが質問する。

「数名が車に乗りこんで、竜を攻撃しながら商業地区のメインストリートを走行する。メインストリートをはさむビルとビルの間に罠をはっておくわけ。車ならその下をすり抜けられるだろう。でも竜の巨体はちがう。爆弾がからみついて、どかんさ」

「機関車の次は車か……」

商業地区のメインストリートは、噴水広場を起点として東にむかってのびる幅広の道路である。運河にかかる巨大な橋をこえて、反対岸の居住区までのびているという。

「メインストリートの路面の状態は？」

リゼがディンブラに質問する。

「いくつかおおきめのがれきをよけるひつようはあるだろうが、不可能じゃない。ハンドル操作をあやまらなければ、充分な速度を維持したまま走行できるはずだ」

「問題は炎だな」

リゼ・リプトンは腕組みをする。

「追われている最中、そいつを吐かれたら車はひとたまりもない。罠の爆弾も吹っ飛んでしまう。だけどあの竜はいつでも炎を吐けるわけじゃないんだ。炎を吐き終えてから五分から七分の間、牙や爪による攻撃がつづく。そのときが勝負だ」

車での追いかけっこをはじめる前に、まずは安全な場所から攻撃をおこなうことになった。事前に炎を吐き出させておくわけだ。炎の噴射が終了した瞬間、車がスタートする。物理攻撃しかできない状態の竜は、車をしとめるために、追いかける以外に方法がなくなる。

リゼ・リプトンの提案は、蜘蛛の巣作戦という呼称で準備がすすめられた。電話回線を通じて作戦内容は本部につたえられ、爆薬のついたワイヤーの製造が、おおいそぎですすめられた。

ドッグヘッドとディンブラは数名のビリジアンを連れて映画館の外へ出かける。作戦に使用できそうな車を調達するためである。僕は屋内待機を命じられ、階段を下りて地下にむかった。廊下をあるいているとき、行き止まりの通路に入っていくマリナ・ジーンズを見かける。

この数日間で彼女とはたくさんの話をした。偶然にも僕たちはおなじ国の出身で、スーパーマーケットで売られているお菓子の名前や、テレビで放送されていたアニメのことなど、共有できる話題がいくつかあった。コアラティーという青年をまじえてトランプであそんだり、ノートに自作の迷路を描いて相手に解かせたりした。

通路の行き止まりをのぞくと、壁によりかかってマリナがすわりこんでいる。僕に気づくと彼女は目を開ける。

「アール、竜の様子はどうだった？」

「落ちついてる。むやみに火を吐かないし、建物を壊したりもしない」

「大暴れしたのは最初の日くらい。あなたの弟の怪物は、もっと乱暴者だった？」

「目に入るもの全部を壊しまくってた。グレイのやつ、今ごろなにしてるのかなあ」

一足先に外の世界へ帰っていった弟のことをおもいだす。グレイはアークノアのことを、大人たちにどう説明しているのだろう。行方不明になっていた期間をどこですごしていたのか、母や教師や警察に質問されているはずだ。できるだけ平穏に社会復帰できたらいいのにとおもう。

「たとえば時間の流れ方が、外の世界とちがっていたらいいのになあ」

「どういう意味？」

マリナ・ジーンズが首をかしげた。

「アークノアでの数百日が、外の世界ではまばたきするほどの一瞬でしかなかったら、理想的だとおもわない？　外の世界に帰ったとき、すこしも時間はたっていないんだ。何事もなかったように、僕たちは家族と再会して夕飯を食べるんだ。だれからも事情を問われずにすむでしょう？　でも実際のところ、どうなんだろうな」

彼女は、きょとんとした表情をする。

「え、そんなの、かんたんじゃない。たしかめる方法ならあるよ」

僕はおどろいた。どうしてこんなかんたんな問題がわからないの？　と彼女は言いたげである。

「あなたがアークノアに旅立った日のことを教えて。外の世界ではその日、何月何日だった？」

弟といっしょに不良たちから追いかけられて、だれも住んでいない屋敷に逃げこんだ日のことをおもいだす。

「あれはたしか、9月17日じゃなかったかな。たぶんそのくらい」

「じゃあ次の質問、あなたがアークノアにやってきて、何日が経過した？」

「ちょっとまって、数えるから」

この世界にはカレンダーというものがないのでやっかいだ。大猿討伐作戦に費やした日々をおもいだしながら、アークノアですごした日数を指折り数えた。

「たぶん合計で60日間くらいだとおもう」

「わかった。ちなみに私がアークノアに旅立ったのは11月5日のことで、こちらに来てから10日間がすぎてるの」

マリナ・ジーンズはそう言うと、宙をにらんで暗算するような顔になる。

「あなたの旅が9月17日にはじまって、私は11月5日だった。つまり私はあなたよりも49日後にこの世界へ旅だったことになる」

「そうなるね。きみって計算が得意なの？　僕はさっぱりなんだ。むずかしいことをかんがえると頭痛がするんだよ」

「ちょっと黙ってて。あなたはアークノアで60日間をすごして、私は10日間をすごしたわけだから、その差は50日。あなたは50日間だけ、私よりもおおくこの世界ですごしたことになる。ほら、もうわかったでしょう？　外の世界の出発日のずれと、アークノアですごした時間のずれが一致してる」

「つまりどういうこと？」

「ふたつの世界の間で、時間の流れ方にちがいはないんだよ。こちらで一日がすぎれば、外の世界でもおなじように一日がすぎてるってこと」

こまかい理屈はよくわからなかったが、彼女が自信をもってそう言うので、きっとそうなんだろうなとおもう。

フィルム保管庫の方からリゼ・リプトンの声が聞こえてきた。

「マリナ、どこ？　もどっておいで！　休憩は終わりだよ！」

2-11

マリナ・ジーンズは朝から晩までリゼ・リプトンから取り調べをうけた。少女の質問は多岐にわたり、好きな食べ物やにおい、きらいな動物や音、特技やコンプレックス、外の世界で暮らしていたときの一日のスケジュール、家族構成や幼少期によく見た夢の内容など、事細かに話さなくてはいけなかった。これもまた、怪物退治にかかせない情報収集だという。

「怪物は創造主の心の影だ。好きなものや苦手なものが似通ってくるものなんだ。創造主について学ぶことが、怪物への理解につながるんだよ」

十三歳で姿を消した叔父のことも話題に出る。

「叔父さんの荷物のなかに絵本があったの。この世界の名前とおなじ『アークノア』って題名の絵本。あれを読んだから私はここに迷いこんだのかな?」

「この世界にやってきた異邦人は、いつもその話をする。ふたつの世界をつなげる鍵のような役目が、その絵本にあるのかもしれない。実際にアークノアへ持ちこまれたものが、いくつか本部の倉庫に保管されているよ。詳細な調査がおこなわれたけど、特別な紙やインクがつかわれているわけでもない。どんなにながめても、私たちは絵本を通じて外の世界に旅立つことはできなかった。一方通行らしいね、やっかいなことに」

「こんな風に言っちゃあなんだけど、まるで獲物を捕獲する罠みたい。子どもたちをアークノアに送りこむために、だれかがばらまいたんじゃないかな」

「あなたの叔父さんの名前を聞かせてもらえる？　以前にアークノアを訪れている可能性があるとおもうんだ」

「叔父さんは結局、外の世界にはもどってこなかった。今もこの世界のどこかで暮らしているのかな？」

「いや、死んでるはずだよ」

「どうしてそうわかるの？」

少女はスカイブルーの虹彩をマリナ・ジーンズにむけた。人形のように整った顔立ちだ。結局、明確な回答は得られなかったが、追及はしない。かくしごとはお互い様だ。

ひとりでいたいとき、行き止まりの廊下の突き当たりの壁によりそって目をつむる。そうしていると、自分を呼ぶ声が聞こえてくる。音でもなく言語でもない。思考と感情の渾然一体《こんぜんいったい》となった波のようなものが、目をつむったときの暗闇《くらやみ》のむこうから、直接に胸の奥へととどく。

自分を呼んでいるものの正体はわかっている。かつては自分の心のなかにいて、熱くたぎり、行き場がなかったものだ。アークノアと呼ばれるこの世界で、そいつは魂から枝分かれして、肉体という容器を得た。しかし完全にはマリナの魂と断たれたわけではなく、今も見えないへその緒でつながっている。

このことをだれにも教えなかったのは、情が生まれていたからだ。リゼ・リプトンは怪物を殺そうとしている。コアラティーも、ディンブラも、カンヤム・カンニャムも、すべてのアークノアの住人があの怪物をこの世界から消滅させようとしている。しかしマリナには迷いがあった。

ある日、休憩からもどると、コアラティーが話しかけてくる。

「もうだめだ。リゼが限界でつかいものにならないよ。だから僕はディンブラに言ったんだ。ほかのあらゆる物資の補給は後まわしにしていいけど、ピーナッツバターの供給だけはストップさせちゃいけないって」

「だれがつかいものにならないって？」

リゼはフィルム保管庫をうろうろとあるきまわりながら、いらついたようにコアラティーのすねを蹴り飛ばす。なにかの依存症のように少女は手をふるわせていた。地下にあったピーナッツバターがすべて空き瓶になってしまったのだ。

「平気だって言ってるでしょう。ちょっと頭がぼんやりするだけで、私は普通だし、平常心だし、ものだってよく見えてるもの」

「ほんとうかなあ?」

「じゃあ、コアラティー、私をテストすればいい。ためしに指を何本か立てて、私の顔の前にかざしてみて。何本指かあててあげる」

少女は目をぐるぐるさせながら言った。

「リゼ、僕はこっちだよ。壁にむかってなにを言ってるんだい?」

その日の午後、念願の補給部隊が到着した。十人ほどのビリジアンが、食料のつまったリュックをたずさえて、フィルム保管庫天井のダクトから下りてきた。目をまわして倒れこんでしまったリゼ・リプトンの口のなかへ、カンヤム・カンニャムがピーナッツバターの塊をぶちこんだ。途端に少女の手のふるえがおさまり、目に光がやどる。

アークノア特別災害対策本部から届いた物資には、缶詰や着替え、通信機器や工具が入っていた。補給部隊のビリジアンたちはそのまま地下にとどまり、水路の地図を確認しながら、壁に穴を開ける工事へととりかかる。地下水路と劇場は本来ならつながっておらず、別々の空間として存在していた。しかし空気ダクトが水路の点検用通路にはみ出ているのを発見し、ダクトの金属板を無理矢理にこじ開けて建物内部に入ったのである。地上には竜がいるため、物資の輸送には安全を期して地下水路の使用をつづけていた。しかし、行き来のたびにダクトを這うのは面倒なので、壁をぶちやぶって水路とつなげてしまおうという計画だった。

【キャッスルトン・シアター】の地下は日を追うごとに快適になっていく。ラジオやレコードプレーヤーがはこびこまれて、音楽も聴けるようになった。水道管が拡張されて、シャワー室も設置される。総勢十六名ほどが行き交っていた。地下のフィルム保管庫だけでは生活空間が確保できないため、地上の階層も寝泊まりに使用される。

「人数はこれくらいでだいじょうぶだ。蜘蛛の巣作戦はそれほど大人数をひつようとしない。これ以上、人が増えるようなら、コアラティーを追い出すことにしよう」

リゼが言った。蜘蛛の巣作戦の準備が進行するなか、マリナはアールに相談をしたかった。竜を殺させない方法はないものだろうかと。他のだれにも聞かれてはならない話だから、人前で相談することはできない。その機会をうかがっているうちに日がすぎていった。マリナにできることは、「もうあばれないで、じっとしていて」と竜に祈ることだけだった。

2-12

メインストリートの西側の起点に噴水広場はあった。映画館の屋根にのぼれば、その広場を見下ろすこともできる。円形の噴水のまわりにベンチがならび、噴水の中心には巨大な方舟のオブジェが設置してある。コアラティーの話によれば、近所のカフェで持ち帰り用のコーヒーを買った女性観光客が、ベンチに腰かけてガイドブックをながめているため、ナンパをするのにちょうどいい場所だという。作戦当日、マリナ・ジーンズは地下水路を通って、噴水広場の真下へ移動しなければならない。僕たちビリジアンは蜘蛛の巣作戦の流れを頭のなかにたたきこんだ。

現状、竜はおとなしい。凶暴性はなりを潜《ひそ》めて【中央階層】のビルの天辺で彫像のようにうごかない。時折、空を飛んだりもするが、マリナをもとめて地面を掘るような行動もおこさなかった。まるで、店先で買い物中の飼い主を待っている従順な犬のようである。しかしマリナが移動すれば、竜はそれを察知して噴水広場までやってくるだろう。竜が噴水のそばにたどりついたらビリジアンたちによる攻撃がはじまる。部隊は複数にわけられ、竜から距離を保ち、竜が炎を吐くまで散発的に射撃をおこなう。

竜の火炎攻撃とともにレースがはじまる。【キャッスルトン・シアター】の一階ロビーからフルスロットルで車両が発進する。映画館のすぐ目の前がメインストリートだ。噴水広場からも目と鼻の先である。炎を出し切った竜にむけて、後部座席に設置されたライフル銃から射撃がおこなわれる。

車両は攻撃しながら猛スピードでメインストリートを東へ。竜は炎を出せないため、車両を撃破するには物理攻撃を仕掛ける。翼をひろげ、ビルの合間を縫うように飛行しながら追いかけて、罠のある地点へと飛びこんでいく。

メインストリートは運河にかかる橋を抜けて、反対岸の居住区まで直進している。罠は橋の手前あたりに設置される予定だ。車両が途中で攻撃を食らいもせず、がれきにのりあげて横転もしなければ、竜をひきつれてワイヤー製の蜘蛛の巣をかいくぐり、運河にかかる橋へと直進することができる。

スピードがのった竜の巨体は、極細のワイヤーをよけることができない。ワイヤーには巨大なビルをこっぱみじんにしてしまうほどの爆薬がぶら下がっており、そいつが竜の首や翼に巻きついた状態で爆発する。

しかし、僕がその光景を見ることはないだろう。当日、マリナ・ジーンズとともに行動することになっていた。彼女を案内しながら、噴水の地下まで水路を移動し、そこで作戦終了を待つという任務だ。リゼ・リプトンにお願いして、かんたんで安全な仕事につかせてもらったのである。

準備は着々とすすめられた。竜の動向を気にしながら、カンヤム・カンニャムとディンブラと数名のビリジアンたちが走行可能な自動車を運んでくる。【キャッスルトン・シアター】のロビーに搬入されて整備がおこなわれる。後部座席から後方にむかって射撃しやすいようにリアウインドウは取り外され、外壁に鉄板の補強がなされた。

だれが運転するのだろう。竜をひきつれてメインストリートを疾走するのは、この作戦において、もっとも重要で危険な役回りだ。竜に追いつかれて一度でも攻撃をうければ、車は走行不能となり作戦が終了してしまう。ブレーキを踏んでいるひまはないだろうし、がれきをよけながら速度を維持するには高度な運転技術がひつようだ。

「私がやる。運転には自信があるんだ」

リゼがそう言い出したとき、カンヤム・カンニャムがイヌ科の首を横にふった。

「いや、リゼは最後まで生きのこって作戦の指揮をとってもらわねばならない。この危険な任務は俺がひきうけよう」

彼女の乱暴な運転をしっている者はドッグヘッドの提案に賛成した。

作戦に参加するのは全部で十六名の人間だった。先日の大猿討伐作戦とは比較にならないほど少人数だ。参加者は四つのチームにわけられる。

マリナを連れて水路を移動し、噴水の真下に待機するチーム。

噴水広場の竜を攻撃して炎を出させるチーム。

カンヤム・カンニャムを運転手として、車両でメインストリートを走行するチーム。こちらは後部座席に二名の射撃手が乗りこむという。彼らは竜を警戒しながら一日に何度もメインストリートをあるき、作戦当日のイメージトレーニングをおこなっていた。

最後にワイヤー爆弾を設置するチーム。彼らは作戦当日の朝に所定の地点へ移動し、ワイヤー爆弾を設置する。その後、彼らは武器をたずさえて運河の岸辺に待機する。竜が爆発に耐えて生きのびた場合、とどめをさすために攻撃を仕掛けるという。

ウーロン博士の研究所で製造されたワイヤー爆弾が、補給部隊の手により地下水路経由で搬入された。ボウガンの弓矢に、極細ワイヤーの束がくっついたような外観だ。そいつが全部で二十個ほど、おがくずにつつまれて木箱に入っていた。取扱説明書によれば、数十メートル先の壁面にむかって射出機構の引き金をひくと、ワイヤーの一端が飛んで、壁面に突き刺さって固定されるという。リゼたちは、練習用に爆薬の取り外された状態のものをつかって、ビル間にワイヤーをはる訓練をおこなった。

食事の時間になると、ラジオの音楽を聴きながら、フィルム保管庫の地べたにすわり、缶詰でおなかを満たした。缶詰と言っても内容は豪華だ。グラタンやステーキや鮮魚のムニエル、おまけにチョコパフェの缶詰まであった。どれも一流店の味である。缶詰はどこかの工場で人の手によってつくられたものではなく、この世界の創造主が人々を飢えさせないために生み出したものだった。神様のデザインした味がおいしくないわけがない。

だけど、ふとかんがえる。どうせなら、人間から死を取りのぞいたように、飢えもまた消し去ってくれればいいのにと。僕がそう言うと、リゼが言った。

「だって、おなかがすかなかったら、ピーナッツバターをこんなにおいしく感じないでしょう？　【空腹はピーナッツバターの最良のスパイスだ】って格言をしらないの？」

十六名が行き交っていると、男たちの汗のにおいが地下にこもった。換気扇も取りつけられていたが、それでも限界がある。ある日の夕飯時、ついにリゼが鼻をつまんで立ちあがった。

「もうたくさんだ！　竜を退治して地上の生活にもどろう！　明日の正午、蜘蛛の巣作戦を決行する！」

作戦の決行日については天気と相談しながら様子を見ることになっていたのだが、リゼ・リプトンが明日やるといったら明日やるのだ。急な決定に全員があわてて作戦準備の最終チェックに取りかかる。僕は食べかけのまま放り出された缶詰をひろいあつめて掃除をした。

「すこし話をしたいんだけど、いいかな」

スポンジに洗剤をつけて、手洗い場で食器を洗っていると、マリナがやってきた。彼女は僕の横にならんで腕まくりすると、食器洗いを手伝ってくれる。

「あの子の作戦がうまくいったら、明日の今ごろは、もう私の怪物はいないんだね」

「きみは外の世界に帰れるんだ。うらやましいよ」

「アール、あなたは外の世界に帰りたいとおもう？」

「もちろんだよ」

「でも、クラスメイトにひどいことを言われたんでしょう？　ジェニファーだっけ？

「好きな子に傷つくようなことを言われても、それでも帰りたい？」

「ママやグレイが待ってるんだ。ジェニファーのことは、ざんねんだったけど、しかたのないことだよ。ジェニファーって、今にしておもえば、そんなにいい子じゃなかったんだ。そのうちわすれるにきまってる。今はまだ胸がちくちくするけれど人生は長いんだ。それに、もっと素敵な女の子が僕の前にあらわれるかもって、かんがえることにしたんだ。僕のことをクソ虫あつかいしないような、やさしい子がね」

「前向きなんだね」

「昔は絶対にこんな風にはおもわなかった。学校に通っていたときは、全員を殺したい気分だったんだ。だけど、この世界でいろんな人と関わっていくうちに、そんなのどうでもよくなってきたんだ。なんてちっぽけな世界で暮らしていたんだって今はおもってる」

「私もすこしはそうおもうよ。どうしてつまらないことでなやんでいたんだろう。学校に通ってるとき、そこが世界のすべてだった。だけど、ちっともそうじゃなかったんだ。ここに来て良かった。正直なところ、私、わからなくなっちゃったんだ、自分が外の世界に帰りたいのかどうか……」


マリナ・ジーンズは、排水溝に吸いこまれていく洗剤の泡に目を落とす。廊下を騒々しく人が行き交っていた。僕たちに注意をむけている者はいない。

「竜を殺さないでいられる方法はない？　あの子、私をたすけてくれた。車にひかれそうになったとき、守ってくれたんだよ。外の世界で私が落ちこんでいるときも、ずっと私の心のなかにいたんだ。あの竜を殺すなんて……、もうすこし時間がほしい、自分の子どもを殺されるような、いたたまれない気持ちになるんだ……。ねえ、竜を逃がしてあげることはできないのかな？　あの翼があれば、リゼの手がとどかない、ずっと遠くまで飛んでいけるよね？」

「無駄だよ。どんなに遠くへ逃げたって、即座に怪物を消去する方法があるんだ。リゼにだけ、それができるんだ」

あの少女がなぜ怪物退治をまかされているのかを、マリナはまだしらされていないらしい。情報が意図的にふせられているのだろうか。しらなければ、しらないままのほうがいいという判断だろうか。

「あの竜が存在していられるのは、きみがいるからなんだ。もしもきみが死ねば、竜も消えてしまうんだ。そして重大なことに、リゼは処刑人なんだよ」

その話をするのに迷いがなかったわけではない。だけど彼女は、この世界にたった二人しかいない、おなじ故郷の人間だ。

「あの子がその気になれば、いつだって僕たちを殺すことができる。この世界の神様から許可されてるんだよ。どんな罪をおかしても【目覚めの権利】を剝奪《はくだつ》されない唯一の人間なんだ。たとえ人を殺しまわったって、だれもあの子を罰することなんかできないってわけ。あの子が異邦人を処刑すれば、怪物は強制的に消えてくれる。どんなに怪物が強大でも、どんなに遠くまで飛べる翼を持っていても」

この世界には国家も宗教もない。法律というものがない。なぜなら人々が創造主の確固とした存在を意識しているからだ。殺人をおかせば、永遠の幸福が剝奪されてしまう。だけどそんな自然の摂理を無視できる唯一の存在がリゼ・リプトンなのである。あの子はもしかしたら、怪物退治のために創造主がつくり出した特効薬なのかもしれない。

マリナは沈黙する。全部の食器を洗い終えると、廊下の行き止まりによりかかってすわりこんだ。竜を殺させたくないという彼女の意思のことを、だれにも報告しなかった。そんな風におもっていることが周囲にしれたら、よけいな波風が立ってしまうような気がして心配だったからだ。

2-13

人の行き交う音でマリナ・ジーンズは眠りから覚めた。フィルム保管庫を照らす裸電球の下で、ビリジアンたちが出発の支度をととのえている。ブーツの靴紐《くつひも》をしめ直し、服のポケットにライフルの弾薬を詰めていた。

顔を洗って食事にする。サンドイッチの缶詰を開けた。最初はうまくできなかった缶切りのあつかいも、すっかりなれた。外の世界では、缶切りがひつようなタイプの缶詰なんて開けたことがなかったのに。

「じゃあ、みんな、よろしくたのんだよ」

午前九時、フィルム保管庫に集合した顔ぶれをながめながらリゼ・リプトンが言った。蜘蛛の巣作戦がはじまる。それぞれのチームがフィルム保管庫を出発した。竜の動向に気をつけながら、彼らは所定の位置へとむかう。カンヤム・カンニャムたちは【キャッスルトン・シアター】一階のロビーにて、改造車両の最終チェックをおこなう。無線によって連携をとり、それぞれのチームの状況が報告される。

「マリナさんは、まだくつろいでいてください。準備完了の合図が出るまでは、こちらで待機することになっています」

フィルム保管庫の片隅で通信機の操作をしながらハロゲイトは言った。ぶあついレンズのメガネをかけた、ふくよかな男である。頭髪がうすいかわりに、鼻の下にはちょび髭《ひげ》がある。銃のあつかいは苦手だが、地図の読み方は得意で、複雑につながっている地下水路のことをだれよりも熟知していた。普段は地方の町で教師をしているという。

「ハロゲイトさん、お茶をいれてきました」

「ありがとう、アールくん。いいかおりだ」

アール・アシュヴィが銀色のトレイに紅茶のカップをのせて部屋に入ってくる。ハーブのかおりが湯気とともにただよって、殺風景な地下空間に色がついたように感じられる。三人で紅茶をたのしんだ。マリナはカップと受け皿を手にしたまま、がらんとした室内をながめる。

「みんながいなくなると、ひろく感じるね」

「竜を退治したら、この場所ともおわかれだ」

アールはそう言って、ちらりと横目で見てくる。様子をうかがうような気配があった。昨晩の会話を気にしているのだろう。マリナは、ほほえんでみせる。

「はやく外に出たいよ。作戦、うまくいくといいな」

「ああ、よかった。昨日、きみがあんなことを言うものだから、心配していたんだ」

少年は心底ほっとした様子だ。ほんとうにそう信じてくれたのだろうか。だとしたら、この子はなんて単純なんだろう。もしかしたら、ちょっとお馬鹿なのかもしれない。すこしだけ心が痛くなる。

ハロゲイトは通信機から流れるノイズまじりの声に耳をかたむけていた。リゼ・リプトンの率いるチームが噴水広場周辺に移動を終えている。ディンブラとコアラティーのチームは竜の視界に入らないルートを選んで慎重に移動し、出発から一時間後に目的地へ到達。ワイヤー爆弾の設置に取りかかっているという。

「二人とも、出発の用意はできているかね。忘れ物があったって、作戦終了までは取りにもどることなんかできないぞ」

ハロゲイトは教え子に語るような口調で言った。

ワイヤー爆弾設置完了の報告が入ると、スピーカーからリゼ・リプトンの指令が聞こえてくる。

「準備はととのった。マリナを連れて噴水広場の下にむかって進行せよ。異邦人の移動にともない、竜の行動が活発化するとおもわれる。他のチームは竜の動向に注意しながら備えよ」

「了解です。出発します」

ハロゲイトは水や食料の入ったリュックを背負って立ちあがった。

【キャッスルトン・シアター】地下の壁に、ビリジアンたちがつるはしで開けた穴がある。そこを通り抜けて地下水路へと入った。湿っぽい空気が肌にふれてひんやりとする。マリナは胸がおどった。何日も映画館の地下に閉じこめられ、飽き飽きしていたのだ。昨晩までは竜のことが気がかりで気持ちがふさいでいたけれど、寝る前に毛布のなかで決意を固めていたおかげで、今はもう、すがすがしい気分だ。

地下水路はチューブ状のトンネルである。ハロゲイトの掲げるオイルランプで暗闇を取り払いながら前進した。噴水広場まではわずかな距離だ。ハロゲイトは迷いのない足取りですすむ。

水路には二十センチほどの深さの水が流れていた。雨水なのできれいなものだ。においもない。靴のまま、ざぶざぶと水を踏みながらあるいた。アール・アシュヴィが何度かすべってころんで全身をぬらしている。

かすかな震動を感じて立ち止まる。水路の天井から、ぱらぱらと砂埃が降ってきた。

「竜がうごきだしたのでしょうか」

メガネの位置を直しながらハロゲイトが言った。アールも不安そうに天井を見あげる。彼らに背中をむけてマリナは目をつむった。

自分と怪物をつなぐ見えないつながりは、地下水路の壁をすり抜けて、竜のいる方向と距離を教えてくれた。竜は翼をひろげて空中を旋回しているようだ。マリナの移動を察知して興奮状態になっている。さきほどの震動は、ビルの外壁が地上に降ってきた衝撃によるものだろう。ビルの天辺にとまっていた竜が、空へ飛びあがるときにいきおいよく足で蹴ったものだから、負荷に耐え切れなくて一部が崩壊してしまったのだ。以前よりもはっきりと竜の声が聞こえるし、こちらの声もむこうにとどいている。もっと心がちかくなれば、回線が太くなり、見聞きしているものや、おもっていることが、直接に相手へつたえられるようになるかもしれない。竜に対して心を開くことで、つながりがより強固になっていくのを感じた。

ハロゲイトの案内でさらにすすむと、半球状のひろい空間へと出た。壁にそって足場があり、ようやく水からあがることができた。

「噴水の真下だ。後はここで、すべてが終わるまで待機していればいい」

壁沿いの足場には通信機や毛布がはこびこまれている。ハロゲイトはさっそく通信機の電源をいれて、到着の報告をおこなう。ハロゲイトの足下に、地下水路の地図が置かれている。

「きっと、うまくいく。心配しなくてもだいじょうぶだよ」

アールが言った。彼はもちろん、蜘蛛の巣作戦のことを言っているのだろう。

「ありがとう。もうすぐはじまるね。そろそろ心を決めないと……」

通信機から声が聞こえてくる。他チームの報告によれば、竜が噴水広場の上空を旋回しているとのことだ。オイルランプの明かりが水面に反射し、天井の陰影がゆらめいている。

「アール、気をつけて」

「え？」

竜は三秒後に着地する。マリナにはわかった。翼に風をはらみながら高度をさげている様子が感じられたのだ。三、二、一……。震動が生じる。半球状の天井がゆれてひびが入った。ハロゲイトはしりもちをつき、壁で頭を打った。アール・アシュヴィは、よろけて水のなかに倒れこみ、盛大なしぶきをあげる。

「あいたたた……」

おしりと頭をさすっているハロゲイトにちかづいて、地下水路の地図と、オイルランプをひろう。

不気味な音の震動が地下の空間にひろがる。地上で発せられた竜の咆吼が、どこかの隙間をすり抜けてここまで反響してとどいたらしい。ハロゲイトは地上の様子をしるために通信機を操作した。しかし聞こえてくるのは雑音ばかりだ。ずぶぬれになったアール・アシュヴィがおきあがる。

「マリナ、怪我はない？　僕はだいじょうぶ、こんなこともあろうと、パンツの着替えを持ってきてるからね」

水を滴らせながら少年は言った。

「用意がいいんだね。ところでアール、ちょっと聞きたいんだけど」

リゼ・リプトンの号令により銃撃がはじまった。ちいさなつぶつぶが飛んできて、肌に突き刺さるような、竜の感じているものがマリナにもつたわってくる。傷を負うわけではないが不愉快な感覚だ。

「いっしょに来る気はない？」

アール・アシュヴィの目を見ながら言った。彼がいっしょに来てくれるなら、話し相手にもこまらない。

「え？　どこに？」

「ここから逃げるんだよ」

「逃げる？　ああ、わかったぞ。心配しなくていい。崩落の危険はないからね。頭のいい人たちが構造計算したんだ。竜がどんなにあばれたって、天井が壊れて生き埋めになることはないって」

「ちがうよ、そういうことじゃない。私、やっぱり、竜を死なせたくないんだよ。これ以上、ぐずぐずしているのは危険だから、もう行くね、さようなら」

地下水路の地図とランプをたずさえてはしりだした。ハロゲイトが気づいてしがみつこうとしたけれど、よけるのはかんたんだ。アールは状況がよくわかっていないらしく、水のなかに棒立ちのままである。

竜が炎を吐いてリゼ・リプトン率いるチームを攻撃した。長い首をめぐらし、炎をまき散らし、分散して配置されたビリジアンたちを焼き殺そうとする。地上でおこなわれている竜の行動はすべて把握できた。炎の威力のせいか、天井や壁が小刻みにふるえて、地下水路の水が波打っている。炎を吐き終えたらレースがスタートする。制止する声をふり切って地下水路をはしった。

2-14

あれはひとたまりもない。蛇は畏怖《いふ》の念を抱く。まともに食らえば屈強なビリジアンも生きのこることはできまい。生きのこった者は永久にその恐怖をおぼえているだろう。竜の口から放たれた炎のかがやきは、建ちならぶビルの外壁を赤く染めた。

メインストリートにならぶビルの上層階で蛇は双眼鏡をかまえていた。窓ガラスは割れて粉々になっているため、煙のまじった風が外から吹きこんでくる。噴水広場からつづくメインストリートが眼下に一望できた。双眼鏡のピント合わせのリングを指で操作する。道具をあつかうには、人間の指が便利だ。蛇の姿では、レコード盤へ針を落とすのもむずかしい。

すっかり炎を出し切った後、何割が生きのこったのかはさだかではない。作戦は次の段階へとすすんだ。【キャッスルトン・シアター】の一階ロビーから一台の車両が飛び出す。蜘蛛の巣作戦のおおまかな流れについては把握していた。通りすがりのビリジアンと交流して詳細を聞いていたからだ。銃声がメインストリートに響く。リアウインドウから突き出たライフル銃の先端から、発砲にともなう閃光《せんこう》が連続した。竜が車両に気づき、直後に地面を蹴った。

レースのはじまりだ。タイヤは地面を削るようなフル回転する。竜は地面すれすれを滑空する。翼が風をつかみ、搔《か》くようなうごきをすると、竜の飛行速度はぐんとはねあがって、車両との距離をちぢめた。地響きのようにエンジン音を轟《とどろ》かせる車両にくらべて、竜の飛行はとてもしずかだ。

蛇は転落しないように気をつけながら、窓の外の出っ張りから身を乗り出す。カンヤム・カンニャムの運転技術に感嘆させられた。点在するがれきの隙間を、速度を落とさないまますり抜けていく。ハンドル操作をまちがえれば横転していただろう。しかし竜の飛行速度は車両を凌駕《りょうが》している。

ワイヤー爆弾のはりめぐらされている地点に達するよりも先に、竜の鼻先が車両へと追いついた。上下の顎が開かれ、発砲のつづいている車両の後部へと食らいつこうとする。カンヤム・カンニャムのハンドル操作によって攻撃はぎりぎりでかわされる。しかし何度もよけ切れるものではなかった。竜の追撃により車両の後部バンパーがえぐられ、一瞬、後輪が持ちあがって車体が地面をはねる。

スピンしそうになるのを立て直して、カンヤム・カンニャムの運転する車両は、がれきのつくるトンネルをくぐり抜けた。低空飛行していた竜は、がれきに頭から衝突する。無数の破片を散らしながらも車両を追った。

蛇がレースを観戦できたのはそこまでだ。両者は遠くへ行ってしまい、双眼鏡に映る

のは砂煙だけとなる。もうじき、罠のはられた地点をくぐり抜けるはずだ。ワイヤー爆弾をひっかけた竜が運河の付近で爆発をおこすだろう。

しかしそうはならなかった。砂煙のむこうで垂直に上昇する巨大な影がある。竜は途中でレースを放棄したらしい。ビル間にはられた極細ワイヤーの罠に気づいたのだろうか。それとも自分を攻撃する車両など放っておくことにしたのだろうか。

ビルの上を竜は旋回した。メインストリートを、逆にたどってもどってくる。竜の首は地面の一点にむけられていた。

マンホールの蓋を重たそうにずらして、地上へと這いあがってくる少女の姿があった。異邦人の少女だ。名前はマリナ・ジーンズ。彼女は地上に出ると、長い髪を風になびかせて、気持ちよさそうにわらっていた。

竜はふわりと翼に風をはらんで速度を落とすと、やわらかく大事なものをつつみこむように、後ろ肢で少女の体をつかむ。蛇のすぐ目の前をかすめて、竜は空へむかって上昇していった。そのまま遠くへと飛び去って、黒煙のむこうへと見えなくなった。

三章

3―1

青草におおわれた丘陵地帯がひろがっている。ライフル銃を背負って、ルフナは丘の上をあるいていた。子どもの騒々しい声が聞こえる。農家の扉をいきおいよく開けて子どもたちが出てきた。彼らは遠くの空を指さして、屋内の母親にむかってなにかをさけんでいる。

ルフナは立ち止まり、子どもたちの指さす方角をふりかえった。雲の間を移動する影がある。距離が遠いので、小枝の先っぽが空をすべっているかのようにも見えた。しかし実際はずっと巨大な生物なのだろう。

ルフナは【中央階層】にむかっていた。アークノア特別災害対策本部に蛇が出現したという情報をメルローズから聞いたからだ。

「報道はされていませんが、本部の建物に侵入していたみたいなんです。ルフナさんにはお世話になったし、特別におしらせしておきますね」

ルフナは定期的に彼女と連絡をとりあっている。メルローズはウーロン博士の研究所にもどってはたらいていた。

「たすかります、蛇の行方に関する手がかりは貴重だから」

「ほんとうは私、ルフナさんには、蛇のことなんかわすれてほしいんです。ご両親のもとにもどったらどうです？　蛇はあなたから、なにをうばったというんです？」

影が北の方角へ消えると、子どもたちは、ざんねんそうにしながら家にもどっていく。ルフナは【中央階層】にむかって丘の上をすすみながら、ふと、家族のことをおもいだした。やさしい父と、料理の上手な母と、それから、蛇が尻尾でたたきつぶした胎児のことを。

3－2

僕たちは【キャッスルトン・シアター】の地下をひきはらった。火災で焦げ目のついた商業地区を北上すると、視界が開けて前方に焼け野原があらわれる。その中心にほとんど無傷の建物と電波塔があり、そこがアークノア特別災害対策本部だと説明をうけた。

本部の玄関口でブルックボンドという名のきれいな女性が待機しており、僕たちを建物内のバー&レストランへと案内してくれた。リゼ・リプトンは窓際のソファー席にどかりと腰かけて足を組む。僕はトイレで用を足した後、みんなのところにはもどらずに、掃除用具入れのなかへ閉じこもった。十分ほどそうしていると、掃除用具入れがノックされる。扉を開けると、スーツを着た青年が立っていた。

「アール・アシュヴィさんですね？　そんなところで、なにをしてるんです？」

バー&レストランのウェイターかなにかだろうとおもった。

「みんなにあわせる顔がなくって。作戦失敗は、僕のせいだから」

「あなたのせい？」

「マリナが竜を救いたがっていることをしってたんだ。リゼが処刑人だってこともしゃべっちゃった。それでマリナは逃げ出すことを決意したのかもしれない……」

「責めはしません。あの子がそれほどに竜への愛着を抱いていたなど、だれが想像できたでしょう。彼らは特殊な方法で意思の疎通をしていたのかもしれない。それができることをハンマーガールにもふせていた可能性があります」

「怪物のことにくわしいですね」

正体を推し量るようなこちらの視線に気づいて彼は名乗った。

「ここの所長をやっているロンネフェルトという者です」

灰色の髪の毛に、灰色の目が印象的な青年だった。所長などという役職よりも、家庭教師などの肩書きのほうが似合っているような外見である。みんなが待機しているバー&レストランへもどると、まず最初にカンヤム・カンニャムが言った。

「二人して、トイレのにおいをまき散らしながらの登場かね」

イヌ科の鼻をくんくんとうごかしている。ロンネフェルトが彼と握手をした。

「元気でしたか。大変でしょう、ハンマーガールの相手は」

「給料をあげてもらわないと割にあわないね」

カンヤム・カンニャムは牙の隙間から煙草の煙を吐き出す。彼には給料が支払われていたのか、とひそかに僕はおどろく。リゼがイヌ科の顔をにらみつけた。

「そんなに大変ならこの仕事をやめれば？　その鼻を生かして、迷子の犬さがしでもすればいいじゃない」

「いい提案だが、やめておくよ。リゼを野放しにするのはあまりに危険だ」

「ひさしぶりですね、リゼ・リプトン」

ロンネフェルトが声をかける。リゼは窓際のソファー席で足を組んだままだ。

「ちかくに来たから、ちょっとだけ寄ってみたんだ。もう出発するけどね」

ソファーから立ちあがろうとするリゼの頭を、ロンネフェルトは、まるで西瓜《すいか》のわしづかみでもするみたいにつかんでソファーの方へ押しかえす。

「そんなにいそがなくともいいでしょう。ゆっくりしていってください」

その手をはらいながらリゼは青年をにらみつける。

「きちんと食事はとっていますか？　好物だけではなく、野菜や肉類をバランスよく摂取しなくてはいけませんよ？」

「当然だ。私ほど食事に気をつかっている者などいるものか。それよりロンネフェルト、まるで私の親みたいなことを言うじゃないか」

「あなたみたいな娘がいたら、家計は火の車です。機関車の予算を捻出《ねんしゅつ》するのは大変でした」

「必要経費だ。それより復興のためにこれからいそがしくなるね。ボスがこんなところでおしゃべりしてていいのかな」

「同感です。あなたとのおしゃべりの不毛さには、毎回、自己嫌悪《けんお》におちいります。しかし、来客をもてなさずに帰すわけにはいきませんのでね」

「どんな風にもてなしてくれるわけ?」

ロンネフェルトが出入り口に視線をむけると、ワゴンがいつのまにか待機していた。ワゴンの上には、ほとんど天井に達するほどの高さまで書類が積みあげられていた。さきほど紹介されたブルックボンドという女性職員が、そろそろとワゴンを押してリゼの前にはこんでくる。書類のエベレスト山を、雪崩をおこさずにここまで持ってこられるのだから、彼女はとても有能なのだろう。

「あなたのサインがひつような書類です。私は雇われ所長の身。アークノア特別災害対策本部の本来の主はあなたなんですからね、ハンマーガール」

ロンネフェルトは胸ポケットから万年筆を抜いて差し出す。リゼ・リプトンは腕組みをした。

「だってこれ、全部処理するのに、何日もかかるぜ。よしわかった。カンヤム・カンニャム、今すぐ暖炉に火をつけてくれ。今日中に全部、燃やしてしまおう」

カンヤム・カンニャムは聞こえないふりをして二本目の煙草をくわえた。


竜が【中央階層】からいなくなって安全が確認されると、他の地域に避難していた住人たちが長い行列をなしてもどってくる。料理の得意な者たちが自然とあつまり、巨大なずんどう鍋《なべ》で炊き出しがおこなわれた。都市の炎は完全に消えたものの、風が吹くと大量の灰が舞いあがって雪のように降った。

アークノア特別災害対策本部の建物の周辺にビリジアンたちのベースキャンプが設置される。世界観の維持に意欲を燃やす者たちが、腕立て伏せや射撃の訓練などのトレーニングをおこなっている。蜘蛛の巣作戦が成功していれば、今ごろ、祝杯をあげておおさわぎしていたことだろう。しかし竜をしとめ損なったことにより待機状態がつづいている。

本部で所長と顔合わせをした後、窓に鉄格子のはまっている部屋に案内された。本来ならそこで僕は軟禁状態のあつかいをうけていたのだろう。しかしリゼとカンヤム・カンニャムが抗議してくれたおかげで、特例で外に出してもらえた。そのかわり、一般市民のビリジアンとして雑務をひきうけることになる。ハロゲイトと合流し、彼のテントに寝泊まりさせてもらった。寝袋は支給されたものをつかえたけれど、ハロゲイトのいびきがすごかったので僕は寝不足となる。

「壊れたビルは、どうやって建て直すんですか？」

居住地区の公園で炊き出しの手伝いをしながらハロゲイトに聞いた。スープをかきまぜて皿にそそぎ、列の先頭にならんでいる子ども連れの母親へ手わたす。

「そっとしておくんですよ。そのうちにこの世界は、元の状態をおもいだしてくれるでしょう」

湯気でメガネをくもらせてハロゲイトが教えてくれた。彼は僕のとなりでおなじようにスープをそそいで老夫婦に皿をわたす。ハロゲイトの話によれば、【中央階層】のすべてのビルは、創造主が世界を生み出したときからすでにあったものだという。人が建てたものではなく、山や川とおなじようなものだ。傷口がいつのまにかふさがるように、そのうち破壊の跡も消えるはずだという。

「創造主様がこっそりやってきて建て直していくんだ、という説もありますけどね」

そのとき、にぎやかな集団から声が聞こえてくる。

「おい、ジャワ！　なんかもう一曲、弾いてくれよ！」

たき火のそばにギターを弾いているビリジアンがいた。ジャワと呼ばれたその青年は、帽子を目深《まぶか》にかぶり、ぼろぼろの民族衣装に身をつつんでいる。周囲のリクエストにこたえて青年の指が弦をはじきはじめた。聞こえてきたのは、心が落ちつくような種類の音楽だ。炊き出しにあつまっていた人々の顔から、ほんのわずかに、けわしさがとれたような気がする。

「マリナさんと竜は、どこでなにをしてるんでしょうね……」

ハロゲイトがつぶやいた。マリナと竜の居場所は、はっきりとわかっていない。目撃情報がちらほらとあり、逃亡したおおまかな方角が判明しているだけだ。

スープが全員にいきわたり、炊き出しの行列がなくなった。ずんどう鍋もほとんどからっぽだ。何度も「ありがとう」とお礼を言われ、そのたびにあたたかい気持ちになる。

「人に感謝されるのって、いいもんですね。自分の存在が、社会の役に立てているような気がして、ほこらしい気持ちになります」

そんな風につぶやくと、だれかが横腹を拳《こぶし》で突いた。

「な、なにすんだよ！　痛いじゃないか！」

「アールさんは、もっと反省してください。すがすがしい顔をしていたのでむかつきました。さっき本部でカンヤム・カンニャムさんに聞きましたよ。作戦の失敗はだれのせいだとおもってるんですか。前の晩にマリナさんから相談されていたことを、だれにでもいいから報告していれば、こんなことにはなってなかったんじゃないですか」

見覚えのある黒髪の少年が、冷ややかな目をして立っている。大猿討伐作戦をいっしょに生きのびたルフナだった。

3－3

竜の背中はすわり心地がいいとは言えなかった。翼がうごくたびに、象をおもわせるぶあつい皮膚が、筋肉の隆起によって波打つのだ。そのため一時も落ちついてすわっていられない。いろいろとためしてみたが、どうやら長い首のつけ根あたりにまたがっているのが楽だという結論にいたる。翼をうごかすための筋肉からはずれた場所であれば、飛んでいるときもおしりの位置が安定した。

植物のつたを編んでロープをつくり、竜の首にひっかけた。首飾りのように一周させて結んで固定する。それをにぎりしめることで、空中で竜が急に姿勢を変えても、ふり落とされることなく、すわっていることができた。

眼下にひろがる森や草原や山脈をながめながら、マリナ・ジーンズは竜の名前をかんがえた。ラトゥナプラという名前はどうだろう。どこかの国の言葉で「宝石の都市」という意味だったはずだ。風につつまれながら、花柄模様の入った硬質な皮膚に手をあてて宣言した。

「あなたはこれから、ラトゥナプラよ」

この世界は様々な部屋が連なってできている。空には果てがあり、世界を区分けする巨大な壁がそびえている。海や山脈を直線的に分断し、切りわけている仕切り壁だ。ラトゥナプラは壁すれすれを飛びながら、地表付近に開いている四角いトンネルをさがし、発見すれば高度を下げてそのなかに飛びこんだ。

トンネルを抜けると景色が一変する。岩肌だらけの殺風景な場所に出ることもあれば、何キロメートルにもわたって階段状の滝がつづいているような場所に出ることもある。真っ暗な海に無数の灯台が立っているだけの不思議な部屋を通過し、わたり廊下が縦横に空間を横切っている部屋を通り抜けた。

ラトゥナプラがおもいきり翼をうごかせば、ジェット機のような速さで空を飛べただろう。しかしどうやらマリナのことをおもって、ゆっくり飛んでくれているようだ。普段は空気の抵抗なんてかんがえもしないが、ラトゥナプラの飛行するスピードがすこしでも速くなると、まるで粘性の壁のなかへ突入するかのように空気が重くなった。

マリナが空腹を感じると、ラトゥナプラは高度を下げた。アークノアは、外の世界とちがって、人間が飢えないようにと配慮された世界設計がなされている。注意深くさがせば、林檎《りんご》やミカンやブドウの木を発見することができた。森の木々をへしおりながらラトゥナプラの巨体が地上に降りる。鳥たちがおどろいていっせいに飛び立ち、空がさわがしくなる。

ラトゥナプラの牙のひとつひとつに歯列矯正器具そっくりの金具がくっついている。それに足をひっかけてマリナはラトゥナプラの鼻先に立った。竜が長い首を持ちあげ、マリナを高い位置まではこび、木になっている果実を収穫した。

ラトゥナプラは食事というものをしなかったが、収穫した果実をわけあたえると、うれしそうにしながら飲みこんだ。竜のいかめしい顔には表情というものがない。それでも感情の機微を感じとることができた。周辺の木々をへしおりながら尻尾をぶんぶんとふりまわしている様子は、他人から見れば竜があばれているように映っただろう。しかしマリナには、子犬が胸の内のよろこびをおさえきれない様子と似通って見えた。

夜がちかづくと、野宿に適した場所へ降りる。ラトゥナプラは暗闇のなかでも遠くまで見通すことができるらしく、一晩中でも飛んでいられたが、マリナは睡眠をとらなくてはならない。山奥や森で野宿するのはおそろしいことだったが、ラトゥナプラに寄りそっていれば安心だった。

明かりがほしくて、たき火をしようとおもい、ラトゥナプラに火を吐いてもらったことがある。

「ほんのすこしでいいからね！　私がほしいのは、ちっちゃな火だよ！　わかった？」

ラトゥナプラは喉の奥をぐるぅぅぅぅぅと鳴らすと、上下の顎をすこしだけ開いて、手加減しながら火を吐いた。それでも火力はすさまじいものだった。ふぞろいな牙の隙間から炎が噴き出し、マリナ・ジーンズのあつめてきた薪《まき》を吹き飛ばし、周辺一帯に炎をばらまいてしまう。

最初の数日間は、果実や木の実で満足していたが、そのうちに調理されたものが食べたくなってくる。ラトゥナプラは地表すれすれを飛びながら、調理された料理がどこかに落ちていないかとさがしてくれた。そんなもの落ちているはずがない、と言い切れないのがこの世界のおどろくべき点だった。

「あった！」

マリナはそれを見つけてさけんだ。崖崩れのおきている山の斜面に、きらきらと銀色の光を反射している一帯があった。まるで鉱物が顔を出すみたいに、たくさんの缶詰が埋もれている。ずっと昔に観たファンタジー映画に、ランチボックスを実らせる木が登場した。そんな夢みたいなことあるわけないとおもっていたが、アークノアではそれとおなじようなことが実際におこるらしい。缶詰が地面の下から発掘されたり、川の上流から流れてきたりする。

降下してたしかめてみると、缶詰のラベルには【チキンのトマト煮オレガノ風味】や【オリーブと海老《えび》のジェノヴェーゼパスタ】や【あめ色とろ〜りオニオンスープ】といった料理名が印刷してある。マリナは口笛を吹いた。しかし問題がひとつだけある。この世界の缶詰は、缶切りがなければ開けられないタイプのものばかりだ。肝心の缶切りが手元にはなかった。

「ほんのすこしでいいからね！　手加減してね！」

缶詰を地面に置いて、ラトゥナプラにお願いした。ラトゥナプラは前肢のするどい爪の先端を缶詰の上蓋にかける。竜の巨体にくらべたら、缶詰はごま粒のようなサイズだ。ラトゥナプラが体重をかけると、缶詰の上蓋に爪が刺さり、かこんと音を立てて穴が開いた。しかし竜の爪は急停止できず、オニオンスープをまき散らしながら缶詰をひしゃげさせ、地面に深々と突き刺さってしまう。

「だいじょうぶよ、そんなに落ちこまないで」

マリナは竜をなぐさめて、缶詰をできるだけたくさん麻袋に詰めこんだ。

そこからラトゥナプラにまたがって三十分ほど飛行したところに麦畑があった。ところどころに案山子《かかし》が立っており、その上をスズメの群れが飛びかっている。集落を発見すると、ラトゥナプラに命じ、民家を破壊しないように細心の注意をはらいながら広場へ降りてもらった。

「ふんわりとした着地を心がけるんだよ、たんぽぽの綿毛が地面にキスをするみたいにね。どしんと降りたら、家の壁にひび割れがおきるかもしれない」

翼のおこす風によって、地面に散らばっていた藁《わら》のくずが空中に巻きあげられた。かすかに地面がゆれたものの、竜はやさしい着地に成功した。

ちいさな村だった。外で農作業をしていた者たちは、竜の出現におどろき、悲鳴をあげながら逃げていく。家のなかに駆けこみ、扉を閉ざし、窓の隙間から外をうかがう。しずまりかえった集落に、どこかの家で泣いている赤ん坊の声だけが響いていた。

マリナは竜の首の根元から降りた。乗り降りをする際、竜は地面にふせをして姿勢を低くしてくれる。マリナは家々にむかって声を出す。

「缶詰を開けるための缶切りがほしいんですが、お借りできないでしょうか……」

反応がなかった。おなじ言葉をくりかえしながら集落をあるきまわっていると、一軒の扉がおそるおそる開かれる。やせて日焼けをしたおじいさんが、マリナの後ろをついてくる巨大な怪物を、おびえるような目で見ながら缶切りを放り投げてくれた。

「これ、すこしだけお借りします。使い終わったら、もどしに来ますから」

缶切りをひろいながらそう言うと、おじいさんは、めっそうもないという表情で首を横にふる。手をうごかして、缶切りはマリナに差しあげるという仕草をした。

「いただいていいんですか?」

おじいさんはふるえながらうなずく。立ち去ろうとしたとき、おじいさんの家のそばに、つくりかけの案山子が横たわっているのを見つけた。藁を寄せあつめて、人の形ができあがろうとしている。マリナはおじいさんをふりかえって提案した。

「それではお礼に、感謝の意をこめて、スズメを追いはらってみます」

ラトゥナプラの前肢を足場につかい、首の根元にまたがった。首飾りのように一周させたロープをにぎりしめ、さあ、行こう、と思考する。つくりかけの案山子を吹き飛ばしてはいけないので、風の影響が出ない場所まであるいて移動し、ラトゥナプラは上昇した。左右の翼が空気をつかんで、はしごでものぼるみたいにぐんぐんと高度をます。集落が眼下にちいさくなり、模型の家をならべてジオラマをつくったような視界になる。家の扉が次々と開いて村人たちが外に出てきた。空に上昇する怪物の姿を見あげている。

充分な高度に達すると、せわしなくうごいていた翼は、左右に大きくひろげられて風に乗った。村の周辺に広大な黄金色《おうごんいろ》の麦畑がひろがっている。真っ黒な煙でもただよっているみたいにスズメの群れが飛んでいた。

ラトゥナプラの首にまわしたロープをにぎりしめて、急なうごきにそなえた。竜の翼が風をひとかきすると、スズメの群れにむかって急降下をはじめる。ラトゥナプラの喉の奥から、何千もの弦楽器を足しあわせたようなさけび声が発された。スズメたちはその声に生命の危険を感じたらしく、麦畑からいっせいに飛びあがり、四方八方に逃げまどった。コーヒー豆の粉を水のなかへぶちまけたみたいに、こまごまとした点が空を埋めつくす。

麦畑の上空を急旋回したり、地表すれすれまで急降下したりをくりかえしながら、竜はスズメの群れを追いはらった。マリナもまた、ふり落とされる恐怖をわすれ、爽快さに大声を発した。ラトゥナプラの声と自分の声があわさる。低い位置を飛ぶと、翼の巻きおこした風によって麦畑の絨毯が波打ち、穂がゆれて、マリナとラトゥナプラの通りすぎた軌跡がのこった。

3-4

バーカウンターに、からっぽの缶詰がならんでいる。缶切りによって開けられた蓋が、めくれた状態でまだくっついていた。数は全部で五個。中身はついさきほど、僕とルフナのおなかのなかにおさまった。

煤けた建物の廃墟《はいきょ》がひっそりとならんでいる地域に、そのダンスホール跡地はある。屋根と大半の壁をうしない、現在は壁が一枚と、焼け焦げたバーカウンターだけがのこっている。僕たちの立っている場所から、バーカウンターの缶詰までは、およそ三十メートルほどの距離だ。それだけはなれていると、豆粒のようにちいさく見える。

耳を押さえた。そのおかげで、音はずいぶんと軽減される。左端にあった缶詰が、こん、とはじかれるように飛んだ。後方の煤けた壁にぶつかってころがる。ルフナがライフルのレバーをうごかした。にぶい金色の薬莢が飛び出して足下に落ちる。あたりに火薬の燃えたにおいがただよって鼻がつんとした。

　黒髪の少年のかかえているライフルは全長が一メートル二十センチほどもある。【キャッスルトン・シアター】の地下で、大昔の戦争の記録フィルムを観たけれど、塹壕《ざんごう》を背景に兵士がかまえていたものにそっくりだ。僕が拍手をしてもルフナは無関心だ。

「弾を装塡するところから練習しましょう」

　ルフナは事務的にそう言うと、木箱の上にライフルを置いた。火災の被害をまぬがれたその木箱は、かくれんぼにちょうど良さそうなサイズだ。ルフナは鞄《かばん》から弾を取り出して並べる。

「この銃には七・六二ミリの弾をつかいます」

「へえ、どの弾でもつかえるわけじゃないんだね」

「この口径の弾は、比較的、手に入りやすいです。アークノアで狩猟をやっている者のおおくが、これをつかってシカやイノシシをしとめています」

「どこで製造されてるの？」

「地面の下から産出されるんです。商人たちがそれをあつめて、狩人の村で売るんです」

　この世界には戦争がない。銃は野生動物を狩るためにしかつかわれないのだろう。木箱を作業台がわりに、ルフナの指示をうけながらライフルへ弾をこめてみる。丸い金属製のレバーをスライドさせ、かぱっと開いた箇所に、宇宙ロケットみたいな弾をつめこんだ。弾は五個まで本体内部に入れられる。レバーを元にもどすとき、そのうちの一個が薬室におくりこまれ、発射準備完了となる。何度かおなじ手順をくりかえし練習して、ついに試し撃ちをすることになった。

ライフルの重さは四キログラムほど。自分で撃ってみるのは、はじめてだ。木製の銃床を右肩にあてて缶詰に狙いをつける。安全装置などというものはついていないようだ。引き金をひく前に僕は聞いた。

「ほんとうに、撃ってもいいのかな……」

「よく狙ってください。はじめてだから、命中するとはおもいませんが」

「まだ迷いがあるんだよ……」

子どもなのに銃なんか撃ってしまっていいのだろうか。

「じゃあ、やめておきましょうか？」

「いや、やめないよ」

決心をかためると、長い銃身の先端を見つめる。缶詰の一個をルフナが撃ち落としたので、のこりは四個だ。照準をあわせた。銃の先端がゆれて狙いがさだまらない。

武器がひつようなんだ。呼吸をおさえながらかんがえる。銃をつかったことのない僕は、怪物と戦闘状態になったとき、逃げまわっていることしかできない。たったひとつの命をうしなわないように、リゼ・リプトンやカンヤム・カンニャムやおおぜいのビリジアンたちの背中にかくれていることしかできない。たぶんこのままではいけないんだ。

　息を止めて、引き金にあてたひとさし指を、ゆっくりとひく。ライフルの内部でちいさな爆発が生じた。火薬の燃焼によって生み出された圧力が弾丸の推進力となる。銃口から煙がぱっと噴き出して、ライフルを握りしめている僕の両手首や、銃床をあてている肩に、がつんと衝撃がぶつかる。

　缶詰がひとつはじけて宙に舞った。壁にはねかえって、バーカウンターの裏側へころがる。銃声のこだまが消えるのを待って、銃口を地面にむけ、背後をふりかえる。ルフナも目を瞠《みは》っていた。

「おどろきました。はじめてで命中するなんて」

「うん、僕もおどろいたよ。……狙ったのは左端の缶詰だったんだけどね」

　たった今、弾丸につらぬかれて落下したのは、右端の缶詰だった。

　五発を撃ち終わり、僕はライフルを木箱の上に横たえる。結局、のこりの四発は缶詰をかすめることさえなく、背後の壁にめりこんで、ぱっと煙をたてただけに終わった。

　衝撃がのこる手首をさすりながら次のように主張してみる。

「最初の一発が命中したという事実はゆるがないよね」

「実戦だったら、仲間の頭を撃ち抜いてますよ」

今度はルフナの番だ。ライフルに弾をこめて、バーカウンターの方にむきなおり、狙いをつけて弾丸を発射する。レバーをスライドさせ、薬莢を排出し、次の弾を薬室に送りこむ。三度の銃声で、のこっていた三つの缶詰は、バーカウンターの上から消えた。

そのとき車のエンジン音が聞こえる。ダンスホール跡地のそばに、ふるめかしい型の車が停止した。運転しているのはディンブラだった。頭のサイズがおおきな中年の紳士は、運転席の窓から話しかけてくる。

「やあ、きみたち、射撃の訓練かね」

「こんにちは、ディンブラさん。ドライブですか？」

僕は片手をあげる。ルフナは横目で彼の方を見ながら、ライフルの手入れをはじめた。ダンスホール跡地は、アークノア特別災害対策本部の建物から一キロほどはなれた距離にある。銃声を聞いて、ここをたずねてきたのかもしれない。ディンブラは言った。

「ちょいと人さがしをしているんだ。きみたち、女の子を見なかったかい？　髪はにぶい金色で、目は青色、緑色の外套を羽織っていて、腰に金槌をぶら下げた女の子なんだけど」

僕とルフナは目を見あわせる。

「リゼがどうかしたんですか？　大量の書類を処理してるはずですよね、たしか」

「予定ではね。トイレとシャワーを完備している部屋でお仕事していたはずさ。集中できるように、扉には鍵《かぎ》をかけていた。邪魔が入らないように、見張りも立たせていたよ。扉の下に食事のトレイを出し入れする隙間があるから、そこを通じて料理やおやつをお届けしていた。食事のたびに食堂まで足をはこばなくていいようにね。すべての配慮は完璧だった」

「ものは言いようですね」

ルフナがあきれたように言った。

「でも、どうやってその部屋から逃げられたんです？」

「昼食に出したチキンの骨をつかったらしい。まったく器用なお嬢さんだ。ほそ長く骨を割って、そいつを鍵穴に挿しこんで、扉を開けちまったんだ。見張りの者を昏倒《こんとう》させ、食事運搬用のエレベーターに乗りこんで一階の調理場へ移動し、残飯処理のゴミ箱にひそんでまんまと外へ脱出したらしい。きみたち、あの子を見かけたらひきとめておいてくれないか。くれぐれも注意するんだぞ。手負いのライオンよりも凶暴なお嬢さんだからな」

ディンブラはそう言うと車を発進させた。煤けた廃墟ばかりの地域をエンジン音が遠ざかり、車体はやがて見えなくなる。ほかの場所へリゼをさがしにむかったのだろう。

僕たちは何事もなかったかのようにふるまった。ルフナはなれた手つきでライフルの手入れをおこなう。洗浄剤と銅製のブラシをつかって、弾丸の通る穴のなかを掃除しはじめる。しかし、何の前触れもなく、作業台がわりにしていた木箱の上面が、どかんと内側から蹴りあげられた。

ライフル本体はルフナがなんとか守ったけれど、弾は周辺に散らばった。木箱のなかから、赤い靴底のガムブーツを履いた足がにょっきりと突き出ている。僕は弾をひろいあつめながら言った。

「もうちょっとおとなしく出てくればいいのに……」

深緑色の外套を羽織った少女が、木箱のなかで背伸びをする。あくびをもらしながらリゼ・リプトンは言った。

「よく寝た。今、だれか私の悪口、言わなかった？　手負いのライオンよりも凶暴とかなんとか……」

どうやら自分の悪口で目が覚めたらしい。すぐそばで銃声が鳴ってもおきなかったくせに。リゼが木箱にひそんでいたことを、僕とルフナは承知していた。射撃の訓練に適した場所をさがしてうろついていたら、林檎の皮を頭にくっつけて生臭いにおいをふりまいているリゼに遭遇したのである。

「さて、出発するか」

体重を感じさせないかろやかな身のこなしで少女は木箱から出てくる。

「出発って、どこに？」

「竜を追いかけるんだよ。このまま【中央階層】にとどまっていたら、つまらない仕事を押しつけられちゃう」

「本部に集合しているビリジアンたちは置いてきぼりですか？」

ルフナはライフルの手入れをつづけている。

「竜は北にむかって飛んでいったらしいから、ひとまずそっちにむかおう。ビリジアンたちは、竜の居場所がはっきりしてから呼び寄せる。まずは少人数で追うんだ。そのほうが小回りがきく。でも、そのためには乗り物と運転手がひつようだな」

その日、リゼ・リプトンの忠実なる運転手は、ビリジアンの工兵をひきつれて、蜘蛛の巣作戦で設置された爆発物の処理をおこなっていた。ビル間にはりめぐらされたワイヤー爆弾は起爆されないまま放置されている。それらをひとつずつ慎重に回収し、爆発しないように処理をほどこして保管する仕事だった。

商業地区の【キャッスルトン・シアター】前にアークノア特別災害対策本部所有のクラシックカーを発見した。運転席に犬の体毛らしきものが落ちている。僕とリゼとルフナはそれに乗りこんで身をひそませた。

しばらくして運転席の扉が開けられる。彼は座席に置いてある煙草を手に取ろうとして、車内にいる僕たちに気づいた。すこしおどろいた顔をしていたが、冷静に彼は言った。

「デスクワークに飽きたのか、リゼ」

「そろそろ行こうとおもう。ということは、きみも行くってことなんだ、カンヤム・カンニャム」

僕は後部座席から身を乗り出して懇願する。

「お願いだよ。カンヤム・カンニャムがいなかったら、リゼが運転することになるんだ。それって、言いかえると、ジ・エンドってことでしょう？」

ドッグヘッドは肩をすくめると運転席に乗りこんだ。エンジンをかけて車が発進する。たちこめる砂煙を風が吹きはらい、ぼろぼろになった商業地区の道路を疾走して北へと出発した。

3－5

マリナ・ジーンズはラトゥナプラに乗っていくつもの部屋を通り抜けた。横切るのに何時間もかかるような広大な部屋もあれば、まばたきしているうちにはしからはしまで飛んでしまえるような部屋もあった。あまりにせまい場所は竜の巨体が入れないため、【小部屋の群集地帯】と呼ばれているような地域は通れない。できるだけ【中央階層】からはなれよう。リゼ・リプトンやアークノア特別災害対策本部の者たちから距離を置いて、世界の果てのような場所でひっそりと暮らすのだ。

空から砂が流れ落ちてくる部屋を通りすぎた。雲間の天井部分に穴があり、そこから大量の砂が落下して地面に降り積もっている。巨大な砂時計の内部に迷いこんだかのようだった。世界を区分けする巨大な壁に接近し、暗い通路を抜ける。視界が開けた瞬間、空気の質が変化するのを感じた。ひやりとして湿気をふくんだ空気に全身がつつまれる。

地面が見当たらない場所に出た。マリナは恐怖を感じて竜の首にしがみつく。植物を編んでつくったお手製のロープを握りしめた。見当たらないのは地面だけではない。天井もおなじだった。ずっと上から、ずっと下まで、縦長の円筒型の空間がつづいている。壁は湾曲した岩肌だ。地球の地面を巨大なドリルで垂直に掘り抜いたらこんな光景になるだろう。

岩肌のところどころに植物が生《お》い茂《しげ》っている。湾曲した壁にそって鳥の群れが移動していた。円筒の直径は数キロメートルほどありそうだ。ラトゥナプラが飛びまわっても翼の先を壁面にぶつける心配はない。

岩肌には、蟻《あり》が掘りすすんだかのような、ほそい溝がのびている。階段や坂道だった。何回もおりかえしている階段もあれば、壁にそってネジの溝のように何周もつづいている坂道もある。それらは網の目のように刻まれて、人の行き来がおこなわれていた。道の横幅は充分にひろいようだ。行商人の服装をした者が馬車をひきながら坂をのぼっていた。

「ここで階層移動できるみたいね。ラトゥナプラ、もっと上の方へ行ってみよう」

竜はらせんを描くように飛んで上昇をはじめる。岩壁のところどころに、空気の通り道らしい穴があり、場所によっては白い雲がたちこめていた。ラトゥナプラが雲に突進すると、マリナは湿気にむせかえる。雲のなかから浮上する竜の姿を目撃して、岩肌の通路をすすんでいた旅人たちが悲鳴をあげた。

上昇気流や下降気流が入り乱れ、ラトゥナプラが姿勢を崩すとき、マリナはひやりとした。この高さから転落したら、どれだけの時間を落下しつづければいいのだろう。地面に激突する前に、風に流されて岩肌に体を打ちつけて死ぬ可能性が高いけれど。

岩壁の途中に大きくはりだした岩棚があった。ヘリコプターでも着陸できそうなほどのひろさだ。上面が広場になっており、転落防止用の手すりと展望台がある。岩肌の根元のあたりにカフェがあった。

「一休みしましょう。トイレにも行きたいし」

ラトゥナプラを岩棚にそっと着地させる。人々が悲鳴をあげて逃げまどうなか、もうしわけない気持ちになりながら竜から降りた。カフェは岩肌をくり抜いたような造りだ。店主のおじいさんにペックコインをわたし、ホットココアをつくってもらう。

「おさわがせして、ごめんなさい」

商品をうけとりながらマリナは店主にあやまった。店内にいた客は、すっかり逃げ出してしまい、がらんとしている。

「あ、ああ、かまわんよ。【円筒階段】へようこそ」

「【円筒階段】？」

「この部屋の名前だ。実際は階段よりも坂道の方がおおいがね……」

ココアを一口、飲んでみる。とろりとした甘さが舌の上にひろがった。トイレを貸してもらったあと、席に腰かけて休憩する。岩をくり抜いて設置された窓から、外の景色が見えた。

岩棚のむこうに巨大な吹きぬけがひろがっている。白い靄のような雲がただよって反対側の壁をかすませていた。翼を折りたたんで岩棚の広場に待機しているラトゥナプラの姿を、人々が遠巻きに見つめている。めちゃくちゃな方向に生えた牙と、蜥蜴をおもわせる顔は、カフェで休んでいるマリナへとむけられていた。その視線をさえぎる場所には、おそろしくてだれも入ってこられないようだ。

そのとき、悲鳴が聞こえてきた。竜の登場に対するおどろきは一段落して、周囲は緊張をはらんだしずけさのなかにあったので、その声は人々の注意をひきつける。馬の駆ける蹄の音と、騒々しい荷車の車輪の音が同時に聞こえてきた。

「たすけてくれぇ！」

声のした方を人々がふりかえる。微動だにしないのは竜の怪物だけだ。マリナも立ち上がって窓から身を乗り出した。坂道の上の方から、猛スピードで馬車がちかづいていた。岩棚の根元へとさしかかり、カフェのすぐ外を馬の巨体が通りすぎた。カフェの看板がはね飛ばされ、木片にされて吹き飛ぶ。店主のおじいさんがさけぶ。

「馬が暴走したんだ！」

窓のむこうを馬車が横切った。御者台であわてふためく男が一瞬だけ見える。荷台にちいさな男の子がのっていた。ふり落とされないように荷物へしがみついている。

馬車が通りすぎると同時に、マリナはさけんで外に飛び出した。ばん、と空気をぶつような音をさせながら、ラトゥナプラはいきおいよく翼をひろげる。

「ラトゥナプラ！」

暴走馬車のよく見える位置に移動しながら、頭のなかで竜に指令を飛ばす。自分がラトゥナプラに乗るひつようはないと判断した。自分がいないほうが、急旋回や急降下など、手加減せずにうごきまわれるはずだ。

暴走馬車はすでにずいぶん遠ざかっている。壁面が湾曲しているため、岩棚のふちに立てば、坂道の先の方までが見わたせた。すこし先のところで道がおりかえしていた。この速度で突っこんでしまったら、曲がり切れずに転落するだろう。

ラトゥナプラの翼がひとかきうごいた。岩棚の上面を蹴って巨体が持ちあがり、手すりを乗りこえるようにしながら、うっすらと雲のたちこめる吹きぬけへとラトゥナプラは飛びこんだ。岩棚のむこうへ竜の姿は消える。見物人たちが斜面や階段や岩棚の転落防止用の柵《さく》に殺到して竜の姿を追いかけた。

暴走馬車は遠ざかり、マリナの立ち位置からは、悲鳴や蹄の音がかすかに聞こえる程度になっていた。しかし速度は落ちるどころか、あがっているようにさえ見える。おりかえしのカーブに達すると、馬は体をかたむけてなんとか曲がろうという姿勢を見せた。車輪が横すべりして土煙をあげる。そしてふいに車輪の音が消えた。地面のない場所へと荷台が吹っ飛んでいったからだ。それにつながれた馬も、ひきずられるようにしながら、吹きぬけへ転落する。

荷台にロープで固定されていた荷物が空中でばらまかれた。岩壁にそって馬車が落下していく。しかしそこにちかづく巨大な影があった。ラトゥナプラは壁面ぎりぎりのところをすべるように降下しながら馬車へ接近する。

竜は暴走馬車の落下軌道に重なるような格好で追いかけた。空中に散らばった荷物のうちのひとつが顔にあたっても目標から決して目をはなさない。ラトゥナプラが空中で馬車に追いついた瞬間、吹きぬけにたちこめるぶあつい雲のなかへと突入する。見下ろしていた人々からはなにも見えなくなった。

沈黙が十秒ほどつづいた。マリナは、ほっと息を吐き出して、全身の緊張状態をとく。

感覚をラトゥナプラと同調させることができるため、ほかの人々よりも一足はやく結果がわかった。

さらに十秒以上も経過して、雲のなかから竜の姿が浮上してきたとき、後ろ肢のかぎ爪は馬をぶら下げていた。馬はおとなしく四肢をだらんとさせている。竜の前肢が御者台の男をつかみ、ならびのわるい牙の先端に子どもの服がひっかけられている。空中で投げ出された男と子どもを、垂直落下しながらあつめてくれたのだ。荷物はすっかりうしなわれていたが、二人ともどうやら無事だった。

【円筒階段】の吹きぬけを上へとむかっていたら、ひんやりとした冷気が降ってくるようになった。円筒型の空間に雪がちらつきはじめる。スノードームのなかを竜に乗って飛んでいるような不思議な気持ちになった。【中央階層】で購入したコートではあつみが足りない。寒さにふるえていたら、ラトゥナプラがぐるぅぅぅぅぅと低い声でうなりはじめる。ほどなくしてマリナのおしりの下があたたかくなってきた。体内で炎を発生させているようだ。ぬくもりは範囲をひろげ、竜の全身がお湯を注いだマグカップのような温度になる。

「あちちちち……！」

マリナが火傷しそうになると、ラトゥナプラはうなり声をやめた。温度の上昇は停止し、ちょうどいい加減になる。

【円筒階段】の天辺に到達した。天井は半球状の岩肌である。しかしここがこの世界の最上端という気はしなかった。【ゆらぎの海】と呼ばれる世界の果てまでは、あとどれくらいの距離があるのだろう。ほかの部屋へ通じる出入り口が見つかる。そこからまた水平方向への旅がはじまった。円筒型の部屋にわかれを告げて、通路を抜けたところは、草がまばらに生えているだけの寒々しい荒れ地である。しかし、地面があるだけマシだ。

どこかゆっくりできそうな場所をさがした。だれにも見つからない土地で、ラトゥナプラと寄りそって暮らすのだ。ラトゥナプラは自分を守り、あたたかさをわけあたえてくれる。無条件に慕い、愛してくれる。自分もまた全身全霊をかけてこの竜を守ろう。この愛情にくらべれば、以前の自分がかかえていたような一切の悩みはちっぽけなものにおもえる。

ふと、風のなかに異臭を感じた。卵が腐ったようなにおいだ。ラトゥナプラは岩ばかりの谷を滑空していた。岩の間から白い煙がたちのぼっている。地面の下でガス漏れがおきているのかもしれない。においから逃げるように次の部屋へ移動する。

うす暗いトンネルを抜けると、一面の雪景色がひろがった。寒さはよりいっそうきびしくなる。ラトゥナプラが体内に炎を発生させ、マリナが風邪をひかないようにとりはからってくれた。空にたちこめた雲が、雪の粒をしずかに降らせている。遠くはかすみ、どれくらいのひろさの部屋なのかもわからない。

険しい雪山がいくつもそびえていた。それを縫うように飛ぶと、氷のはった湖が見える。

「ラトゥナプラ！　あれを見て！」

前方のシルエットを指さしてマリナ・ジーンズはさけんだ。凍《い》てついた湖の中心に島がある。町をつくれるほどにはおおきくないが、遊園地くらいなら建設できそうな島だ。そこに刺々《とげとげ》しい輪郭の城がそびえていた。島をぐるりとかこむように高い城壁があり、その内側に複数の城塔が針山のように天をむいていた。島の中心へむかうほどに地面が隆起しており、城塔の高さもましている。見下ろしながら旋回してみたが、人の住んでいる気配はない。塔の間をすり抜けてラトゥナプラは降下する。中庭らしき場所を見つけて着地した。地面はぶあつい雪の層におおわれている。

マリナは竜にまたがったまま、中庭をはさんでいる高い城壁を見あげた。シンデレラ城のようなきらびやかさはない。どちらかというと魔女でも住んでいそうな陰鬱《いんうつ》とした造りだ。マリナはラトゥナプラに話しかけた。

「素敵なキッチンがあるといいんだけど」

勝手に住んでも怒る人なんていやしないだろう。

3-6

【中央階層】を出発して二日目にガソリンが切れた。徒歩で近隣の村へたどりつき、カンヤム・カンニャムが交渉して荷馬車を購入する。狼《おおかみ》の群れにおびえながら【嚙みつき草原】を抜けて【斜め十五度吊《つ》り橋】をわたった。【電気の丘】で落雷に恐怖し、【すりつぶし岩地】であやうくすりつぶされそうになる。

「もうすこし安全な部屋を通ってくれないかなあ！」

【猫の毛盆地】でひっかき傷をつくりながら僕は抗議した。

「これが最短で北上できるルートなんだ！」

リゼ・リプトンもひっかき傷をつくりながらさけぶ。カンヤム・カンニャムが獣の声を出し、ルフナが威嚇のために真上へライフル銃を撃つ。凶暴な猫たちを追いはらいながらとにかく北へむかった。

人の住んでいる地域で夜をすごせる日はしあわせだった。身の危険を感じずにベッドで眠ることができるからだ。リゼ・リプトンが民家をたずねて「今晩、泊まらせていただけないか」と家主にお願いする。ほとんどの者は顔をこわばらせてしたがった。緑色の外套をまとったスカイブルーの目をした少女は、この世界で暮らす人々にとって死神のような存在なのだ。

野宿する日は、たき火を囲んで地面に横たわる。着替えをつめこんだ麻袋が枕《まくら》のかわりだ。ようやく眠れたかとおもえば、深夜に足を蹴飛ばされて強制的におこされる。

「交代ですよ、アールさん」

あくびまじりにルフナから言われる。眠けと戦いながらたき火のそばに腰かけ、野犬や狼の接近に注意をはらう。周囲は深い闇だ。交代で見張りをしなくては心配で眠れなかった。深夜にカンヤム・カンニャムがのそりとおきる。

「どうしたの？」

「マーキングだ」

そう言って彼はすこしはなれた位置へおしっこをしに行く。彼が用を足した後は、不思議と野生動物がちかづいてこなかった。

村に立ち寄って商店で缶詰を買う。そのついでにカンヤム・カンニャムが電話回線で本部に連絡を入れた。本部から仕入れた情報をリゼに報告する。

「竜は【円筒階段】を垂直に上昇し、天辺付近の階層に入ったらしい。その先はどこにむかったかよくわからないそうだ。それと、ロンネフェルトが電話口で言ってたんだが、紙飛行機とは何のことだ？」

「紙飛行機？　ああ、あれのことか、すっかりわすれてた。監禁されてるとき、朝から晩までつくってたんだ。目の前にさあ、紙飛行機を作るのにちょうどいい紙の束があったからさあ」

それってたぶん、きみがサインしなくちゃいけない書類だったんじゃないかな、などと横で聞いていた僕はかんがえる。

「【円筒階段】を天辺までのぼるんですか。それは一苦労ですね」

ルフナは買いこんだ食料を荷馬車に積んでいた。【円筒階段】は全長八十キロほどの縦長の部屋だという。僕たちが今いる階層は、ちょうどその真ん中付近の高さに出入り口があるらしい。天辺まで行くとしたら、四十キロの高さを階段や上り坂で移動しなくてはならない。マリナは竜の飛翔能力のおかげであっというまに天辺まで到達したようだが、僕たちはそうもいかないのだ。

「無理だ、あきらめよう。階段の途中で僕は老人になっちゃうよ」

飲み水の樽《たる》を荷馬車に積みこもうとして、あまりの重さにひっくりかえりそうになる。

カンヤム・カンニャムが僕をささえてくれた。

「安心しろ。徒歩ではのぼらん」

「また気球をつかうの？」

リゼ・リプトンが返答する。

「気球を調達している時間はない。こんなこともあろうかと、【円筒階段】付近には協力者を置いているんだ。一歩も階段をのぼることなく、一日で天辺まで行けるよ。カンヤム・カンニャム、彼らに連絡をとってちょうだい」

僕たちが【円筒階段】へたどりつくまで、さらに数日がひつようだった。そこは直径数キロほどの円筒型の部屋だった。壁は湾曲した岩肌で、細い縦長の空を封じこめたような形である。壁面が削られて斜面や階段がのびており、円筒型の中空部分にはうっすらと雲が浮かんでいる。暑いのか寒いのか、よくわからない場所だった。下から吹きあげてくるあたたかい風をうけて、リゼが深緑色の外套をひらめかせる。直後には上から冷たい風が吹き下ろして、くすんだ金色の髪の毛をゆらす。

周囲の部屋と行き来するためのトンネル付近に土産物屋がならんでいた。そこで販売されている円筒型のお菓子を四人で試食していたら、後ろから声をかけられる。

「ハンマーガール様、ドッグヘッド様、お待ちしていました」

エプロンをした中年のおばさんが立っていた。腕章は見当たらないからビリジアンではないようだ。彼女に連れられて僕たちは移動した。荷馬車をのこし、大事な荷物だけを持ってぞろぞろとあるく。説明によるとこのおばさんは、ペックコイン数枚とひきかえにやとっている協力者だという。

「この近所に住んでいて、おおきな納屋を持っている。そこに通信機と滑車と極細ワイヤーの保管をお願いしているんだ。今回みたいにいそいで階層移動しなくちゃいけないときのために、あらかじめ各階層で協力者をやとっているってわけ」

おばさんの案内する先に岩棚があった。壁面から中空の吹きぬけにむかって、ステージのようにはり出している。転落防止用の柵が縁《へり》に設置され、広場のようになっていた。そこにおじさんが待機している。彼の足下には無線機や革製のベルトが用意されていた。カンヤム・カンニャムが話しかける。

「用意はできているみたいだな」

「私らの準備はかんたんなもんです。たいへんなのは、上の階層のやつらですよ。バケツや砂をはこばなくちゃいけませんもの」

僕たちは頭上をあおいだ。今まで気づかなかったが、湾曲した壁面すれすれに、雲のかすみのなかから、極細のワイヤーが一本たれ下がっている。先端に革製のベルトがくくりつけられ、風に吹かれて円を描くようにおおきくゆれていた。このワイヤーは、頭上およそ四千メートル先にある、ひとつ上の階層の入り口付近からたれ下がっているという。

階層移動はひとりずつおこなう。最初の旅行者はリゼ・リプトンだ。中年のおじさんが、先端にL字型の金具のついた棒をつかってワイヤーをたぐりよせた。リゼはワイヤーにぶら下がっているベルトを体に巻いてしっかりと固定する。カンヤム・カンニャムが無線機でどこかとやりとりした。それからほどなくして、リゼ・リプトンの体が持ちあがりはじめる。

「先に行ってるよ」

少女が僕たちを見下ろして言った。緑色の外套をはためかせながら、少女の姿はワイヤーによってひっぱられ、頭上へとちいさくなる。風にあおられて壁にぶつかりそうになると、足を突き出して岩壁を蹴った。ついにちいさな点になって、雲のむこうに消えたかとおもうと、それと入れかわるように別の物体が下りてくる。砂の入ったバケツだ。それが数個ほど極細ワイヤーの先端にくくりつけられていた。

「馬鹿げてる。乱暴なやり方ですよ」

砂の入ったバケツが岩棚の広場に着地するのを見てルフナが言った。

ひとつ上の階層の岩棚に滑車が設置されており、そこでワイヤーはおりかえしているらしい。このバケツは重しである。下の階層でリゼ・リプトンがワイヤーにぶら下がったら、上にいる協力者に連絡して、バケツに砂を流しこむ。砂の重量が、リゼとワイヤーの総重量を超えたとき、リゼの体はひっぱられはじめて、上の階層へとはこばれていったというわけだ。

「リゼの着地を確認した」

無線機で上の階層とやりとりをしてカンヤム・カンニャムが言った。おじさんはワイヤーの先端からバケツの重しを外して、かわりに革製のベルトをつなぐ。取り外し可能なそのベルトは複数用意してある。おそらく上の階層では、ベルトを外し、かわりに砂を入れる用のバケツをつないでいることだろう。

「次にスリルをたのしむのはどっちだ？」

カンヤム・カンニャムが僕とルフナをふりかえる。ルフナと無言でじゃんけんをして僕が負けた。雲間からたれ下がっている極細のワイヤーはウーロン博士がつくったものらしい。僕の体重くらいなら切れる心配はないだろう。とはいえ、不安はのこる。ベルトを体に巻きつけていると、ルフナが僕に言った。

「風にあおられて岩肌にたたきつけられないよう気をつけてください。顔をこすったら、鼻が削れてしまうでしょう。打ちどころがわるければ、背骨をおって、もう二度とおきあがれない体になるかも。だけど心配しないで。きっとうまくやれますよ」

「きみっていじわるだな！」

準備を終えるとカンヤム・カンニャムが聞いた。

「用意はいいか？」

「よくないよ！」

僕の返事を無視して無線機にゴーサインが告げられる。体に巻きつけたベルトに上むきの力がくわわった。風に吹かれて弓なりになっていたワイヤーが、ひっぱられて、まっすぐになる。僕はつま先立ちになり、そのつま先もついに岩棚の上面をはなれた。一度、上昇がはじまると、僕の体は壁面にそって上方向に加速していく。【円筒階段】の壁面に刻まれた道を、旅人や行商人たちが行き来しているのが見えた。彼らと目があい、ぎょっとした顔をされる。リゼ・リプトンは悲鳴をあげずに上昇したが、僕の場合は絶叫していたので、目立ってしまったのだ。しかし彼らのおどろき顔も、すぐにはるか下へと消えて見えなくなる。

トイレに行っておけばよかったと後悔した。もしも気を抜いたら、この周辺にマーキングすることになってしまう。風にあおられて壁にぶつかったが、体に感じる痛みよりも先に、この衝撃でベルトやワイヤーが切れたらどうしようという不安があった。さきほどまで立っていた岩棚はとっくに見えなくなり、雲のむこうのはるか下へと消える。

上昇速度が次第にあがっていく。僕の体はロケットにでもなったみたいに上へと突きすすんでいたが、その途中、高速で頭上から下りてきたなにかとすれちがう。どうやらそれは砂の入ったバケツの重しだったとおくれて気づく。一本のワイヤーの両端に僕の体とバケツがつながっているわけだから、それとすれちがったということは中間地点をすぎたのだ。空中で僕の体とバケツが高速ですれちがうなんて、すこしシュールだ。あれにぶつかっていたら、首の骨がおれていたかもしれない。

悲鳴をあげるのにつかれはじめたころ、上昇速度がおそくなる。頭上から金属のこすれるような高音が聞こえた。ワイヤーをひっかけている滑車には、ブレーキをかける機構が組みこまれているらしい。リゼ・リプトンか、あるいは上の階層でやとわれている協力者が、僕を軟着陸させるために速度を落としてくれているのだろう。

見あげた先にゴール地点らしき岩棚があった。壁面に設置された滑車や、双眼鏡をかまえているリゼの姿が見える。ぐんぐんとその場所がちかづいてきて、ついに数人がかりで僕の体はうけとめられた。

足がふるえて、ひとりでは立っていられない。リゼが肩を貸してくれる。指やくちびるがふるえて、言葉も出てこないが、安堵で笑みがこぼれた。

「アールくん！　おつかれさま！」

リゼが僕の無事をよろこんでくれる。そしてめずらしくやさしい顔で言った。

「じゃあさっそく、もう一回、ベルトを巻こうか。今日中にこれをあと九回やるんだから、いそがないとね」

僕たちが目指しているのは【円筒階段】の天辺付近の階層だ。ひとつ上の階層へたどりついたら、さらにそのまたひとつ上の階層にいる協力者からワイヤーをたらしてもらっておなじことをやらなくてはならないという。

3―7

雪のひとひらが城塔をかすめて降ってくる。しかし白い点は空中でふいに消滅した。竜の体内から発せられる熱にあてられたのだろう。

四方をかこまれた中庭でラトゥナプラは丸まっている。その体内では高い熱がつくられていた。竜の周辺から雪は消え、水たまりになっている。中庭は竜がうごきまわれるほど広い。雪が溶けてしまうと、その下から馬場や鳩小屋、井戸などが姿を見せた。ラトゥナプラのそばに置いていた桶《おけ》をのぞきこむ。桶には雪をつめていたのだが、すっかり溶けている。手をつけると、あたたかい。

「ありがとう、ラトゥナプラ」

竜はぐるると鳴いて尻尾をゆらす。水の入った桶を城の炊事場にはこび、鍋にうつしかえて竈《かまど》の火にかける。お湯をわかしてお茶をいれた。お茶の葉っぱは倉庫で発見したものだ。はじめのうちは冷凍庫のように冷えていた城内も、ラトゥナプラの体から放射される熱をあびているうちに、ほんのりと全体があたたかくなった。

竜の体内から発せられる熱は、どのようなエネルギーが変換されてできたものだろう。窓辺から中庭を見下ろしてかんがえる。なにも食べていないのに竜は無尽蔵の熱をわけ

あたえてくれた。怪物たちは見えないへその緒を通じて創造主からエネルギーをもらっているというが、だとすればこの熱も、もとは自分のなかにあったものだろうか。城壁にかこまれた中庭で、ラトゥナプラはうずくまる。母親の腕のなかで安心する子どものように。

城の書物庫で二種類の地図を見つけた。ひとつはこの階層の地図だ。大小の様々な部屋がならんでいる様は、まるで巨大な家の見取り図のようだった。【厳冬湖《げんとうこ》】という地名の部屋に、刺々しい山と湖と城のイラストが描かれている。今現在、自分がいるこの場所は【厳冬湖】という地名らしい。

もうひとつは、城内の見取り図だ。こちらは書物庫の壁の額縁《がくぶち》におさまっていた。それを参考にしながらマリナは城を探索する。階段や廊下が複雑につながっており、何時間かけてあるいても把握できないほどひろかった。いくつものクローゼットがあり、使用人のための部屋があり、舞踏会のための衣装や絵画のコレクションがあった。絨毯のしかれた廊下もあれば、色とりどりのタイルで装飾された廊下もある。鍵のかかっている扉が無数にあり、まずはその鍵をさがすところからはじめなくてはならなかった。

天蓋《てんがい》つきのベッドとふかふかの布団を発見して、マリナはしあわせな気持ちで眠った。不満点があるとすれば電気と水道が通っていないことだろう。トイレも水洗ではなく、穴のあいた石のベンチみたいな造りだった。お風呂に入るときも一苦労だ。わざわざ竈で湯をわかし、浴槽にうつしかえなくてはいけない。だけどマリナはこの場所が気に入った。

書物庫で発見した本を、ラトゥナプラの見える窓辺で読みふけった。おだやかな日々がつづいた。自分に危害をくわえる者はおらず、心のつながった存在とすごす。空から生まれ落ちる無数の雪をながめて一日が終わる。城塔の高い窓から外をながめると、一面の雪景色がひろがっていた。雲が晴れることはない。うす暗い世界には絶えず白い粒が生み出され、凍てついた湖の表面に降り積もる。

ある日、問題が生じた。城の厨房《ちゅうぼう》でマリナ・ジーンズはスープをひとすくい口にして落胆する。

「ラトゥナプラ、聞いて。この城のどこをさがしても、お塩が見当たらないの」

中庭にいるラトゥナプラとは心の奥でつながっているため、声に出して言うひつようはなかったが、言葉にするとあいまいさがなくなってつたわりやすい。城には数カ所に食料倉庫があり、野菜や果物や肉が氷づけの状態で大量に保管されていた。それらをつかって料理してみたが、スパイスがないために味気ないものになる。

マリナは決意すると、鍋を竈から下ろす。中庭の方で巨大な生物が身じろぎするような震動がある。竜が身をおこして、マリナが乗るのを待っていた。

「スパイスをさがしに行こう」

外に出てラトゥナプラの首のつけ根に這いあがる。植物を編んでつくったベルトをにぎりしめた。城をあたためていた熱は、マリナが乗っても火傷をしない程度に調節されている。翼をひろげて、ひとふりうごかすと、巻きおこった風で厩舎《きゅうしゃ》の屋根が吹き飛んだ。翼が風をつかみ、ラトゥナプラの体が上昇する。

【厳冬湖】を出発して部屋を移動しながら、スパイスがありそうな場所をさがした。書物庫で発見した地図によれば、そう遠くない場所に【ウィンターヴィレッジ】という場所があるらしい。建ちならぶ民家のイラストも描かれていたので、おそらく村かなにかだろう。そこに行けば調味料くらい調達できるかもしれないが、あまり人目にはつきたくなかった。自分たちが逃亡中の身であることは理解している。

深緑色の外套を羽織った少女のことを夢に見る。うなされて目が覚めると全身に汗をかいていた。ハンマーガールの存在が今はおそろしかった。ラトゥナプラが殺される様を想像すると、自分の身を切り裂かれるようなおもいがする。

【塩柱遺跡】という名称の部屋には、真っ白な遺跡が点在していた。地面に降りて白色の柱をすこしだけなめてみると、予想通りしょっぱかった。どうやら遺跡のすべてが塩でできているらしい。持ってきたナイフで柱の表面を削り、袋にちびちびとあつめたけれど、時間がかかる。地面にころがっている遺跡の破片をひろいあつめて袋に入れた。

遺跡の間を川が流れている。川の水をすこしなめてみると、こちらも相当なしょっぱさだ。雨水で溶けた塩分が流れこんでいるのだろうか。

「この世界の海の水も、しょっぱいのかな。もしもそうだとしたら、この川の水が流れこんでいるせいかもしれないね」

ひとまずは目的を達した。ラトゥナプラの首のつけ根にまたがり、塩の袋を落とさないように気をつけながら【厳冬湖】へもどる。切り立った雪山をかすめるように飛んで、城のシルエットが見えてくる。城を真上から見下ろすような位置にさしかかったとき、気になるものを見つけた。

「ラトゥナプラ、止まって！」

転落しないように気をつけながら、身を乗り出して城を観察する。それまで気づかなかったが、屋根の上にも通路がのびていた。外壁にそって階段も設置されている。地面から見上げたとき死角になるような場所に宝箱らしきものもあった。城の内部を探索し終えたつもりでいたが、まだ足を踏み入れていない場所があるようだ。

城にもどり、入手した塩でスープを味つけするよりも先に、マリナは城内の見取り図をながめた。空から観察したときに見えた通路や扉は見取り図に描かれていない。これはどういうわけだろう。蠟燭《ろうそく》の明かりをあてて詳細にながめていると、なかば偶然、あぶり出しでいくつかの記号が浮かびあがる。

数日をかけて城内をあるきまわって記号の位置を調査した。その結果、マリナは複数の隠し通路を発見する。廊下に飾ってある絵画の裏側に、壁の染みに似せたボタンがあった。それを押しこむことで壁がぐるりと回転して、壁の裏側にかくされていたせまい通路へと入ることができた。これまでただのぶあつい壁だとおもいこんでいた場所は、ほそい通路をはさみこんだ二枚の壁だったのである。かくされていた通路には、ところどころにのぞき穴があり、各部屋の内部をこっそりと観察することができた。

天蓋つきベッドの上に、天井裏へ入るための出入り口がかくされていた。さらにそこから外壁に設置された階段へと出ることができて、さらにすすむと宝箱が野ざらしになっている。宝箱のなかには、ちいさな女の子の人形が入っていた。ぼろぼろで染みのついた人形は、だれかが大切にしていたもののようだった。

大広間の壁にも通路がかくされている。その先にはレバーがあり、それをうごかしてみると、大広間の床がぱっくりと割れた。侵入者をひっかけるための落とし穴だ。穴の底は真っ暗な闇である。罠はほかにもあった。天井から針が出て侵入者を刺し貫く罠や、火のついた油を廊下に流す罠も発見する。マリナは罠の位置をわすれないように見取り図へと書きこんだ。それらがいつの日か、自分を守ってくれるような気がしたからだ。

3—8

銃声で眠りから覚める。最初に見えたのはテントの天井だ。小型のテントは、二人がようやく寝ころがれる程度のおおきさしかない。固くてごわごわした生地のアラビア模様の毛布をのけて僕は外に出た。

見わたすかぎりの荒れ地がひろがっている。枯れ草が風にさらされてふるえていた。低い場所に灰色の雲がたちこめて木製の空をおおいかくしている。山のむこうに巨大な壁がそびえているが、巻きあげられた砂によってまぼろしのようにかすんでいる。

テントとテントの間でカンヤム・カンニャムが料理をしていた。石を積みかさねた竈に火をおこし、つかいふるされた鍋でお湯をわかしている。袋に入った調味料と乾燥食材をひとつかみ投入した。コンソメの香りがあたりにただよいはじめる。

「おはよう、いいにおいだね」

「アール・アシュヴィ、だいじょうぶか、うなされていたぞ」

イヌ科の頭を持った男は、鍋をスプーンでかきまぜる。

「落ちる夢を見たんだ。【円筒階段】をまっさかさまに」

「何日たったとおもってる。しかし、言葉が出るようになっただけましか」

おもいだしたくもない体験だ。僕たちはこの階層へたどりつくまでにワイヤーと滑車と砂の入ったバケツを利用した例の馬鹿げた垂直移動を十回もくりかえさなくてはいけなかった。だけど実を言うと、三回目くらいから僕の記憶はあやふやである。カンヤム・カンニャムによれば、途中から僕の目はうつろになり、声をかけても返事をせず、荷物のようにかかえられてベルトに固定されていたという。この階層に到着してもしばらくは話すこともできなかったし、表情もとぼしかったそうだ。

「何事もなくてよかったよ。円筒型のものを見ると、なぜか吐いちゃうようになったけど」

僕は背伸びをしながら景色をながめた。【円筒階段】の天辺に位置する階層だ。マリナ・ジーンズと竜がこの階層へ入っていくのを複数の人が目撃している。追いかけてここまで来てみたものの、まだ彼女たちの居場所はわかっていなかった。

【円筒階段】を後にするとき、リゼ・リプトンのやとった協力者は様々な物資をわけてくれた。僕は垂直移動の影響で記憶にないけれど。毛皮の襟つきコートに帽子や手袋、テントに毛布、そして馬まで用意してもらったそうだ。

コンソメスープをかきまぜていると、荒れ地の先からルフナがもどってきた。ライフル銃を肩にひっかけて、片方の手に死んだウサギをぶら下げている。さきほどの銃声は獲物をしとめたときの音だったらしい。カンヤム・カンニャムが舌なめずりをした。彼はナイフを取り出すと、ウサギの毛皮をはぎ、血を抜き、解体して切りわける。僕はこわごわとその作業をながめた。肉を棒に刺して、塩とこしょうをふりかけながら火であぶる。香ばしいにおいにつられて、テントからリゼ・リプトンがふらふらと出てきた。髪をまだ編んでおらず、寝癖のついた状態だ。半分、寝ているような顔である。火のそばにすわり、手をかざしてあたたまりながら言った。

「おいしそう。でも、ピーナッツバターをぬったら、もっとおいしくなるんじゃない？」

「リゼの肉にだけぬるといい」

「うん、そうする」

リゼ・リプトンは、親に諭《さと》される子どもみたいにうなずいていた。

テントはふたつしかないため二人一組にわかれて使用している。リゼとルフナがひとつのテントで寝泊まりしているのだが、気まずくならないのだろうか。着替えのときなど、どうしているのだろう。

四人で朝食をとりながら今後の方針について話す。そのころにはリゼの頭も話し方もしゃっきりとしていた。

「物資の補給がひつようだ。【ウィンターヴィレッジ】へ行こう」

【ウィンターヴィレッジ】というのは、この階層で唯一の人口密集地だという。僕たちはそこで缶詰を買いこまなくてはならない。リゼはピーナッツバターを、カンヤム・カンニャムは煙草を入手したいとのことだ。

「【煙谷】でとれた葉巻が売っているといいんだがな」

「じゃあ僕はお菓子を。【ミルキィ洞】のキャンディーはあるかな?」

【ミルキィ洞】は壁からミルクが染み出てくるという不思議な洞窟《どうくつ》だ。アークノアに来て様々なお菓子を口にしたけれど、【ミルキィ洞】のキャンディーは格別だ。

「ルフナは買いたいものある?」

黒髪の少年をふりかえる。すでに朝食の皿をからっぽにして、ルフナは小刀で木を彫っていた。手のひらサイズの木片を、すこしずつ削っている。

「銃弾を」

ルフナが息を吹きかけると木くずが飛んだ。木片の表面に竜の造形が浮かびあがろうとしていた。

テントをたたんで馬に背負わせる。落ちないようにしっかりとむすびつけた。協力者からゆずりうけた馬は四頭いてどれも貧相でやせている。僕は乗馬の技術がなかったけれど、馬にしがみついているだけでいい。カンヤム・カンニャムの馬からロープがのびて、僕のしがみついている馬を上手に誘導してくれた。

荒れ地の部屋を抜けると、巨石の点在する部屋に出た。様々な形状の巨大な石がころがっており、その合間を僕たちの馬はすすんだ。色彩のない荒涼とした景色がつづく。遺跡を見かけて立ち寄ると、尻尾をかがやかせた蜥蜴がはりついていた。

「竜の被害は見当たらないな。凶暴性はなりを潜めている」

リゼ・リプトンは馬を僕のとなりにつけた。車のハンドルさばきは乱暴だが、馬のあつかいはだれよりも上手だ。

言われてみれば、【中央階層】の商業地区のように、煤まみれになっている場所はどこにもなかった。

「あの竜、【円筒階段】で人助けをしたみたいだよ」

「人助け？」

「転落する荷馬車を空中でキャッチして救助したんだ。目撃者にも話を聞いてみた。アールくんは気絶していたから、おぼえてないだろうけどね」

世界を区分けしている壁のトンネルを抜けると【ウィンターヴィレッジ】と呼ばれる部屋に入る。あたり一面に雪が積もっていた。馬たちはあるきにくそうにしながら前進する。

小川にかかる橋のところに立て看板を見かけた。旅人に宿やレストランを宣伝するための看板だ。人里はなれた場所をずっと移動していたので、人の住んでいる気配があるというだけでうれしかった。そりに乗った人が雪原を移動している。呼び止めて、竜の怪物を見なかったかとリゼは質問するが、有益な情報は得られなかった。

看板にしたがって森へ入っていくと、雪をのせた木々の狭間《はざま》に民家の集落が見えた。家々の煙突から煙がたちのぼっており、窓のむこうにあたたかそうな明かりが点《とも》っている。広場には子どものつくった雪だるまがあった。まるでサンタクロースでも住んでいそうな村だった。


ハンマーガールとドッグヘッドの到着が【ウィンターヴィレッジ】の村中につたわったらしく、毛皮のコートを着こんだ人々が、レストランの窓や入り口からこわごわと店内をのぞきこむ。僕たちは視線を気にしながら、湯気のたつホワイトシチューを味わった。村の住人の大半は、肌が雪のように白く、髪は金色で、毛皮のふわふわした帽子をかぶっている。若い人は細身で美男美女ばかりだけど、年配の方は樽のような体型がおおいようだ。

おなかが満たされると次は買い物の時間だ。村の商店で缶詰や弾薬を買いこむ。店の棚をながめて僕はうれしくなった。

「これ、見てよ。【カカオ湖】のココアクッキーもそろってる」

品揃《しなぞろ》えが豊富だ。ルフナが言うには、この村は【蒸留湿原】がちかいので良質な酒が手に入り、それを目当てに各地から商人がやってくるのだという。西に【機械仕掛け階段】があるので、そこを通って商品が行き来しているそうだ。

宿で部屋の空き状況を確認するため、カンヤム・カンニャムが店主に話しかける。一階がバー&レストランになっており、何人かの客がアルコールで顔を赤くしていた。暖炉が設置されていたので、僕とリゼとルフナはその前にあつまってかがんだ。

店内は暗かった。そのおかげで、バーカウンターの酔っ払いたちは、ハンマーガールやドッグヘッドには気づいていない。ろれつのまわらない声で酒を飲みながら話をしている。暖炉の前にいる僕たちの耳に、彼らの声が入ってきた。

「何日か前、【厳冬湖】に行ったんだ」

「へえ、何のために？」

「ニジマスを釣るためだ。アイスフィッシングってやつさ。湖の氷に穴をあけて、釣り糸をたらすんだ」

リゼが、はー、と息をかけて指先をあたためる。ルフナはじっと炎を見つめている。

「【厳冬湖】に、城があるのをしってるだろう？　凍てついた城さ。湖の小島に建っている。俺は長いこと、あそこにはだれも住んでないのだとおもいこんでいた。だけど、この前、窓に明かりがついているのを見たんだ。だれかが引っ越してきたのかね。あんなところに住むなんて、よっぽどの変人だろうよ」

男はそれからアイスフィッシングの成果について自慢しはじめる。しかし相手は興味がないらしく、酔いつぶれていびきをかきはじめた。寒そうに手をこすりあわせていたリゼのうごきがとまっている。僕とルフナは目を見あわせた。三人ともたぶん、おなじことをかんがえていた。たった今、聞き流すことのできない情報が、世間話のなかに含まれていたってことを。

四章

4―1

【ウィンターヴィレッジ】から北へ半日ほど移動したところに、【蒸気谷】と呼ばれる部屋があった。空まで達するほどの岩場の斜面がVの字型をつくり南北に谷がのびている。岩場から湯気がたちのぼり、玉子の腐ったような異臭がただよっていた。このにおいは温泉に溶けている硫黄《いおう》の成分によるものだ。そこら中からあたたかいお湯がわき出て、岩場の間にたまっている。リゼ・リプトンは【蒸気谷】の平らな場所に竜退治の前線基地をもうけた。

世界を区分けする壁をはさんで【蒸気谷】のすぐ北に【厳冬湖】がある。竜の様子をうかがいながら戦いの準備をするのに適していた。【中央階層】から呼び寄せられたビリジアンたちがキャンプ地の設営をおこなった。彼らは日を追うごとに人数をふやしていく。

カンヤム・カンニャムは偵察部隊を組織し【厳冬湖】へとむかった。彼らがもどってきたのは昼すぎのことだ。本部テントに入ると、ドッグヘッドは顔についた雪をはらいながら報告する。

「情報通りだ。凍てついた湖に城が見えた。望遠鏡で観察したが、竜が飛び立つところは見られなかったよ。しかしにおいが風に乗ってただよってきた。鉄のようでもあり、爬虫類のようでもある、奇妙なにおいだ。わすれもしない、あれはたしかに、砂漠や【中央階層】で嗅《か》いだ竜のにおいだ」

ドッグヘッドは軍服姿である。寒さに強いらしく、砂漠地帯にいるときよりもすごしやすそうだ。一方、彼につきしたがっているビリジアンたちはくちびるを青くさせてふるえている。

「ありがとう。温泉であったまるといい。なかなかのもんだよ、これは」

リゼはそう言うと自分の足に視線を落とす。少女はブーツを脱いで素足を桶に突っこんでいた。温泉のあたたかいお湯が桶を満たしている。翌日、カンヤム・カンニャムが数人のビリジアンを連れてふたたび【厳冬湖】へ出発する。彼らは大量の爆薬をそりにのせてはこんでいた。

一方で僕は自分の仕事を黙々とこなす。つまり洗濯や食器洗いなどの雑用である。怪物退治のために兵士が集《つど》うと、それだけ僕の仕事もいそがしくなった。テントをひとつずつたずねて汚れた衣類をあつめる。それらを温泉のひとつにぶちこんで、足で踏むようにしながら洗った。硫黄くさくなるかもしれないけど、まあ問題ないだろう。

補給部隊が【蒸気谷】と【ウィンターヴィレッジ】を往復している。同行して手伝いをしているルフナが、村の様子を教えてくれた。

「おおぜいのビリジアンたちがつめかけています。レストランも宿も満杯で、村の広場で酒を飲んでさわいでますよ。アルコールをもとめて【蒸留湿原】にむかう者までいる始末。二日酔いでうごけない者も。はたして何割がここまで来てくれるのか……」

「ところでカンヤム・カンニャムはなにをするつもりかな？　爆薬を【厳冬湖】にはこんでいたみたいだけど」

「マリナさんの退路をふさぐのでしょう」

「退路？」

【厳冬湖】には東西南北の壁にひとつずつ出入り口があるらしい。【蒸気谷】へと通じる南の通路をのこし、ほかの三カ所を爆弾によってふさぐのではないか、とルフナは言う。その推測はあたっていた。爆発音は前線キャンプまでは聞こえてこなかったが、カンヤム・カンニャムの報告によってそのことがしらされる。

「三カ所の通路はがれきでふさいだ。竜の巨体がそこを抜けて【厳冬湖】を出ていくことはできないだろう」

竜とマリナがそこを出るには、【蒸気谷】を通るしかなくなった。しかし【蒸気谷】への通路にはバリケードが築かれ、ワイヤー爆弾が設置される。竜の巨体がそこを突破しようとすれば、ワイヤー爆弾にひっかかって今度こそしとめることができるにちがいない。

「竜はこれまで城壁のむこうにいて姿を見せなかった。しかし爆破をきっかけに空を飛びまわるようになったよ。おそらく偵察のためだろう。【厳冬湖】に響いた爆発音で、マリナ・ジーンズは、おまえの接近に気づいたはずだ」

イヌ科の軍人はリゼ・リプトンに言った。

ラジオによる報道も解禁となった。【蒸気谷】に前線基地が置かれてビリジアンたちが集合していることや、もうじき【厳冬湖】への進攻が開始されることが電波にのせて語られる。情報はすべてリゼ・リプトンもしくはカンヤム・カンニャムが、直接にアークノア特別災害対策本部へ報告したものだ。局側は本部から流されてきた情報を参考に、好き勝手に報道番組をつくっている。竜の出現からこれまでの経緯、蜘蛛の巣作戦の失敗などについてふりかえる番組もあれば、【ウィンターヴィレッジ】のおいしい酒について特集する番組もあった。

僕が食器洗いをすませたころ、【厳冬湖】への行進がはじまっていた。岩場からたちこめる湯気のなか、ライフルを背負った人々が北へ行く。隊列を乱さず、あるき方も様になっているチームは、これまでに何度も戦闘に参加している常連組だろう。ものめずらしそうに視線をさまよわせて、落ちつかない様子でばらばらに手足をうごかしているのは、アークノア特別災害対策本部に登録をすませたばかりの新米ビリジアンかもしれない。年齢も性別もばらばらで、細身の人もいれば、ゴリラのような体格の人もいる。全員がおなじ服装だ。アークノア特別災害対策本部から支給された、くすんだ緑色の防寒具である。左腕に濃い緑色の腕章をはめ、ライフル銃を肩にさげていた。戦士を鼓舞《こぶ》するカンヤム・カンニャムの声が岩場の谷に響く。

リゼ・リプトンはすこしはなれた岩の上から彼らの移動を見下ろしていた。片膝をつき、外套を風でなびかせている。その横顔はどことなく、自分の率いる群れをながめているライオンの姿を想像させた。

居残り組のビリジアンたちが岩場にひしめいて進攻を見送る。僕もそのなかにまじって、顔見知りの者たちに手をふった。攻撃に参加するかどうかは個人の自由だ。戦いたい者が行く。戦争というものがこのアークノアにはないけれど、もっとも戦争にちかい空間が怪物の周辺には生じる。そこへむかう人々の顔には戦意だけがあった。悲壮感は見られない。死ぬということのとらえ方が、この世界の人々は特殊なのだ。死ぬことで課せられるペナルティは、一時的な痛みと、一日分の記憶喪失。

「きみたちがうらやましいよ。死んでも生きかえれるって、最高じゃないか。外の世界にも神様がいたらなあ」

ルフナに僕は話しかけた。

「アールさんは参加しなかったんですね」

「どうしてわざわざ危険なところへ行くのさ。僕の命は、ひとつしかないんだ。大事にとっておかないと」

そのとき、行進する隊列に見覚えのある顔を見つけた。夕食時にいつも、たき火のそばで弦楽器をつま弾《び》いてみんなをたのしませてくれる青年だ。目があって、彼は、ほほえみを浮かべてくれる。会話をしたことはないけれど、むこうも僕のことを認識してくれていたのだろうか。たしかみんなには、ジャワと呼ばれていた。それが彼の名前なのだろう。

長い隊列は硫黄の煙のなかに遠くまでのびて、北方の壁へと消えていく。のこされた僕たちは、彼らが無事に帰ってくるのを待つだけだ。

4―2

【厳冬湖】の空気は刺すように冷たい。鋭角的に切り立った雪山が高くそびえて連なっている。部隊は山を迂回するルートを選んで湖までたどりついた。【厳冬湖】でアイスフィッシングを趣味とする者から、楽な道を聞き出しておいたのだ。雪中での行進は楽ではなかった。吹雪《ふぶ》きはじめて周囲の景色がわからなくなり立ち往生することもあれば、狼に遭遇しておそわれる場面もあった。しかしひとりの脱落者も出さず、出発から六時間後に湖の南側のふちへとたどりついた。

湖のほとりには針葉樹の林がひろがっている。直立した幹の合間から、真っ白で平らな平面をながめることができた。湖にはった氷に雪が降り積もっている。中心付近に島があり、刺々しい輪郭のシルエットが雪のなかにかすんでいた。竜と少女が住み着いたという城である。

観測部隊のテントがひっそりと岩場の合間にあった。雪にまぎれるような白色のテントだ。彼らの報告によれば、竜は一時間おきに城周辺を飛びまわって異変がないかを確認しているという。城からは見えない入り江の深い場所で、行進してきたばかりのビリジアン部隊は待機することになった。針葉樹の林で枯れ枝をあつめ、たき火をおこして暖をとる。低い針葉樹の先端をロープでひっぱって、たき火の上にかぶさるようにした。煙を散らすための工夫である。

【厳冬湖】における竜討伐作戦の部隊は五十名ほどだ。蛇は人間のふりをしてそのなかにまじっていた。寒さに体をふるわせながら炎に手をかざす。倒木に腰かけてたき火を見つめているビリジアンたちが、瓶に入った蒸留酒をまわし飲みしはじめる。すでに夜の時間帯だったが暗くはない。昼と夜のはっきりとしない部屋だ。テントがはられて交代で仮眠をとった。

「あとどれくらい、ここでじっとしているんだろう？」

「酒がなくなる前に出撃できればいいんだがなあ」

ビリジアンたちの会話が聞こえてくる。蛇はそっとたき火のそばをはなれた。ひそかな目的がある。支給された防寒具の懐から地図を取り出して、周囲の地形と見くらべながら、印のついた場所をさがす。凍った湖のふちにそって移動し、十分ほどで目的のものを発見した。岩場の陰におんぼろの物置小屋がある。【厳冬湖《ざおつ》】でアイスフィッシングを趣味とする者たちが、氷に穴を開けるためのドリルや釣り竿や疑似餌《ぎじえ》などを保管しておくための小屋だ。その存在をしった蛇は、【ウィンターヴィレッジ】で小屋の場所をくわしく聞き出しておいたのである。

アイスドリルと釣り竿をはこび出し、湖にはっている氷の上へと移動する。噂によれば氷の厚みは十メートルほどもあるらしい。保管されていた手回し式のアイスドリルは、複数の棒をつなげるタイプのもので、先端のドリルを十メートルの深さまで到達させることが可能だった。直径三十センチほどの穴が貫通すると、釣り糸に疑似餌を取りつけて穴のなかにたらしてみる。

「へえ、釣りか、おもしろそうだね」

深緑色の外套をまとった少女が、いつのまにかそばに立っていた。竜討伐作戦の最高責任者であり、蛇にとっての天敵でもあるリゼ・リプトンは、氷の穴を無防備にのぞいていた。外套の下に防寒具を身につけて、大仰《おおぎょう》な毛皮の帽子をかぶっている。

「きみは？　何度目の参加？」

「二度目です」

蛇は今このタイミングでリゼ・リプトンを殺してみてはどうかとかんがえる。やめておいた。殺したところで明日には生きかえってしまうし、こちらの存在を察知されるのはやっかいだ。釣りに集中する。

「一度目はどこだった？」

「【森の大部屋】です」

「大猿のときか。生きのびた？」

「いいえ。最終日の出来事は人づてに話を聞きまして」

「私もそう。リタイアしたくなかったなあ、ずいぶんと派手だったらしいからね」

アイスフィッシング用の釣り竿は一般的なものにくらべて短い。先端にぐっと力がかかったので、ひっぱりあげてみると、十五センチほどの魚が疑似餌に食いついていた。キャンプに持ち帰って調理してもらおう。ぴちぴちと元気にうごく魚を、針から外して足下に置いておく。やがて魚はしずかになり、凍ってしまった。

「出撃はまだですか？　みんなはひまつぶしに蒸留酒を飲んでいます。出撃のとき、ふらふらになってないといいんですが」

「もうすぐ別働隊が所定の位置につく」

リゼ・リプトンはスカイブルーの目を遠くにむけた。入り江の深い位置だったから、地形の出っ張りにさえぎられて城は見えない。

「連絡があり次第、攻撃をはじめる。きみはそのとき、死ぬかもしれないけど。マリナ・ジーンズ次第かな」

また一匹、釣れた。おおきなニジマスだ。足下に横たえておくと、これもまたすぐに死んで凍りついた。

カンヤム・カンニャムから無線が入ったのは半日後のことだった。精鋭を選《え》りすぐって組織された別働隊が、湖の反対側の所定の位置についたという。休息が終わったことをしり、ビリジアンたちは食べかけのニジマスを放り出した。ライフル銃の点検をおこない、弾の数を数えて防寒具のポケットに詰めた。湖のふちに整列した兵士の顔を、順番にひとりずつ見つめながら少女が横切っていく。

「これから戦闘がはじまる」

リゼ・リプトンはしずかな声で話す。それほどおおきな声ではないのに、不思議とその声はよく通った。

「きみたちは囮《おとり》だ。竜をひきつけることができたら、各自のタイミングで逃亡してほしい」

ビリジアンが横一直線にならんで、雪におおわれた氷の上をあるきだす。リゼ・リプトンも列のなかにいた。入り江を出ると前方に城のシルエットが見える。南側の岸辺から城までの距離は、およそ五キロメートルだ。

湖にはった真っ白で平坦な氷は、表面に雪を降り積もらせている。膝の下くらいまで足が埋まってしまうので移動するだけで体力を消耗してしまう。全員が無言だった。雪を踏む音と、息を吐く音しか聞こえない。ちかづくほどに城の輪郭は明瞭になり、見あげるほどおおきくなってくる。城塔や城壁の細部までが判別できるようになった。島をぐるりとかこむように高い城壁がつづいている。城壁の足下には雪の吹きだまりができて、白色の斜面となっていた。

「くるぞ！」

リゼ・リプトンの声が響く。城壁の内側には複数の城塔がそびえていた。その合間から空へと上昇する影がある。

4－3

ラトゥナプラの巨体が、マリナのいる城塔をかすめて空へあがっていく。皮膚を花柄であしらった翼が雄々しくひろげられると、周辺一帯がすこしだけうす暗くなった。

城塔の窓辺で望遠鏡をのぞく。【蒸気谷】のある南方向から、横並びに整列してちかづいてくる緑色の点々がある。緑色の防寒具に身をつつんだ兵士たちだ。凍てついた湖の表面を城へとむかってくる。隊列の中央付近に外套を羽織った少女の姿もあった。リゼ・リプトンだ。

「ラトゥナプラ、できるだけ殺さないであげて」

上空を支配する竜に語りかける。ラトゥナプラは一切の呵責《かしゃく》を抱くことなく、一瞬のうちに彼らをみな殺しにできる。だけど友好的な解決を望んでいた。殺しまくれば、その解決が遠のくような気がした。

「むずかしいことだってわかってる。でも、お願い」

竜が鳴いた。無数の弦をいっせいにかき鳴らすような声は、真っ白な風景に響きわたる。翼で風を生み、上空をゆったりと王者の風格で旋回していた巨体が姿勢を反転させた。くるりと急角度で落下しはじめる。長い尻尾をたなびかせ、ジェットコースターが急斜面を落ちていくように、ビリジアンたちのいる地点へと急降下する。

彼らに激突する間際、翼をひろげて急ブレーキをかけた。衝撃波によって氷がどんとぶたれるような音を発し、降り積もっていた雪とともにビリジアンたちの姿が宙へ舞った。

ラトゥナプラの強さと速さは圧倒的だった。散開したビリジアンたちは目の前にあらわれた竜に対しライフルで迎撃する。散発的にパンパンと弾の発射される音が聞こえた。竜の迫力にくらべたら、おもちゃのような音だ。

マリナはラトゥナプラの視界を共有することもできたし、城塔の窓から望遠鏡で戦況をながめることもできた。ビリジアンたちのライフル銃の火力では、竜の皮膚をつらぬくことなどできそうにない。いや、そもそもあてることさえむずかしいだろう。ラトゥナプラは氷を蹴って空にあがると、稲妻の速さで彼らの頭上を横切る。

ラトゥナプラが炎を吐いた。赤色のかがやきに目がくらむ。視界が正常にもどったとき、凍てついた湖の上に巨大な炎の壁がそびえていた。まるで神話の世界の光景だ。しかし今回、炎はひとりの命もうばってはいなかった。ビリジアンたちと城との間に炎の壁は築かれている。彼らの意志をおるための炎だ。どこにも延焼することなく消滅する。湖の氷は表面がいくらか溶けて水蒸気の煙をたちこめさせた。

ビリジアンたちは戦意をそぎ落とされたように、ひとり、またひとり、城に背中をむけて逃げはじめる。倒れた仲間をひっぱりおこし、湖の南側の岸辺へと撤退《てったい》しはじめた。

マリナは望遠鏡でそれらの様子をながめて安堵する。

窓辺をはなれて息を吐いた。城塔の内壁にそって設置されたらせん階段を下りて、鉄扉の出入り口を抜ける。この城には城塔がいくつもあったが、だいたいどれもおなじような構造だ。城郭《じょうかく》にもどり、椅子とテーブルのある部屋で紅茶を一口だけ飲んだ。目をつむり、ラトゥナプラの視界に同調して戦況をながめる。

竜が威嚇をくりかえし、ビリジアンたちの撤退をうながす。ライフルで反撃する者もいたが、尻尾のひとふりですぐに逃げていく。竜に見えているものが、マリナの頭のなかにひろがっていた。湖の南の端へと竜はビリジアンたちを追いかえす。いつしか戦闘がはじまって三十分ちかくが経過していた。

「おかしい」

マリナは紅茶のカップを置く。様子が変だ。時間がかかりすぎている。予想では、とっくに相手は逃げ帰って、反撃もしなくなっているはずだった。しかし撤退したはずの彼らは、ラトゥナプラが追撃しなくなると、またもどってきてライフル銃を鳴らす。まるで竜を呼びもどすかのように。

「リゼはどこ？」

ラトゥナプラが空を駆けながら首をめぐらす。深緑色の外套をまとった少女の姿はすぐに発見できた。凍てついた湖の上で声をはりあげ、腕をふりまわし、ビリジアンたちに指示を出している。頭上をかすめて通りすぎるとき、一瞬だけ少女の顔が見える。目をかがやかせて竜を見ていた。格好いい乗り物や、強そうなカブトムシを発見したときのような、興奮した瞳だった。撤退する者の悲壮感はない。

湖のほとりには針葉樹林がひろがっている。ラトゥナプラの追撃がおさまると、そこに逃げていたビリジアンたちが、湖の上にもどってきて反撃する。ラトゥナプラの攻撃をさそって、また針葉樹林にひっこむ。そのくりかえしだ。

「ラトゥナプラ！　これは罠だ！」

湖の上や針葉樹林の合間にカンヤム・カンニャムの姿が見当たらない。ラトゥナプラを城のちかくまでもどす。島の周辺をぐるりとまわり、異常がないかを確認してもらった。まもなく竜は、北側の城壁にたれ下がっている数本のかぎ爪つきロープを発見する。

4－4

カンヤム・カンニャムの別働隊は城内に侵入して二手にわかれた。内部の造りに関する情報は得られていない。この城に足を踏み入れた者は【ウィンターヴィレッジ】にもいなかった。世界が創造されて以来、城門は氷によって閉ざされ、だれひとり、入ることはできなかったらしい。城内の家具についた古傷や、何者かに使用された形跡は、あらかじめ創造主の手によってそのようにデザインされているのだ。

石造りの通路と階段が入り組んでいる。侵入者が迷いやすいように設計されているのかもしれない。イヌ科の鼻をうごかしてマリナ・ジーンズのにおいをさがした。別働隊はカンヤム・カンニャムをふくめて五人だ。怪物退治にともなう隠密行動は、はじめてではない。経験のある身軽な腕利きばかりをあつめて湖の北側へまわりこみ、白いカムフラージュ用の布をまとって氷上をすすんだ。竜が飛び立ち、戦闘をおこなっている隙に、城壁の足下までたどりつくことができた。ロープをつかっての侵入に成功し、後はマリナ・ジーンズをさがしだして保護するだけで良い。異邦人の少女を竜からひきはなし、【厳冬湖】を脱出することが今回の作戦のゴールだ。

怪物は創造主に固執する。マリナ・ジーンズがこちら側にいれば、竜はかならず追ってこようとする。そこにつけいる隙が生じるはずだ。

「翼の音が聞こえた、もどってくるぞ。窓辺にちかづくな」

イヌ科の耳は、竜が風を切ってこちらにむかってくる音をとらえていた。行動をともにしていたビリジアンが頭を低くする。城壁内部の直線的な歩廊《ほろう》に見張り窓があり、雪の粒が吹きこんでいた。城壁のすぐそばを竜の巨体が横切り、空気がびりびりとふるえる。ビリジアンが二人、後ろにいる。侵入直後にわかれたもう二人は、別の方向からマリナ・ジーンズを捜索している。

「ぐるぐると城のそばからはなれませんね。俺たちをさがしている。潜入していることに気づいているんだ」

ビリジアンのひとりが言った。

「安心しろ、手を出せないはずだ。リゼの言葉を信じるならね」

城の周辺はかくれる場所もなく、竜の攻撃をふせぐことも逃げ切ることもできない。しかし城内に入りこんでしまえば形勢はいくらかよくなるはずだ。竜の巨体は城に入ることができない。マリナ・ジーンズが巻き添えを食う可能性があるから、派手な破壊もつつしむだろう、とリゼ・リプトンは分析していた。

絨毯におおわれた廊下に扉がならんでいる。カンヤム・カンニャムはひとつずつ部屋のなかをのぞいた。室内にマリナ・ジーンズがいないことは扉を開ける前になんとなくわかっていた。残り香《のこりが》はあったが、そこにいるという強烈なにおいはしない。だけど念のために扉のむこうを確認せざるをえない。そういう性分だった。それにしても、あたたかい。城の内部は冷え冷えとしているものだとおもいこんでいたが、城の奥へむかうほど壁や床にぬくもりがやどっている。

うす暗い通路を移動中、地震がおきた。壁や床がゆれて破壊の音が聞こえる。窓にちかづいて外の様子を確認した。城壁内側の光景が一望できる。

立体的に交差する道と階段、城塔と城塔をつなぐ歩廊が複雑な景色をつくっていた。その一画から砂煙が噴きあがっている。翼と尻尾が垣間《かいま》見えた。竜が城壁にはりついている。砂糖菓子でも崩れるみたいに、壁の破片がざらざらと落ちていく。潜入直後にわかれた二人が、不用意に窓辺にちかづいて、竜の視界に入りこんだのだろう。

「容赦のない攻撃ですね。殺しにきている」

同行していたビリジアンのひとりが言った。

「助けに行きますか？」

「いや、先へすすもう。竜が派手にあの一画を破壊したということは、マリナ・ジーンズはその周辺にいないというわけだ。だから俺たちは反対側を捜索すればいい」

さきほど城壁の上から外の戦闘をのぞいてみた。外にいるビリジアンたちを相手に、竜は手加減していたふしがあった。しかし城内に侵入をゆるしてしまい、それどころではなくなったらしい。

三方向にわかれた。島は中央にむかうほど隆起しており、地面がむきだしの箇所はほとんど見当たらず、石畳の道と城におおわれている。城内には複数の鍛冶場《かじば》や火薬庫があった。棟ごとに厨房や厩舎があり、来賓《らいひん》客を泊めるための部屋も無数にある。ある扉を開けたとき、カンヤム・カンニャムの鼻は、マリナ・ジーンズの強い残り香をとらえた。

古い書物が室内に積みあがっている。イヌ科の鼻をうごかして、空気にまじっているにおいの成分を嗅ぎわけた。姿は見当たらないが、この部屋を頻繁に使用しているのにちがいない。

遠くから悲鳴が聞こえた。マリナ・ジーンズの声ではない。さきほどまで同行していたビリジアンの声だ。カンヤム・カンニャムは不思議におもう。竜におそわれたのであれば、建物の破壊音もまじっていただろう。それが聞こえなかった。

悲鳴の方に行ってみる。彼の姿はもうない。しかし最後に立っていた場所はすぐにわかる。彼のにおいの線が、ある地点で唐突に途切れている。そこで死んで煙になり、世界へ回収されたのだ。数本の矢が落ちている。よく見れば壁の反対側に矢の射出口があった。

「こいつはやっかいだぞ、リゼ……」

曲がり角に身をひそませ、周囲に視線をめぐらす。移動しながら注意深く観察すると、壁が不思議なほどぶあつい箇所がある。そのなかに仕掛けの歯車がかくされているのかもしれない。慎重に移動をつづける。とある部屋で紅茶のカップを発見した。マリナ・ジーンズのにおいが色濃い。ついさきほどまでここにいた気配がある。からん、と音がした。金属製のなにかが床に落ちたような音だ。カンヤム・カンニャムはそちらへとむかった。通路を抜けると大広間に出る。天井は高くアーチが連なったような造りだ。大広間の中心に巨大なテーブルが配置されていた。劇団がその上で芝居を演じられそうなほどのサイズだ。銀食器がところせましと積まれている。

人の気配があった。さきほどわかれたビリジアンのひとりが、テーブルの下からスプーンをひろいあげている。マリナ・ジーンズのにおいをかすかに感じたが姿は見当たらない。どこかにかくれているのかもしれない。カンヤム・カンニャムはビリジアンのもとにちかづいた。

「いたか？」

「いいえ、カンヤム・カンニャムさん。どこにも」

そのとき、彼の持っているスプーンから、マリナ・ジーンズのにおいを嗅ぎ取った。ついさっきまで彼女がそれをにぎりしめていたかのような、明瞭《めいりょう》なにおいの輪郭だ。

「それは？」

「ひろったんです。音がしたのでここに来てみたら、テーブルのそばにこいつが一本、ころがっていたんですよ」

会話の途中で後悔していた。質問などするべきではなかったなと。そんな時間があれば、さっさと方向転換して逃げ出すべきだったと。実際、カンヤム・カンニャムは返答の途中できびすを返してその場からはなれようとした。

スプーンからマリナ・ジーンズのにおいが感じられたのは、たった今、彼女がどこからそいつを放り投げたからにちがいない。音を発して目的の場所へ相手を誘導するために。

がこん、と足の下で重い音がした。かすかな震動も感じる。直感にしたがい、カンヤム・カンニャムは床を蹴ってジャンプした。直後、大広間の床がふたつにわれて真っ暗な穴をのぞかせる。落とし穴と呼ぶにはあまりにもおおがかりなものだ。大量の銀食器をぶちまけながらテーブルは穴の暗闇へと吸いこまれていく。仲間のビリジアンの悲鳴も飲みこまれた。カンヤム・カンニャムは穴のふちへと手をのばす。しかし指先は宙をかいてどこにも触れることはなかった。

4－5

ひんやりとした風が吹いて、温泉の湯気が斜面にそって流れる。風の冷気は【厳冬湖】からもれてくるものだろうか。世界を区分けする巨大な壁面のどこかに通風口がありこの【蒸気谷】とつながっているのかもしれない。だとすればほかの部屋に通じる出入り口は厳密にはもっとたくさんあるということだ。しかしそこを通って竜が逃げる心配はないらしい。

「それらはさがし出すことも、たどりつくことも困難な位置にあるんです。【厳冬湖】の部屋の設計図なしにそれを見つけることは不可能ですよ」

ルフナが教えてくれた。黒髪の少年は岩に腰かけて、僕のとなりで木片を削っている。小刀を器用にあやつり、さっさっさっと削りかすを落とす。その横顔に僕はすこし落ちつかない気分になった。この少年は、そこらにいる女の子よりも、きれいな顔立ちをしているのだ。

「きみって、蛇を退治したら、故郷にもどるの？」

「一度、帰ります。だけど、もしかしたら、また旅に出るかも」

「何のために？　目的は？」

「世界を見てまわるんです」

岩場の下に人々があつまっていた。戦闘に参加しなかったビリジアンたちが帰還兵を出むかえるためごつい体を押しあいへしあいさせていた。僕たちの目の前に空まで達するほどの絶壁がそびえている。【蒸気谷】の北側の壁だ。地上に遺跡風の門があり横長の四角いトンネルが口を開けていた。竜対策のバリケードが設置されているものの、人間が通れるほどの隙間はのこしてある。

夕方ごろ、通路の奥から人のあるいてくる気配がある。竜討伐作戦に参加したビリジアンたちが、ぞろぞろと【厳冬湖】からもどってきた。彼らの肩にはまだ雪がのこっている。深緑色の外套を羽織った少女がいた。リゼ・リプトンだ。少女のいかにも不機嫌そうな顔を見て、出むかえのビリジアンたちは気圧《けお》されるように道を開ける。少女はキャンプ地の方角へあるいていった。【厳冬湖】でおこなわれた戦闘の顚末《てんまつ》は、無線によってすでに全員が承知している。

城に潜入した数人をのぞいて、ひとりも死んではいなかった。マリナ・ジーンズは、死人を出さないようにと竜に指示していたのではないか、と噂されている。かつては世界を焼きつくすためにあった業火《ごうか》も、今は自分の居場所を守るための壁としてあるらしい。

カンヤム・カンニャムと四人のビリジアンからなる別働隊は、城に潜入したものの、マリナの保護には失敗したという。戦闘の翌日、一旦死んで生きかえった四名は解放され、凍てついた湖をわたってリゼの部隊へともどってきた。しかしカンヤム・カンニャムは今も捕らわれたままである。

「……あれ？　なんで？」

そんな声がすこしはなれた位置から聞こえてきた。岩場にひしめいて帰還兵を出むかえる者たちのなかに、おどろいた表情の女の子のビリジアンがいる。【ウィンターヴィレッジ】から来たばかりで、まだ自分のテントが用意されていないのだろうか。リュックを背負い、水筒をぶら下げて、自分の荷物を持ちあるいていた。

「まさか、そんなはずない」

その子の視線の先にはジャワという名前の青年がいた。【厳冬湖】からもどってきて、数人の仲間たちと話をしながら人混みのなかを移動している。その子はジャワを追いかけようとしたらしいが、僕の足にひっかかってころんでしまった。

「どうかしたんですか？」

その子の様子を奇妙に感じたのか、ルフナが事情を聞いた。

「今、しりあいがいたんです。だけど、そんなことって、ありえないのに……」

説明によれば、その子はジャワの顔見知りだった。しかし彼が【蒸気谷】にいるはずがないとその子は主張する。

「だって一昨日《おととい》まで、私たち、避難キャンプの後片づけをいっしょにやっていたの。それなのに【厳冬湖】への行進に参加していたというのはおかしいとおもわない？　おたがいの家族のことを話したけど、双子だなんて言ってなかった。だけど見間違いなんかじゃなくて、ほんとうに今のはジャワだったの」

まったくおなじ姿の人物がもうひとり、別の場所にいる。この不可思議な現象に、僕とルフナには心当たりがあった。

【蒸気谷】の夜はいつも十八時におとずれる。この世界の大部分の部屋と同様、昼と夜の境目は明確だ。その時刻になったら、無情な管理人が消灯を告げて電源のスイッチをオフにするみたいに、急速にあたりは暗くなる。

湯気のなかを通り抜けて僕とルフナは岩棚の上に出る。見下ろした先にテントが密集していた。【蒸気谷】の大半は斜面だったが、そのなかでも比較的、平坦な場所をさがしてキャンプ地はもうけられている。中央に本部テントがあり、不機嫌そうな顔のリゼ・リプトンがそこへ入っていく。

広場に篝火《かがりび》がたかれていた。料理の腕におぼえのあるビリジアンが夕飯の用意をしている。石を組んでつくられた竈で、パンを焼いている女性のビリジアンもいる。戦闘に参加していない時期は町でパン職人をやっているらしい。

「リゼに報告した方がいいんじゃないかな、蛇がすぐそばにいるかもしれないって」

しかし本部テントから、何者かが八つ当たりして物を破壊しているような音が聞こえてくる。

「やっぱり報告は後まわしにしたほうが良さそうだ。今はリゼをそっとしておこう。相棒をとられて、気が立っているんだ。ねえルフナ、あいつが蛇だという確信はある？　こっちにいるのがほんとうのジャワで、別の場所にいたのが蛇だとはかんがえられない？」

ルフナはライフルに弾をこめながら言った。

「怪物は創造主のそばにいたがるものなんです。親からはなれられない子どものように」

蛇の怪物は変身の能力を持っている。しかし変身された側はそのことに気づかない。殺されて、その日の記憶をうしなってしまうからだ。結果としてこの世界には、おなじ姿の人間が二人、存在することになる。どちらかが本物で、もう片方が蛇というわけだ。

「いました」

ルフナが真剣な顔で篝火のあたりをにらむ。ジャワがいた。丸みのあるギターを脇にかかえて、仲間のビリジアンたちにかこまれている。今は民族衣装風の派手派手しいマントを羽織っていた。ジャワがギターを奏でて、陽気な音楽がはじまり、男たちがおどりだす。

夜の暗闇が僕たちに味方した。暗がりにかくれながら、僕とルフナはぐるりとまわりこむように彼らのもとへ接近する。ビリジアンたちのわらい声や足踏みの音が、ちかづくほどにはっきりと聞こえてくる。

食料のつまった木箱の裏に体をひそませて、篝火の方向をのぞいた。酒を飲みながら笑顔でおどっているビリジアンたちがいる。炎に照らされて、ジャワの黒い影が、岩場に長くのびていた。風が吹いて炎がゆれると、その影もまた、ゆらゆらとくねる。

ルフナがライフルをかまえた。銃口はジャワの側頭部にむけられている。【中央階層】で射撃の練習をしたときよりも、短い距離だ。ほんの十五メートル程度。この少年なら外さないだろう。ルフナは目をすっとほそめて、狙いをさだめる。

だけど、いきなり撃つなんて乱暴だ。もしも彼が蛇ではなかったら？　もしもほかの人にあたったらどうする？

「ルフナ、やっぱり、やめようよ。あいつが蛇だってことを確認してからの方がいい」

「だまって。気が散る」

黒髪の少年はライフルを下ろさない。後はもう、引き金をひくだけだ。

弦楽器の音色が心をかき乱した。ビリジアンのひとりがこちらに気づく。怪訝な顔をしている。ライフル銃を人にむけているのだから、あきらかに僕たちの行動は不審だった。はやく撃たなければ制止の声が入るだろう。

音楽が終わった。人々が拍手をはじめる。弦の余韻が【蒸気谷】の岩場から消え去らないうちにルフナは引き金をひいた。しかしそのタイミングでジャワがほんのわずかにかがみこんだ。音楽に満足したビリジアンのひとりが、コインを放り投げたからだ。足下に落ちそうになったところを、彼が片手でキャッチする。まさにそのとき、頭の位置が変化して、弾丸は彼の首の後ろをかすめ、背後の樽へと命中する。樽に入っていた飲み水が、弾丸の開けた小穴からもれた。

発砲音が岩場にこだまをのこす。僕の視界を、にぶい金色の薬莢が横切った。ライフルから排出されたものだ。すぐとなりでルフナが、くやしそうにくちびるを嚙んで二発目の用意を終えていた。

ジャワはこちらをふりかえっている。目があった。その瞬間、彼が蛇であることを確信する。奇妙なことだが、彼は僕がいることに気づいて、友好的なほほえみを浮かべたのだ。まるで時間が止まったようだった。

まだ彼の音楽に拍手をしている人もいる。酔っぱらっていて銃声を聞き逃したのかもしれない。しかし大半の者は何事かと立ちあがり、ライフルをかまえているルフナと、そのとなりにいる僕を見て混乱している。

ジャワの手からはなれたギターが、地面に落下して弦をふるわせた。民族衣装風の派手派手しいマントを一瞬で外し、ジャワはそいつを投げる。空中でひろがって、彼の姿をかくした。

ルフナのライフルから二発目が発射された。彼の投げたマントに穴が開く。しかし、そいつが地面に落ちたとき、すでに彼はいなかった。篝火のそばをはなれると、夜の暗闇がそこら中にあった。その奥へと彼は消えてしまったのである。

一瞬でキャンプ地は騒動になった。まずはルフナが取り押さえられ、つづいて僕も羽《は》交《が》いじめにされた。しかし本部テントから出てきたリゼ・リプトンの命令ですぐさま拘《こう》束《そく》はとかれる。カンヤム・カンニャムをうしなって不機嫌な少女は、すぐさまどこかへ無線連絡を入れた。

「何者もこの部屋から出すな。出ようとする者があれば、そいつは蛇だ」

少女が連絡を入れた相手は、【蒸気谷】の各出入り口に待機させているビリジアンたちだった。直後に爆発音が数回、あたりに響く。

「一応、【蒸気谷】の各出入り口にも爆薬を仕掛けておいたんだ。がれきで封鎖するためにね。これでもう蛇くんはこの部屋から出られないはずさ」

リゼ・リプトンはそう言うと、脇にかかえていたピーナッツバターの大瓶からスプーンでひとすくいしてほおばった。

「ああ、すこしだけ元気が出てきた。よしよし、蛇くん、待ってたよ。予定を変更して、まずはきみから片づけることにしよう」

4－6

地下には明かりとりの窓がないので蠟燭を立てている。マリナ・ジーンズは城の階段を下りていた。かかえているトレイに料理の皿をのせている。豆のスープと塩味のパスタだ。たとえばタマネギのような、イヌ科が食べられない食材は念のためつかっていない。

あたらしい食材をもとめて【厳冬湖】の外に行くことはできなくなった。食料倉庫にあるものを消費しながら暮らさなくてはならない。今のような封鎖状態がつづくようなら、そのうち飢え死にしてしまう。節約を心がけたいところだ。

階段を下りると鉄格子のならぶ暗い通路がのびていた。鉄格子の奥は固そうなベッドがあるだけの殺風景な牢屋だ。最深部にある牢屋からドッグヘッドの息づかいが聞こえてきた。のぞいてみると、彼は天井の石の出っ張りを指でつまんで、けんすいの運動をしている。声をかける前に彼は運動をやめて右足だけで着地する。左足には添え木があてられ、包帯が巻かれていた。骨がおれているらしい。しばらくは、あるくこともできないだろう。添え木と包帯はマリナがあたえたものである。

「あの、これ」

「ありがたい。うまそうなにおいだ」

鉄格子の扉の下あたりが開くようになっており、そこから料理のうけわたしができた。カンヤム・カンニャムは舌なめずりしながら床にすわり、スプーンをつかって豆のスープを口に入れる。牙がスプーンにあたる音がした。

「この城は、おもったより寒くないな」

「ラトゥナプラが、お城をあったためてくれてるから」

「ラトゥナプラか」

カンヤム・カンニャムが、フォークでくるくるとパスタを巻いて口に入れる。牙の隙間からパスタの数本がはみ出ていた。はじめて彼を目にしたときは異様な容姿におどろいたものだ。今はもうすっかり見慣れたものになっている。

「マリナ・ジーンズ、きみは外の世界に帰りたくはないのか？」

「帰るには、ラトゥナプラを殺さなくてはいけないんでしょう？」

「竜にかわる存在を外でもつくればいい」

「かんたんに言ってくれますね。外の世界は、ここみたいに、やさしい造りにはなってないの」

「おまえたち異邦人にとって、この世界はどんな場所に見える?」

「へんてこな世界よ。でも、一番、奇妙なのは、みんなが平等なところ」

「平等がそんなにおかしいか?」

「国がなくて、王様もいないし、大統領もいない。どうやって社会がまわってるの?」

「創造主がいる。アークノアは安定が保たれるようにできているんだ。生活にひつようなあらゆる物資、動植物の個体数、そして人間の数までも、最善が維持されている。俺たちはただ、創造主に身をゆだねて暮らせばいい」

「神様がすべての面倒を見てくれるってこと?」

「きみの怪物が世界観にほころびをあたえないうちはな。それに多少の上下関係はそこら中にある」

「不思議なんだけど、どうしてあなた、リゼの命令にしたがってるの?」

「かんがえたこともない。最初から決まっていたんだ。この世界ができたときから」

「神様がつくった役割を演じている?」

「そうかもな」

「それって、生きてると言える?」

「おもしろいことを言う」

カンヤム・カンニャムが牙をむきだしにしたので恐怖する。しかし彼は苦笑しただけらしい。

「すまない。俺がわらうと、ちかくにいる者は、命の危険を感じるらしい。アール・アシュヴィなんかは、いまだにちびりそうになっている」

「あなたって、まるで私みたい。私がわらって歯をむきだしにすると、クラスメイトたちは、ぎょっとした顔になるの。私はこの歯並びがきらい。あなたはどう？　その頭、きらい？」

「むしろ首から下に違和感がある。四つん這いで地面を踏みしめて、遠吠えをしながら、原野を駆けたくなるときがある。俺みたいな存在はほかにいないらしいんだ。創造主はどうして、俺なんかをつくったのか」

彼は哲学者のようにかんがえこんだ。

カンヤム・カンニャムとの会話を終えると、マリナ・ジーンズは城塔の屋上にのぼった。望遠鏡をつかって周辺を見張るためだ。カンヤム・カンニャムたちの侵入があって以来、警戒はおこたっていない。

城の周辺には真っ白な平面がひろがっている。今では二十分おきにラトゥナプラが飛び立って見まわりをしてくれている。リゼ・リプトンの指揮下にある者たちが数名、湖のほとりにテントをはってこちらを監視していた。その程度なら問題はないだろう。ラトゥナプラの目は人間よりもはるかにすぐれていた。遠くはなれた先で、真っ白なウサギが雪原をジャンプする様子まで克明に見ることができる。城にちかづく影があればすぐに発見できるだろう。

「ラジオがあればいいのに。ひまつぶしに音楽が聴けるもの」

屋上の縁に肘をかけて真っ白な景色を見つめる。見えないへその緒を通じて竜に話しかけた。

「私たちのこと、ラジオで報道されてるみたいだよ。カンヤム・カンニャムさんが言ってた。ドゥマゴさんやニナスさんも聴いたのかな。テトレーやペコも」

旅芸人一家がなつかしい。みんなの芸を、村の子どもたちが、きらきらした目で見ていた。火ふきのドゥマゴは、道化師も演じてみせた。ひょうきんなうごきをしてわらいをさそう。わざと失敗して、ころんだりしてみせる。あんな風に人をわらわせるのは素敵だ。クラスメイトたちは、いつもだれかのことを馬鹿にするようなやり方でわらいをとっていた。

教室でクラスメイトたちがこんな話をしていたのだ。「この学校で一番の美人はだれだとおもう?」だれかがにやにやしながら返事をする。「そんなの決まってる。マリナよ。だって、とーってもきれいな歯並びをしてるもの」マリナもその場にいた。しかし、場の雰囲気をわるくしたくなかったから、愛想わらいを浮かべた。おもいだすとかなしくなってくる。

「外の世界にはね、人があつまると、積極的に場を盛りあげようとする人がいるの。テレビのショーかなにかだとかんちがいして、みんなからわらいをとろうとする。そのとき、集団のなかから、弱い者を見つけて、その子の服装や髪型や話し方なんかを馬鹿にしてみんなをたのしませるの。あるひとりをわらいものにすることで、その場の全体が盛りあがるわけ。十人いたら、九人はいい気持ちになれるよね。ひとしきり盛りあがって、翌日にはきっとわすれてるんだとおもう。だけど、わらわれたほうのひとりは、いつまでもそのことをおぼえてる。私って、そのひとりになりやすいんだよね」

いつもみじめな気持ちだった。消え入りたいとおもっていた。でも今はすこしだけましだ。あのときよりもずっと胸をはって生きている。

「私、後悔してる。教室でわらいものにされたとき、愛想わらいなんかするんじゃなかった。声をあげて怒ればよかった。場の雰囲気がわるくなったって、かまうことない。他人の顔色をうかがって生きなくても良かったんだ。今ならそうおもえるんだよ」

もっとはやくに気づけていれば良かった。この世界に足を踏み入れるよりも前に。いや、そのことに気づくため、自分はアークノアに来たのかもしれない。

4—7

【蒸気谷】の斜面に点々と橙色の光が点っていた。温泉からたちのぼる湯気であわくにじんだようになりながら、それらの光はすこしずつ移動している。その正体は、蛇を捜索しているビリジアンたちのたいまつだ。

彼らは九十分ごとにキャンプ地へもどってきて休憩をとった。その際に人数の確認をすると、休憩をはさむごとに減っているという。

「消されているんだろうね、暗闇のなかで」

倉庫の在庫確認でもやっているような声でリゼ・リプトンは言った。少女は本部テントの椅子に腰かけてピーナッツバターをなめている。本部テントは通常のものよりも広々としていた。真ん中に布がたらされて、手前と奥の空間にわかれている。手前側にテーブルと椅子が置かれ、奥の空間にはピーナッツバターの瓶が積まれていた。現在、本部テントにはリゼと僕しかいない。

「蛇は変身をといた状態かな？　それとも、まだジャワの姿をしてる？」

「落ちつかないよ。すわっててくれない？」

「そうだね。ごめんよ」

僕は椅子に腰かけた。しかしリゼはいらついた声を出す。

「体、ゆれてる」

気づかないうちに僕は椅子の上で振り子のようになっている。足もそわそわとうごいている。とにかく全身がじっとしていられない。

「だって、蛇が見つかったら、家に帰れるかもしれないんだもの」

「かんがえごとのじゃま」

「今かんがえてるのは、蛇をつかまえる方法？」

「そうだけど、そうじゃない。蛇のことも、竜のことも、マリナのこともかんがえてる。だけど一番は、カンヤム・カンニャムのこと」

リゼはテーブルの足を蹴った。目つきがおだやかではない。

「あの馬鹿。つかまっちゃうなんて、どうかしてる。かんたんな任務だって、気を抜いてたんだ。帰ってきたら追いかえしてやる。口だってもうきいてやらない」

「それって、とてもいいとおもう。のびのびすごせるよ。カンヤム・カンニャムだって休暇がほしいだろうし」

竜をめぐる戦況はおもわしくなかった。潜入部隊を警戒し、竜による空からの見張りが強化されたのだ。あの竜はすさまじく目がいいらしい。真っ白な布をかぶって雪景色に溶けこみ、湖の氷上をちかづこうとしても、かならず途中で発見されて追いかえされてしまうという。しかも人間のように疲労することなく、昼夜を問わず見張りをおこなっている。

また、城に潜入できたとしても、そうかんたんにマリナにちかづくことはできないだろう。あのカンヤム・カンニャムだって失敗したのだから。

「侵入者をはばむような仕掛けがあるのかも」

リゼは言った。カンヤム・カンニャム以外の解放された潜入部隊員たちは、死んで生きかえり、記憶をうしなった状態であるため、城内の情報をほとんど持っていない。城内がどのような造りになっているのかは謎《なぞ》につつまれたままである。

「竜の視界をかいくぐって城まで到達する方法はある。あとは城内の造りを事前に把握できれば完璧なんだけど」

瓶の底についていたピーナッツバターを指ですくってなめながらリゼは言った。

急に外がさわがしくなった。ビリジアンたちの駆けていく足音がして、注意をうながす声が飛びかう。ビリジアンの二人組がテントに入ってきて、青ざめた顔で報告があった。

「蛇が出ました」

「どこに?」

リゼはテーブルに地図をひろげた。

「北です。目撃者の話だと、北側の壁にむかって移動していたと……」

「通路のがれきを押しのけて【厳冬湖】に行かれたら、すこしやっかいだな」

「なんで？」

僕は横から口をはさむ。リゼは地図を指先でたたきながら言った。

「共闘のおそれがある。敵の敵は仲間って言うでしょう？　もしも蛇がビリジアンに追われながら城へやってきたら、マリナ・ジーンズはどちらに味方するかな」

少女はビリジアンの二人組にむきなおる。

「蛇の目撃された場所まで案内してくれる？」

二人組は緊張した様子でうなずく。しかし彼らのうちの片方が脚に怪我を負っていた。たいした怪我ではなさそうだが、痛みをかばうような立ち方だ。リゼは彼に聞いた。

「蛇にやられた？」

「岩場でころんでしまって……」

「じゃあきみはここで異邦人の少年を見張ってなさい。ひとりでのこしておいたら心配だから」リゼは僕をにらんだ。「テントの奥に保管してあるピーナッツバター、つまみ食いしたら、しょうちしないから」

「きみが心配してるのはそっちか」

少女が出ていくと、本部テントには僕と怪我をしたビリジアンがのこされた。

本部テントは木製の支柱に布をかぶせたような造りである。風が出てきたらしく、布の部分が、ばたばたとふるえていた。待機を命じられていることが、ありがたいとおもう。蛇の怪物がおおぜいの手によって攻撃され、血祭りにあげられ、殺される様に立ちあう勇気がわかなかった。パパと呼び慕ってくれる相手の死をどうやってうけとめればいいのだろう。故郷を捨てる覚悟で竜を守ろうとしたマリナにくらべたら、僕は、情のうすい人間なのかもしれない。流されるままに生きているだけで、度胸もなく、なにかに立ちむかうこともしない。こんなだからジェニファーはナメクジでも見るような目で僕を見ていたのだろう。外の世界に帰ったらどんな日々が待っているだろう。ここに来る以前と変わらない日々だろうか？

テーブル上のランプの炎が不安定にゆらいだ。

「もうじき、燃料切れのようです」

見張り役としてのこっているビリジアンが言った。あかるくなったり、暗くなったりをくりかえしているランプを見つめている。彼は入り口付近に直立したままだ。足を怪我しているというのに。僕はあわてて立ちあがり、椅子をすすめた。

「座ってください。ピーナッツバターにも手をつけませんから」

彼は厳粛《げんしゅく》な面持ちでうなずくと、テーブルをはさんでむかいあわせに腰かける。片方の足をかばうようなうごきだ。膝をおり曲げるとき、顔をしかめさせる。左の太ももからふくらはぎにかけて裂傷がある。ズボンの生地はやぶけ、血が滴っていた。僕は立ちあがると、テントの片隅に置かれていた木箱をあさる。包帯と布巾《ふきん》と消毒液を取り出して青年のそばに片膝をついた。

消毒液を布巾に染みこませて、彼の傷口にそっとあてる。以前だったらこんな風にだれかの怪我を治療してあげることなんてできなかった。血を見ただけで卒倒していたかもしれない。ガーゼをあてて、ズボンの上から包帯を巻いていると、お礼を言われた。

「ありがとう、パパ」

出血をおさえるためにきつく巻いたほうが良いだろうか。なれない作業をしながらだったので、彼の言葉に気づくのがおくれた。ランプの炎がちりちりと音を立ててゆらめく。テント内にひろがる彼の影が、おおきくなったりちいさくなったりする。

「……今、何て？」

僕の質問に彼は答えない。別のことを話しはじめる。

「この怪我は出血して肉が見えるまで、とがった岩にこすりつけたんです。自分でわざと、そうしたんです。この怪我を理由に、捜索からはなれて、本部テントのそばで休憩できたら好都合だとおもったから」

彼は椅子の上で身をかがめた。片膝をついて包帯を巻いている僕の耳元にくちびるを寄せる。

「リゼ・リプトンが、ぼくを見張り役にのこしてくれるなんて、幸運なことだ。二人きりになれるチャンスをつくってくれたんだから」

包帯が手から落ちる。僕は身をひいた。足に怪我をしたビリジアンの男は、人差し指をたてて口元に持ってくる。声を出さないで、という仕草だ。

悲鳴をあげるべきか、リゼの名前を呼ぶべきか。だけど結果的に声は出てこない。おどろきと混乱のせいだろうか。それとも、彼がそうしてほしそうだったせいなのか。彼は立ちあがった。

「いっしょに行こう。それを言いにきたんだ。このまえは、ことわられたけど、きょうは、いいよって、言ってくれるかもしれないもの」

「きみ、逃げられないぞ。だって、がれきが」

「壁をつたって、まずは上に逃げるんだ。【森の大部屋】みたいに、梁の上でひとやすみしよう。あそこなら、かんたんには、追ってこられない。ぼく、パパといっしょに、行きたくて」

彼の目に光がやどっている。ランプの光の反射だろう。外見はあきらかに僕よりも年上だ。身長も高い。その相手が僕のことを呼ぶときに、パパと口にするなんて異様だった。

「きみとは行かない。ここに武器があれば、僕はきみを撃っていた。家に帰るためには、しょうがないだろ」

「ぼく、パパを愛してる。それなのに？　殺すの？」

「あわれっぽい声を出さないでくれ。それに、かるがるしく、愛なんて言葉を口にするんじゃないよ」

そいつは僕に手をのばす。その手が触れるよりも前に、少女の声がどこからともなく聞こえてきた。

「そこまでだ！」

テントを構成する布地がつらぬかれて、無数のナイフの先端があらわれた。そのまま縦に長く切り裂かれ、テントはずたずたになり、外から風が吹きこんでくる。ナイフがひっこむと、ライフル銃の先端がさしこまれ、男にむかって狙いがつけられた。銃口の数は十を超えている。ナイフによって裂かれた布地の隙間から、スカイブルーの冷徹なまなざしがのぞく。リゼ・リプトンがテントのすぐ外に立っていた。少女の視線は、僕の目の前に立っているビリジアンへとむけられている。

「詰めがあまかったようだね。足の怪我、転倒したせいだと言ったけど、きみの手のひらや肘には擦《す》り傷ひとつないじゃないか。大抵の人間は、ころんだとき、手をつくものなんだよ。それとも、ほんとうの体には手も足もないから、かんがえがまわらなかったのかな？」

蛇の姿であれば、鱗におおわれた皮膚が弾丸をはじきかえすだろう。しかし変身をとく前に撃ちこまれた弾は貫通するらしいとの情報が得られている。銃口は彼の頭部に狙いがさだめられていた。発射された複数の銃弾は、一瞬のうちに脳をまき散らすことに成功するだろう。

リゼの出現にさすがの蛇もおどろいているらしく、いつものへらず口も出てこない。ただ、悲しそうな目をしている。そんな目で見ないでくれ。もしも自分のなかに、こいつへの情があったなら、銃口の前に出ておおいかぶさっただろうか。だけど実際のところ足はうごかない。かわいそうな蛇。かわいそうな怪物。僕なんかを親に持ってしまったせいで、悲しみのなかで無数の銃弾をあびせられてしまうのだ。

「アールくん、そこからはなれて。ちかくにいると、巻き添えを食うかもしれない。みんな、蛇を狙うんだよ。外したらしょうちしないぞ」

ライフル銃をかまえているビリジアンたちに少女が指示を飛ばす。

「あの、ま、まって。こいつと話を……」

テントに突っこまれた銃口を見まわす。狙いをつけているビリジアンたちの顔がちらちらとテント生地の裂け目から見えた。緊張しておびえたような顔つきの者もいる。勇ましい顔つきの者もいる。憎々しげに蛇をにらんでいる者も。

「パパ、はなれて」

蛇はそう言うと椅子に腰かけ、左足に巻きかけの包帯をじっと見つめた。すこしうれしそうなまなざしだ。それを巻いたのが、僕だからだろうか。

「ハンマーガール、ぼくにとっての、こわいひと。きみの勝ちかな」

「おつかれさま。きみもたいへんだったでしょう。気の休まるときはなかったはずだ」

リゼ・リプトンの声には労《いたわ》りがこもっている。蛇の怪物という生命に対し、この少女が敬意をはらっているのがわかった。

「すこしのあいだ、だけでも、うれしかった、パパと話せたからね」

むけられる銃口を順番にながめて蛇はうつむく。そいつは負けを認めていた。自分の運命をしっている。

リゼ・リプトンが決心を固めるような目をした。片手をあげて、号令をかける準備をする。

あとは言うだけでいい。発射と。それで物事は解決する。蛇は死に、僕は外の世界に帰れる。だけど、ちょっと待ってほしい。まだ僕は、こいつのことを、なにもわかっていない。理解できていない。いくらも話をしないうちに、消してしまっていいのだろうか。僕はリゼ・リプトンに時間の猶予をもらおうと声を出そうとする。だけど、それよりも先に蛇が言った。

「あ、でも、そのまえに、交渉したいな」

蛇が顔をあげて、スカイブルーの目を見かえした。

「交渉？」

リゼは虚を突かれたような声を出す。

「めずらしいな。怪物が私に話を持ちかけてくるなんて」

「だって、それしかできないんだもの」

「どんな有意義な話をしてくれる？」

少女は興味を抱いたような声だ。周囲のビリジアンたちが口々に言った。「話を聞くべきではありません」「時間かせぎです」「はやく号令を」しかし少女は蛇の返事を待つ。

蛇は椅子に腰かけて、思案するように天井を見あげる。ランプによって投げかけられた彼の影は、テントの内側でゆらゆらとうごく。蛇が言った。

「おてつだい、できる」

「手伝い？」

「ぼくだったら、【厳冬湖】のお城に、もぐりこめる」

「スパイしてくれるってこと？」

「ぼくをいまここで殺すのはかんたんさ。でもどうせなら、さきにあの竜を殺してからでも、おそくはないんじゃない？　ぼく、こんどは、ほんとうのすがたで、ビリジアンのなかまになってあげてもいい。腕章をまくような、うではないけどね」

「どこからどこまでがジョークだったのかな？」

スカイブルーの目は真剣だ。頭をフル回転させているようだ。一言も発さないまま時間がすぎる。ビリジアンたちは引き金に人差し指をあて、狙いを蛇にむけたままライフルをかまえていた。撃てという号令もなく、銃を下ろせという命令もない。緊張のせいで銃口がふるえている者もいる。顔に汗の滴《しずく》をたらして人々は少女の命令を待った。テーブルに置かれたランプの明かりが不安定になる。燃料切れがちかい。弱くなったり、あかるくなったりをくりかえし、それからふいに消えてしまう。蛇はそれを待っていたのだろうか。そのために時間稼ぎをしていたのだろうか。あるいは偶然だったのだろうか。

緊張状態のなか、ビリジアンのひとりが突然の暗闇におどろいて引き金をひいてしまった。呼応していくつもの銃声とフラッシュが発生する。明滅する視界のなかで僕は見た。地面にふせている青年の姿を。その姿が変質していく様子を。

ずるり、と蛇が人間の体を脱ぎ捨てるような音がした。液体や肉片が飛び散って、すぐに蒸発をはじめる。高熱の蒸気のようなものが発生した。射撃がひとしきりおさまった後、暗闇のテント内には煙が充満している。しかしそれも数秒のことだ。煙を押しのけるように巨大な鱗の体がふくれあがり、テントを内側から吹き飛ばした。

五章

5―1

リゼ・リプトンの忠実な手下たちは湖のほとりにテントをはって今はおとなしくしている。おかしなうごきがあれば、ラトゥナプラが教えてくれるだろう。外のことは竜にまかせて、マリナ・ジーンズは城内の整備に追われる。罠の作動が不完全なものがいくつかある。それらをひとつずつ点検した。

食事の時間になると二人分の料理をつくった。大量のステーキを焼いて地下牢へとはこぶ。食料の節約を心がけたかったが、ラトゥナプラの熱で解凍された肉が倉庫にあまっている。腐らせるよりは食べてもらった方がいいだろう。

「きみは俺を太らせて、この牢屋から出られない体にする気だな？」

焦げ目のついた肉をナイフとフォークで切りわけて、一口ずつ口に入れる様には、獣の外見らしからぬ気品がただよっていた。

「焼き方はそれで良かった？」

「胡椒《こしょう》をもうひとふり、ほしいところだ」

「スパイスが不足しているの。リゼに言えば、持ってきてもらえるかしら」

「きみを兵糧攻《ひょうろうぜ》めにする気がなければね」

カンヤム・カンニャムと様々な話をした。これまでにアークノアをおそった怪物のことや、リゼ・リプトンとの冒険、外の世界に帰っていった異邦人のこと。どれも興味深い話だ。ドッグヘッドと呼ばれているこの男は、顔つきこそ異様だったが、内面はいたってまともである。

「リゼが持ってる金槌について教えて」

ハンマーガールと呼ばれているのは、彼女が腰に金槌をぶら下げているからだ。普通のサイズだが、宝石がはまっており、金銀の細工がほどこされている。

「あれって、どこのホームセンターで買ったの？」

「ホームセンターとは？　あれは買ったんじゃない。最初から持っていたんだ」

「あの子が金槌をふりまわしているとこ、あんまり見たことないんだけど」

「気軽につかうものではないからな」

「特別な仕掛けがある？」

「仕掛けというほどではないが、あれで物をたたくと、独特の震動が生じるんだ。それが効率よく物を破壊する。世界で唯一の素材でできているらしい。どんな物質よりも固く、強靱《きょうじん》で、この世界が消し飛ぶような爆発がおきても、あれは最後までその形を保っているだろう」

「冒険の最中になくなることはないの？」

「手からはなれたとしても、一時的なもので、いずれリゼのところにもどってくる。それが創造主の意思なのだろう」

牙のならんでいる顔に、敬意と畏怖が浮かぶ。アークノアの住人は創造主の話をするとき厳粛な面持ちになった。どんな人もゆるぎのない信仰を持ちあわせている。それを目の当たりにするたび、自分と彼らの間に距離を感じた。外見やかんがえ方は似ているけれど、彼らは創造主とやらが作り出した人間で、自分たちはそうではないのだ。

では、自分やアール・アシュヴィはいったいどういう存在なんだろう。外の世界には創造主がいない。様々な宗教はあるけれど、アークノアにおける創造主ほどに明確な存在ではない。そのかわり自由だ。創造主の存在を意識しながら暮らさなくてもよい。好きなことを好きなようにできる。たとえそれが殺人などのわるい行いだとしても、裁くのは創造主ではなく自分とおなじ人間だ。

「この世界の親たちは、どうして子どもを愛してるの？」

マリナは、ドゥマゴ家のことをおもいだしていた。兄妹にむけるニナスのやさしいまなざしには、まぎれもなく愛情が感じられたが……。

「自分のおなかを痛めて産んだ子じゃないんでしょう？　この世界の人々は、はじめから今の状態だったんでしょう？　親としての自覚や、子どもにむけた愛情も、創造主があらかじめデザインしておいたものなんでしょう？」

「そうだ。創造主はすべてを作った。我々の心のなかにある、あらゆる感情もデザインされたものだ」

カンヤム・カンニャムは言った。マリナは納得できない。だれかのことをおもうとき、泉のように満ちあふれる感情がある。それらすべてが、他人の手によってつくられたものだとしたら、それはもうまやかしではないのか？


城の倉庫で見つけたデッキブラシをつかって、ラトゥナプラの体を掃除してあげた。ごつごつとした皮膚をみがいてやると、花柄の模様がくっきりと浮かびあがる。皮膚は全体的に象のような色合いで、模様の部分は緑色や白色をしている。不格好にならんだ牙には、歯列矯正用のマルチブラケット装置をおもわせる金具が設置されている。

「あなたのこれ、タオルを干してかわかすのに、ちょうどよさそう。あなたの吐く息って、ドライヤーの風よりもあったかいし、すぐにかわくとおもうんだ」

そこもきれいに布で拭いてやった。ラトゥナプラの顔面はその間も無表情だったが、うれしいときの犬みたいに、尻尾はいきおい良く地面の上でゆれている。あまりにいきおいが良かったせいで、中庭の壁に尻尾の先端がぶつかって一部を瓦解《がかい》させてしまった。

城内に飾られている絵画をながめてあるいていたら、ラトゥナプラが声を発した。城

の周辺を飛びまわって監視をおこなっていた竜が、なにかを発見して威嚇したようだ。マリナにだけとどく波長で報告があった。目をつむって心を竜に同調させると、竜の視界がまぶたの裏側に浮かびあがる。

　凍てついた湖の上になにかがいた。そいつは城にちかづいてこようとしている。長い胴体の異様なシルエットだ。

「攻撃しないで、ラトゥナプラ、絶対に」

　マリナは城門に移動した。城門は島の最南端に位置し、その上の足場から外を見下ろすことができる。真っ白な景色が島を取りかこんでいた。そのなかにぽつんと、降りしきる雪の粒でかすませながら、青銅色の巨大な蛇の姿があった。ちかづくたびに鱗の体がはっきりと見えてくる。

　蛇は頭部を持ちあげ、空を旋回している竜に鼻先をむけていた。ついに城門のところまでやってくると、身を乗り出しているマリナをまっすぐに見る。瞳の部分は剣先のようにほそ長く神秘的だ。言葉は通じるのだろうか。鱗の巨体が荷物を背負っていることに気づく。どうやら人間のようだった。マリナは声をはりあげる。

「あなたが、私たちを攻撃しないなら、なかに入れてあげる」

　蛇は傷だらけだった。鱗がはがれて、血をにじませ、肉の部分が露出している箇所もある。そうなりながら背負っているものを守り、ここまで連れてきたのだろう。ぴくりともうごかないが気絶しているのだろうか。蛇の背中に乗せられ、手足をだらんとさせているのは、アール・アシュヴィだった。

「ぼくには、あなたをおそう、りゅうがない、そうでしょう?」

爬虫類の巨大な頭部が人間の言葉をしゃべった。舌足らずな男の子を想像させる声だ。リゼ・リプトンと敵対する者同士、利害は一致している。

「そうね。私たち、きっと友だちになれる。手を組むことができたら、心強い」

蛇は口角をあげた。ほそ長い紐のような舌をちらつかせる。

「そうだね。蛇だから、手はないけど。これ、よくつかうジョークなんだ」

城門には鉄をかぶせた木製の格子戸《こうしど》が落とされていた。城門横にレバーがあり、それを操作することで重しと滑車の仕掛けが作動する。格子戸が持ちあがり、アール・アシュヴィの体を乗せた蛇の巨体が、すべるように城門の内部へと入ってきた。ふたたび格子戸を落として外との断絶をおこなう。

マリナ・ジーンズは蛇の巨体を間近からながめた。全長二十メートル以上はあるだろうか。腹を地上に接していると、鱗におおわれた背はマリナの腰あたりまであった。それが自由自在にうねり地面をすべる。その様は竜とは別種の迫力があった。

「さむくて、死にそう……」

蛇は弱々しい声を出す。爬虫類の体は雪面を移動する最中にすっかり冷えている。蛇が感情をまじえながら話す様はかるく衝撃だった。声を発するとき、巨大な顎はわずかに隙間を開けた状態で維持される。人間が話すときのように、口をぱくぱくと開閉するわけではないらしい。喉のずっと奥のやわらかい部分がうごいて発声しているようだ。

まずは暖炉のある大ホールへと案内してやる。アール・アシュヴィは目をつむって口が半開きの状態だ。【中央階層】の地下でわかれて以来のなつかしい顔である。【蒸気谷】のキャンプから連れて逃げる際、気をうしなったのだという。暖炉の炎であたたまりながら蛇は教えてくれた。

「きみなら、ぼくたちをかくまってくれるんじゃないかって、そうかんがえたんだ」

「あなたって、よくしゃべるのね。ラトゥナプラとはおおちがい」

「ラトゥナプラって、竜のこと？　名前をあたえたんだね」

蛇がそうしようとおもえば、一瞬で自分を丸飲みにできるだろう。だけど蛇がそんなことをしたとわかったら、目覚めたアール・アシュヴィがゆるさないはずだ。だからおそれることはない。マリナは、蛇と少年をうけいれた。

アール・アシュヴィを客室に移動させてベッドに寝かせてやった。ベッド脇でマリナは読書をする。お湯をわかして紅茶をつくり、客室にもどってみると、アールがベッドの上で体をおこしている。

「あら、おはよう」

少年は頭をさすりながら、はじめのうち、ぼんやりとしていた。マリナをふりかえり、眉間にしわを寄せていたが、やがてはっとしたように、おどろいた声を出す。

「マリナ!?」

「あなた、気絶してたのよ」

「ここは?」

「私のおうち」

「おうち? じゃあ、ここって、【厳冬湖】のお城?」

よろけながらベッドを下りて窓辺にむかう。外の景色を見ても、まだ信じられないという様子だ。

「蛇が連れてきたの」

「蛇? ああ、そうだ、ちくしょう! おもいだしたぞ!」

頭を押さえてアールはさけぶ。ひとまずベッドにすわらせて紅茶のカップを持たせた。何口か飲ませて気分を落ちつかせる。

「どうして蛇は、僕をここに連れてきたのかな?」

「安全だからよ。ここはあなたたちにとって、一番、気の休まる場所よ。だって、リゼ・リプトンから命を狙われるおそれがないんだもの」

「でも、僕はリゼのところにもどらなくちゃ。勝手にいなくなって、きっと今ごろ怒ってる」

「ここにいてよ、アール。あなたの怪物も、それをのぞんでる」

少年の目に戸惑いが生じる。

「蛇が？」

「あの子と話をしてみたら？」

「蛇は殺さなくちゃ」

「せめてこの城にいる間は、中立でいられない？」

怪物にとって自分たちは親のようなものだ。蛇はアール・アシュヴィのことをパパと呼んでいる。この少年が、蛇のことをうけいれるべきか否かを決めかねている様子に、マリナはほっとする。とても人間らしいとおもう。アークノアの住人とちがって、創造主によって心のなかをデザインされた存在ではない。自分のなかにどんな感情があるのかを迷いながらさがしていく。それがたぶん自分たち人間なのだ。

アール・アシュヴィには、中立という言葉が、功を奏した。

「中立か……。それなら、僕はきみにも味方しないし、リゼのところにもどったとしても、しかられることはないはずだ」

「あなたって、よっぽどあの子のことがこわいのね」

「この城の主はきみだから、きみにしたがうよ」

同郷の人間がいっしょにいてくれるのは心強いものだった。

5－2

マリナ・ジーンズと雑談をしながら僕はベッドで休息をとった。うとうとしているうちに彼女は部屋からいなくなっていた。休息を終わりにしてベッドを出る。トイレをもとめて城内散策へと出かけた。島の地面をおおうように城が建っている。城壁や城塔が複雑に入り組み、渡り廊下や石畳の階段がのびていた。城壁の狭間を縫って道がつづいている。ちょっとした迷路のようだ。

中庭らしき場所で竜の姿を発見した。うずくまっているときの頭から尻尾の先までの長い輪郭は、まるでジェットコースターのようである。

「やあ、おぼえてる、僕のこと」

おそるおそる声をかけてみた。竜を見あげるような位置までくると、全身がほてるようなあたたかさを感じる。【厳冬湖】に降りつづく雪の粒は、城の上空では溶けて霧雨になっている。そのせいか、中庭の地面には水たまりができていた。

「名前をもらったそうだね。【中央階層】を出てからこれまでのこと、さっき聞いたよ。

ところでトイレをさがしてるんだ。どこにあるかしらない？」

ラトゥナプラは長い首を持ちあげて僕を見下ろす。周囲に影が落ちてうす暗くなった。竜がうごくと、山が身じろぎするような音と震動が生じる。

「僕のこと、もうわすれた？　砂漠で列車に乗っていたら、きみがおそってきたんだ。あの日はおたがい、竜巻に巻きこまれて、大変だったよね」

鎧《よろい》のように固そうな顔面の皮膚は無表情だ。しかしそいつは僕のことをおもいだしてくれたらしい。なぜそれがわかったかというと、長い尻尾が地面の上をすべるようにうごいて、僕の顔に水たまりの泥水を盛大にひっかけたからだ。口に入った泥水をぺっと吐き出して顔をぬぐった。

「僕に怒るのはすじちがいというものじゃないかな。わるいのは、そう、リゼ・リプトンだ。僕は争いごとなんか、好きじゃない。これからは仲良く……」

竜の尻尾がうごいて、さっきのより盛大な泥水のしぶきをかけられる。竜の巨大な頭部が下りてきて、僕の顔の前に止まった。ぶしゅう、と鼻息が出てくる。灼熱《しやくねつ》の風にさらされて、服をぬらした泥水が今度は湯気をたてはじめた。

「パパ」

背後から声がする。城の入り組んだ構造がつくる影の暗闇から、青銅色の鱗の怪物がすべるようにあらわれ、また別の暗がりへと身をひそませた。爛々《らんらん》とかがやく目が闇の奥からこちらを見ていた。

前には巨大な竜がいて、後ろには人語を話す蛇がいる。悪夢でも見ているようだ。ころがっていた棒切れをひろって、両手でにぎりしめた。武器をかまえるようにかかげて蛇とむきあう。蛇は言った。

「おはよう、パパ」

「なにもしやしないよ。ここだったら、だれにもじゃまされず、ゆっくりできるとおもわない？」

暗がりから顔をのぞかせる。地面にぴったりと顎の下をくっつけるような姿勢で蛇は上目遣《うわめづか》いだ。

「パパ、ぼくを、殺したい？」

すこしだけ迷うそぶりを見せて、かまえていた棒を捨てた。

「そうだな。今は、殺さない。この城にいる間は中立だ」

「ぼくだって、死ぬのはこわいんだ」

「たくさんの人を殺しておいて、そんなこと言うのか」

「こういっちゃあ、なんだけど、命のおもさが、ちがうとおもう。生きかえれる人たちと、生きかえれないぼくたちとでは」

「わからなくはないけど……」

「パパ、おねがい、ぼくの頭に手をおいて」

蛇の巨体がするすると地面をすべって僕のそばにちかづいてきた。蛇の頭部は竜にくらべたらちいさめだが、それでも大人を一口で飲みこめるくらいにはおおきい。蛇が懇願するように見つめる。その視線に根負けして、おそるおそる鱗の額に手のひらを置いてみた。鱗と言っても、魚のものとは異なる。ぷっくりとしたちいさな山が、規則正しく表面をおおっている。手のひらに触れた感じは、つるりとしていた。弾力もある。蛇の目には、まぶたらしきものは見当たらない。眼球の表面が透明なカバーのようなものにおおわれている。

「ありがとう。もう行くね。みはりを、てつだっているんだ」

蛇はそう言うと、なごり惜しそうに僕からはなれていった。城の構造がつくる暗がりの奥へともぐりこんでいく。ふりかえると、ラトゥナプラが彫像のように静止した状態でこちらを見ていた。

竜とマリナの間には、見えない糸電話のようなつながりがあるという。見聞きしたものが共有できるタイプの怪物は以前にもいたらしい。だから僕は、まるで蛇に無理矢理に連れてこられたかのようなふりをしなくてはいけなかった。城内にもどり、ラトゥナプラにかけられた泥水を洗い流す。まずはトイレに行って、それから隠し通路や罠の位置を把握しなくてはいけない。それが僕と蛇にあたえられた任務だ。

【蒸気谷】の本部テントで蛇が本来の姿を見せた際、一時的に戦闘状態となった。蛇は短時間のうちにおおぜいを殺し、暗がりに逃げこもうとしたが、リゼ・リプトンの声にしたがってうごきを止めた。おおぜいのビリジアンたちの反対を押しのけて、リゼは蛇との共闘をのぞんだのである。蛇は自ら体中に傷をつくり、僕を背中に乗せて【厳冬湖】の城へとやってきたが、それはシナリオ通りの行動だった。

夜がちかくなるとマリナ・ジーンズは廊下にならんだ燭台《しょくだい》に火を点してあるいた。この城には電気が通っておらず、暗くなると蠟燭をつかうしかないらしい。巨大な城を手に入れても彼女は質素な生活をしていた。王侯貴族が使用するような豪奢《ごうしゃ》なテーブルがあるというのに、彼女はいつも炊事場の片隅の古いテーブルで食事をすませている。城の使用人がまかないを食べるような場所だ。僕もそこで彼女のつくったパンケーキを食べさせてもらった。木イチゴのジャムが皿にそえられていた。僕たちはおたがいの旅路を語り、それぞれの苦労をねぎらう。

「私が不思議におもうのは、気圧に関すること」

「気圧？　なんで？」

「この世界は階層状になってる。本来なら、下の階層ほど気圧が高くなって、上の階層ほど気圧が低くなるはずよね。だけど階層移動をおこなっても、そんなに気圧の変化はおきてない。水が沸騰するタイミングはどこにいても変わらないし、体調だってなんともない。減圧症ってわかる？」

「この世界は僕たちの故郷とはずいぶんとちがっているからね。創造主は自然の摂理まで好き勝手にデザインしてこの世界をつくってる。だからそんなにはおどろかないよ」

夕飯の後、パンケーキの皿をトレイにのせてマリナは地下牢にむかう。僕も彼女についていった。城の奥まった場所に移動して、うす暗い階段を下りる。兵士の詰め所のような部屋をすぎて、鉄格子のならんでいる通路に入ると、カンヤム・カンニャムの声がした。

「アール・アシュヴィか？」

靴音とにおいによって、僕の来訪に感づいたようだ。最奥部の鉄格子の前まで行くと、イヌ科の顔が燭台の明かりに照らされている。

「ひさしぶり、カンヤム・カンニャム」

「寝がえったのか、アール・アシュヴィ」

「ちがうよ。蛇に拉致《らち》されて、連れてこられたんだ」

「今のアールは中立よ。どっちの味方もしない」

マリナの言葉に、僕はうなずいた。

「竜をめぐる戦いに、つかれちゃったんだ。やっぱり争いごとはいけないとおもう。僕たち、話しあうべきだよ。武器を捨てて、おたがいをみとめあうことがひつようだ」

ドッグヘッドは片足をかばうようなうごきで牢屋内を移動する。どうやら足を怪我しているらしい。

「蛇もいっしょか？」

「ラトゥナプラといっしょに、監視をしてくれてる」

マリナはパンケーキの皿を牢屋内にすべらせた。しかしそれには手をつけず、カンヤム・カンニャムが僕を見ている。

「牢屋の鍵を持ってきてもらえるかね」

「そんなことしたら、マリナに怒られちゃうよ」

「カンヤム・カンニャムさん、もうしばらくここにいてほしいの。だって、あなたを解放すると危険だもの。そのかわり、ひまつぶしの道具だったら、なんだって用意する。本でも、ボードゲームでも、お絵かきの道具だってある」

「犬用の咬み咬み棒はあるか？」

「咬み咬み棒？」

「ストレス解消に咬むための棒だ。木の枝でも、なんでもいい」

カンヤム・カンニャムはそう言うと、ぐるぐるとうなって首をふった。湿った鼻先が左に行ったり、右に行ったりする。

「やれやれ、こまったものだ。竜とマリナ・ジーンズと蛇は城にたてこもり、アール・

アシュヴィは中立の日和見《ひよりみ》主義の役立たずというわけだ」

　僕とマリナ・ジーンズは地下牢を後にして、彼が咬むための棒をさがした。手頃な薪が倉庫にころがっていたので、そいつを持っていってやると、熱心に咬んでいた。

　蛇は僕よりもずっとうまく演技をしてマリナに取り入った。

「マリナ、おぼえてる？　【中央階層】で、ぼくたち、あってたんだよ。きみがにげだすのを、てつだったんだ。ぼくは、まどふきの、おとこのこのふりをしてたっけ」

　蛇の鱗を目にするのは日常になった。彼女はチェスの相手に蛇を指名することがおおい。僕よりも蛇のほうが、彼女をピンチにおちいらせることができたからだ。

　どこに行くのも自由だった。城壁の上から【厳冬湖】の雪景色をながめても良かったし、宝物庫で王冠をかぶって王様ごっこをしてもいい。数日をかけて城内を探索した。こっそりと隠し通路や罠の位置をしらべようとしたが、素人《しろうと》の目では、なかなかわからなかった。

「この城、隠し通路があるんだって？」

　ある日の食事時に聞いてみる。

「そうよ。だれに聞いたの？」

「蛇が偶然に見つけたみたい」

「いくつもあるのよ。だれかが潜入してきたら、それをつかって逃げるつもり。罠も起動させなくちゃ」

「罠？」

マリナは立ちあがり、どこからか地図を持ってきた。城内の見取り図だ。蠟燭の炎であぶると、記号が浮かびあがる仕掛けになっているという。だけどそんなことをしなくてもいいように、彼女の筆跡で、隠し通路や罠の位置、罠の種類や解除方法まで、こまかいメモが書きこまれている。

「あなたもしっておいたほうがいい。リゼたちがこの城に潜入してきたときにそなえるの。罠の場所は頭にたたきこんでおいて。だって、私が起動させた吊り天井の罠に、あなた、ひっかかりたい？」

その晩、部屋で地図を書き写した。窓を開けて蛇を呼ぶと、蛇の頭部が暗闇からあらわれる。これからやるべきことを相談して夜が明けた。

あくびまじりにベッドからおきて顔を洗い、朝食をとるために炊事場へむかう。火にかけた鍋から湯気がもうもうと出ていた。マリナが用意してくれた朝食は、鶏《とり》ガラで出汁《だし》をとった野菜のスープだ。味見をさせてもらう。

「塩っ気がほしいな。胡椒も」

「不足気味なのよ、がまんして」

マリナはスパイスを節約しながら料理をしていた。【厳冬湖】の出入り口が封鎖される直前、岩塩を取得したらしいが、それも底が見えてきたという。胡椒はほとんどないらしい。

「リゼに言ったらどうかな、スパイスがほしいって」

「くれるとおもう？」

「カンヤム・カンニャムにおいしい食事をつくってあげるためだって言えば、いくらでもくれるよ」

マリナはすこしかんがえて、うなずいた。

「交渉だけでもしてみましょう。手紙を書いて湖のほとりのキャンプに落とすの。ラトゥナプラなら、かんたんにできるはずよ」

「蛇にたのんでみない？」

「どうして？」

「ラトゥナプラを城のそばからはなすのはよくない。守りがうすくなるでしょう」

「平気よ、あの子の翼なら、五分もかからない。だけど、そうね、そうしましょう。空から落とした手紙を、むこうがひろってくれるかどうかわからない。蛇だったら言葉もつかえるし、確実に手紙をわたして、その場で交渉することだってできるかもしれない」

午前中、彼女はスパイスをもとめる手紙をペンとインクで執筆する。文面のチェックをお願いされたが、とてもきれいな字だった。手紙を封筒に入れて、溶かした蠟《ろう》で封をする。城のクローゼットで見つけた革の鞄に手紙を入れて、そいつを蛇にくわえさせた。僕は蛇に声をかける。

「しっかりやるんだぞ」

蛇はわざわざ鞄を下に置いてから返事をする。

「まっすぐ、かえってくるね。よりみちしたくなるような、おしゃれなおみせも、ないことだし」

書き写した城内の見取り図も鞄に仕込んである。だけどそのことをしっているのは僕と蛇だけだ。蛇は城を出発し、凍てついた湖の上を遠ざかった。

5－3

ぶあつい防寒具に身をつつみ、十人ほどのビリジアンたちが雪にまみれながら作業している。彼らがはこんでいるのは、アークノア特別災害対策本部の開発部門からおくられてきた代物《しろもの》で、先端にドリルがついた機械である。大猿討伐作戦の際にも見かけたな、とルフナはおもう。たしか、掘削機《くっさくき》と呼ばれているものだ。ビリジアン部隊とともにルフナは【厳冬湖】をおとずれていた。この部屋は切り立った雪山と凍てついた湖が面積の大半を占めている。湖のほとりには針葉樹林の土地がひろがっていた。

湖は複雑な形状である。その南端のほとりに拠点となるキャンプが設営されていた。左右からせり出した岩壁によって城から見えない場所にある。手伝いのためにここへ来たが、ルフナは力仕事が苦手なので、食事の準備やその他の雑務をおこなった。お昼時になれば、凍結した缶詰を人数分、こじ開けてたき火のそばにならべる。しばらくすればあたたまって食べられるようになるのだが、たき火からの距離をまちがえると缶詰が焦げてしまうので気をつけなくてはならない。

「ルフナ、こっちに来てくれ！」

岩場の上で城の方角を監視していた者が声をはりあげた。全員に緊張がはしる。ルフナは缶詰を放り出して岩場にのぼり、声をあげたビリジアンの男の横で腹ばいになった。自前の望遠鏡を出してのぞく。凍った湖に一面、真っ白な雪が降り積もっていた。そこを長いシルエットが移動し、湖のほとりの岩場へと消える。

「遠すぎてはっきりとしない。あれが、そうなのか？」

ルフナはうなずいてみせる。蛇だ、まちがいない。ビリジアンのひとりが無線機に飛びつく。リゼ・リプトンに連絡を入れるためだ。少女はすこしはなれた場所でアイスフィッシングをしているはずだった。

ルフナは岩場を下りてライフル銃を取り出した。蛇に対する発砲は、現在、禁止されている。リゼがそのような命令を下したせいだ。だけど、かまうものか。制止するビリジアンの仲間をふりきって、ルフナはひとり、蛇の消えた方角へと移動した。

岩場に入って蛇をさがしていると、小石のころがる音がする。青銅色の鱗がよぎっていくのが見えた。ルフナはライフルをかまえて引き金をひく。岩の表面がはじけて、ちいさな煙をたてた。

どこからともなく声がした。おさない少年をおもわせる声だ。くちびるや舌が人間のものと異なるため、言葉がうまく発音できないのかもしれない。

「ルフナ、やめて。だって、ぼくたち、なかまじゃないか」

身を低くして、ルフナは声のした方向へむかう。岩場を抜けて針葉樹林へと入った。どさりと雪の塊が落ちてくる。枝葉に積もっていたものが降ってきたらしい。

針葉樹の幹が軋むような音を立てながらゆれている。ばきばきと枝のおれる音がして、小枝が地上に散っていた。針葉樹の天辺あたりに、巨大ななにかがからみついている。蛇が隣接する幹に次々と体を巻きつかせて頭上を移動していた。

「仲間？　ふざけないでください。どうせあなたは、裏切るつもりだ」

ルフナはライフルを真上にむける。針葉樹の幹が振り子のようにゆれて、針のような葉や小骨のような枝を散らした。それが狙いをつけるのに邪魔をする。発砲音がこだまをのこして消えた。銃弾はそれて、樹木の表面をえぐった。

「おつかいをたのまれたんだ。リゼはどこ？」

蛇は複数の幹にからみついてルフナを見下ろす。目を狙おう。鱗だったら銃弾をはじかれるおそれがある。だけど目なら貫通し、脳を破壊してくれるかもしれない。指に力をこめ、引き金をひこうとした。そのとき、リゼ・リプトンの声がする。

「やめるんだ！」

なにかが飛んできて、顔に冷たいものがぶつかる。水しぶきをあげながらそれは足下に落ちた。

「それで頭を冷やせ。釣りたてだ」

「人にむかって魚を投げつけるなんて、どうかしてます」

ルフナはライフルを蛇にむけたまま少女をにらむ。リゼは防寒具の上に緑色の外套を羽織っている。釣りの道具を置いて頭上に問いかけた。

「蛇くん、お城は快適？」

幹の上から少年の声で返事がある。

「ハンマーガール、ぼくは、あなたのいったとおりに、やってるよ」

蛇のいるあたりからなにかが落ちてきた。革製の古めかしい鞄だ。リゼはそれをひろってなかを確認した。蠟で封をされた封筒が入っている。

「マリナからおてがみ。スパイスがほしいって。それと、パパからも」

封筒とは別に、おりたたまれた紙の束が鞄に仕込まれていた。城内の地図が描かれている。アール・アシュヴィの手によるものらしい。リゼは満足した様子で封筒の手紙に目を通す。

「カンヤム・カンニャムは？　元気だった？」

「こっそり、あったよ。ぼくをみて、おどろいてた。ろうやで、ゆっくりしてる。足を、こっせつしてるんだ」

「治すように言っておいて。やる気があれば、一晩で治る。だれか、塩と胡椒を一袋ずつ持ってきて」

手紙を封筒にもどしながら、リゼは背後にむかって命令を飛ばす。遠巻きにビリジアンたちがなりゆきをながめていた。彼らのひとりが塩と胡椒を取りにむかう。ルフナは蛇に銃口をむけたまま言った。

「あいつをあてにするなんて。城の地図だって本物とはかぎらない。きっとなにかをたくらんでいるんです」

マリナ・ジーンズの裏をかくため、蛇を城に潜入させると聞いたとき、ルフナは猛反発した。今すぐに殺すべきだとおもった。

「あいつを信じてみない？」

「信じる？　怪物ですよ？」

「アールくんが、マリナを救いたがっている。アールくんがそうおもっているかぎり、蛇くんは協力してくれる」

「楽観的ですね。見損ないました」

「きみって、蛇のことになると、怒りっぽくなるよね」リゼは肩をすくめる。「それにね、こういうの、はじめてなんだ。怪物といっしょに、なにかをやるなんてこと。今後の怪物の研究に役立つかもしれない」

ルフナはしかたなく、銃口を地面にむけた。竜討伐作戦が成功した瞬間、蛇との協力体制は崩れる。生きのこっているビリジアンの全員で蛇を見つけ出し、攻撃を開始する計画になっていた。もちろん、蛇もそうなることは予想しているだろうから、全力で逃げようとするにちがいない。

ビリジアンのひとりが、塩と胡椒の袋をかかえてやってくる。リゼの足下に置いて後ろにさがった。針葉樹の上にからみついている蛇にむかって少女が言った。

「用意ができた。マリナ・ジーンズのもとへはこぶといい。彼女に会ったらつたえておいて、カンヤム・カンニャムをあんまり太らすなって。それと、これ」

外套の内側から封書を出してスパイスの袋にのせる。

「アールくんにお手紙だ。作戦の流れについて書いてある。マリナに見つからないところでわたしておいて」

「ぼくも、よんでいい？」

「どうぞ、お好きに」

蛇に背中をむけるのは気持ちのいいものではなかったが、その場をはなれることにした。あるきながらリゼが話しかけてくる。

「ルフナにやってほしい仕事がある。もうすぐ大型の武器がとどくんだけど、それをあつかうチームに入ってくれないかな。目が良くて、物覚えが良くて、身のこなしのかるい子がひとり、ほしいんだ」

「大型の武器？」

「竜を殺すための兵器だ」

それは地中からばらばらの状態で発掘され、ウーロン博士の研究所で組み立てられたという。世界でも一台きりの特別なものらしい。それがとどき次第、発射のための訓練がおこなわれるそうだ。

背後で針葉樹の幹が軋むような音を立てる。ふりかえって確認してみると、スパイスの袋と手紙が、すでに消えていた。

5－4

城の書物庫には、美術、医学、建築学などの様々な本が積みあがっている。マリナ・

ジーンズはそこで『フランケンシュタイン、あるいは現代のプロメテウス』という題名の本を発見して読んでみることにした。

ヴィクター・フランケンシュタインという男が、複数の死体をつなぎあわせ、理想の人間をつくろうとする物語だ。しかし完成したものは容貌《ようぼう》の醜い怪物である。ヴィクター・フランケンシュタインはそのことに絶望し、怪物を放り出して故郷へと帰ってしまう。自分の生み出した怪物に名前をつけることなく……。

「子ども部屋の木馬に、傷がついていたんだ。だれかがつかいこんだような傷さ。この城に住んでいた人たち、どこへ消えてしまったのかな?」

窓辺で読書をしていたら、アール・アシュヴィに話しかけられた。

「はじめからここにはだれも住んでいなかったのよ。この世界の創造主が、おもちゃの傷さえデザインしておいたの。それだけじゃない。衣装部屋の古着には、だれかがつけたような染みもあるし、繕《つくろ》った跡もある。だけどそれらは全部、創造主のこだわりなんだとおもう」

夕飯のために食料庫で野菜を選んでいると、見まわりをしていたラトゥナプラから報告があった。雪景色のなかに青銅色の姿があるという。アール・アシュヴィに声をかけて城門を開けてやると、蛇の巨体がすべりこんできた。塩と胡椒の袋をくわえている。蛇はおつかいをやり遂げたのだ。おかげで夕飯にいつもよりおいしいシチューをつくることができた。

夜になり、マリナは蠟燭を片手に城内を移動しながら、生活に使用している範囲に明かりを点してまわった。廊下の石造りの壁にはへこみがあり、溶けかけた蠟燭がそこに何本も立っている。炎はゆらめきながら、廊下をぼんやりと闇のなかに浮かびあがらせた。

蠟燭の明かりが階段脇の暗闇をはらいのけると、そこに青銅色の鱗の胴体があった。からまった紐のような姿で、蛇がじっとしている。

「かんがえごとを、していたんだ」

鱗の長い胴体がほどけると、頭部があらわれる。ほそい舌をちらつかせながら蛇の頭部は移動し、長い体がその軌跡をたどるようについてくる。ため息ほどの音も立てずに蛇はマリナの背後へまわりこむことができた。蠟燭の明かりのとどかない暗闇の奥へと、青銅色の鱗が消えていく。その様はまるで夢のようだった。

「ぼくは、くらいところがすき」

尻尾の先まで完全に見えなくなり、声だけが聞こえてくる。

「私もよ。ところで、あなたのこと、なんて呼んだらいいかな。あなたにも名前があるといいのにね。アールがなにか素敵な呼び名をかんがえてくれるんじゃないかな。後で言っておいてあげる」

爬虫類の瞳が暗闇の奥で炎を反射した。

「ありがとう、マリナ。ぼくに腕があったら、だきしめてるところだ」

「あら、腕がなくたって、だきしめられるでしょう、その長い胴体で」

「あなたを、食べようとしてるみたいに、ごかいされちゃうよ」

すこしわらって、壁のへこみの蠟燭に明かりを点す。暗闇がはらわれた。しかしすでに蛇の姿はどこにもなく、今の会話が実際にあったことなのか、自分の想像の出来事なのかがよくわからなくなった。


地下牢のカンヤム・カンニャムが退屈しないように演奏会を企画した。楽器部屋に保管されていたバイオリンやフルートをつかって、アール・アシュヴィと練習を重ねる。しかし本番の最中、カンヤム・カンニャムは両手で耳をふさいでさけんだ。

「なんでも正直に白状する！　だから拷問《ごうもん》はやめてくれ！」

「そういうつもりじゃなかったんだけど」

「そのバイオリンを俺に貸してくれないか」

鉄格子の隙間から楽器をわたすと、ドッグヘッドはおどろくべき技巧で演奏した。ときにはかろやかに、ときには官能的に。演奏が終わって最後の音の響きが地下牢から消え去ると、アールが拍手する。

「それはあげる。ほかにも、ほしい楽器があったら言ってね。クラリネットやラッパも楽器部屋にあったよ」

「吹奏楽器は苦手なんだ。くちびるはうすいし、牙の隙間から息は逃げていくし、まともに音を出せたためしがない」

カンヤム・カンニャムのことがきらいではなかった。だからこそ幽閉しておくのが心苦しい。鉄格子を開けるための鍵は、寝室の鏡台にかくしている。しばらくの間、それをつかうことはないだろう。

「アール、蛇に名前をつけてみたらどう?」

「僕もちょっとそれをかんがえていたんだ。呼ぶときに不便だからね」

二人で城内の散歩をしながら雑談をする。少年はいくつかの候補を出した。だけどなかなかひとつには決められない。そんな日々をすごしているうちに、戦争がはじまった。

5―5

口から吐き出す炎によってアークノアを震撼《しんかん》させた竜は、マリナ・ジーンズによって暖房器具としての役割をあたえられていた。体内から発せられる熱が、地面や城壁をほかほかとあたためて、僕たちは快適にすごすことができる。竜の生成する無尽蔵のエネルギーさえあれば、発電所を永久にうごかすことだって可能だろう。

広場のベンチに腰かけて、灰色の城壁を見あげながら蛇の名前をかんがえる。風が吹くと、竜の熱がはらわれ、ひんやりとした空気に全身がさらされた。城塔と城塔の合間にちらりと巨大な翼が見えたかとおもうと、ラトゥナプラの巨体が偵察のために飛び立ち、曇り空へとちいさくなる。その様子は詩のようにうつくしい。

マリナ・ジーンズとむかいあわせに朝食をとる。

「前から言おうとおもってたけど、きみって、わらわないよね。歯並びを気にしてるの？」

「一応、気をつかってるの。だって私の歯並びを見たら、食欲がうせるでしょう？」

「そんなことないよ。かんがえすぎだよ」

マリナの歯は、確かに不思議な生え方をしている。それぞれの歯がおしくらまんじゅうをして、いっせいにころんでいるようだ。だけどもうなれた。気にせずわらってよ。僕がそう言っても、彼女はせいぜい、口をつぐんでほほえむだけだった。

いっしょに生活して意外だったのは、彼女がラトゥナプラにかまっている様子がないことだ。飼い犬をかわいがるみたいに、竜を抱きしめてスキンシップをはかるようなことはしない。

「いつだってお話してるよ。目をつむれば、いっしょに飛ぶことだってできる。私たち通じあってるから」

彼女は言った。自分たちは視界や思考や様々な情報が共有できる。魂に生じた愛と呼べるものの実感を、ほかのどんな方法よりも確実に相手へとどけたり、うけとったりすることもできるという。

「それって、とてもいいものよ。アールと蛇も、おなじことができるかもしれない。心を開くの。そうすれば、怪物と自分をつないでいる見えないへその緒ってやつが太くなって、相手の声が聞こえるの」

僕はいつも、蛇とどのように接するべきかを迷っていた。蛇はよくやってくれている。書き写した城内の見取り図をリゼのところまではこんでくれたし、竜とともに城の周辺を見張りながら、ひそかにマリナを観察してくれた。彼女にはひみつだけど、こっそりと地下牢にも出向いてカンヤム・カンニャムとも接触をすませている。蛇は彼に、これからおこることを話して聞かせたという。

「ひとばんで、脚をなおすようにって。やるきさえあれば、それができるって、リゼはそう言ってたよ」

蛇はリゼの伝言をカンヤム・カンニャムにつたえた。無茶なことを言いやがって、と僕なんかはおもったものだが、カンヤム・カンニャムはそれを実行した。

深夜零時の五分前、彼はひとしれず牢屋で首を吊って自殺したのである。彼の肉体は白い煙となり、一時的に世界へと回収され、翌朝には完全に怪我のない状態で牢屋へとあらわれる。完治した足を見て、昨晩に自分が自殺したことに気づいたはずだ。しかし、食事をはこんできたマリナにはうごけないふりをして見せる。来たるべき戦闘へと準備がすすんでいることを、彼女にさとらせないためである。

ある晩、僕はベッドに横たわり、リゼの手紙をながめる。蛇がこっそりとはこんできてくれたものだ。それには作戦決行日の流れについて書かれていた。竜の討伐作戦が無事に終了したら、今度は蛇を殺すための計画が始動するはずだけど、そのことは書かれていない。

窓が、ぺちん、とたたかれた。僕はベッドから身をおこし、ランプをかかげる。窓ガラスのむこうに蛇の頭部が浮かびあがった。窓をおおうほどのおおきさだ。複数のベランダに長大な体をひっかけるようにして、蛇は僕の部屋をのぞきこんでいる。ノックには舌の先端をつかったらしい。窓を開けてやると、蛇がひそひそ声で報告した。

「かぎの、かくしばしょが、わかった。こっそり見ていたよ。あの子のへやの、鏡のひきだしさ」

「そうか、わかった」

「だけどぼく、ほんとうなら、リゼとはさよならして、このままいつまでも、ここでくらしていたいけど」

「竜を退治しなかったら、どうなるかわかってる？」

「だけどマリナは、とても、かなしむ」

「あの子を生きて故郷に帰すためなんだ。ラトゥナプラを殺せなかったら、リゼのことだから、なにをするかわからない。この前の電気爆弾みたいなやつで、僕やマリナごと城を吹き飛ばしてしまうかも」

「たしかにね。そうしないのは、リゼの、やさしさかな」

「自分からのぞんで生まれてきたわけではないのにな」

竜や蛇のことをおもうと、僕はおもわずそんな風につぶやいていた。蛇が舌をちらつかせる。ランプの明かりをうけて目が宝石のようにかがやいていた。

「ぼくはパパのこと、うらんじゃいない。うまれてきて、よかったと、おもうんだ。ほんとうさ」

窓のむこうには光のない暗闇がひろがっている。蛇はその奥へと消えていった。まるで夜とひとつになるように。

その日の朝食は、パンと乾燥イチジクだった。パンは香ばしく焼かれてあり、乾燥イチジクはほどよい甘さだ。昼前に事件がおきた。湖のほとりにひろがっている針葉樹林の一部から煙がたちのぼりはじめたのだ。状況を把握するために城塔をのぼり、屋上にならんで双眼鏡をかまえた。赤い炎のちらつきが遠くにある。湖畔《こはん》の針葉樹林の一部が燃えている。ラトゥナプラを偵察にむかわせたところ、あわてた様子で消火活動をおこなうビリジアンたちの姿があるという。

「たき火が燃えうつっちゃったのかな」

マリナはつぶやいた。

「きっと、そんなところだろうね」

僕は平静を装いながら、トイレに行くふりをして城塔を下りる。庭園を横切って屋内に入り、廊下をすすみ、マリナの寝室へとしのびこんだ。壁際に置かれた鏡台のひきだしをさぐると、蛇の報告通り鍵が入っている。カンヤム・カンニャムの閉じこめられている地下牢の鍵だ。こんなものがなくても、蛇にたのめば力ずくで鉄格子をねじ曲げてくれたかもしれないけど。

針葉樹林の火災は意図的につくりだされたものだった。僕はあらかじめそのことをしらされている。リゼの手紙にすべての指示が書かれていた。所定の地点で、所定の時間に火災が発生した場合、それは城内にいる僕と蛇にむけられた作戦実行の合図なのだ。準備がととのったという狼煙《のろし》である。あとどれくらいの猶予があるだろう。三十分か、それとも一時間くらいか……。

5－6

湖のほとりから黒煙がたちのぼっている。上空に行くと煙は拡散して曇り空に消えていた。マリナの胸にラトゥナプラの抱いているもやもやとした不安のようなものが流れこんでくる。その思考を言葉にしたならば、いやな予感がする、という意味合いだ。

「気のせいじゃない？」

城の周囲に双眼鏡をむけたが、真っ白な景色のひろがりに、異物は見当たらない。この城に接近してくるものは存在しない。しかし竜の胸さわぎはおさまらないようだ。視界を共有して身体感覚を一致させてみる。ラトゥナプラの全身をつつんでいる風をマリナも感じることができた。竜の予感しているものの正体は、それでもわからない。

アールや蛇に声をかけておこう。なぜか竜が不安がっていると。これからなにかがおこるかもしれない。

「アール！　どこにいるの？　ミスター・スネーク、どこ？」

呼びかけながら城内を移動する。がらんとした通路に声が反響するだけで、彼らの返事はない。

「アール！　話があるの！」

声をはりあげながら広間を抜けて、中庭を横切り、いつも食事をしている台所に入る。呼びかけを無視するなんて、アールらしくない。

ためしに地下牢へと足をはこんでみる。そこで決定的な光景を目にした。幽閉していたはずのカンヤム・カンニャムの姿が見当たらないのだ。鉄格子の扉が開きっぱなしになっており、地下牢の鍵が挿さったままである。鏡台のひきだしにかくしていたものが、なぜここにあるのだろう。

きびすをかえして階段を駆けあがる。少年をさがしながら、マリナは胸のなかで毒づいた。アールの馬鹿！　かんがえたくないが、ひとつの結論にたどりついた。イヌ科の軍人を逃がしたのは、あの少年にちがいない。竜に現状の報告をしながら少年をさがす。

廊下を移動中、背後で音がしてマリナは立ち止まった。ふりかえった先にあるカーテンが風をはらんでゆれている。窓が開いていた。

「こっちだよ」

おさない声が耳元で聞こえた。巨大な顎が自分の頭のすぐ横にある。ほそい乳白色の弓なりにそった牙がならんでいた。その隙間から真っ赤な舌がのぞいている。鱗におおわれた頭部が天井からたれ下がっていた。

蛇の巨体が天井から降ってくる。しゅるしゅると衣擦《きぬず》れほどの音をさせながら、絨毯の上に長い体がおりかさなった。全長二十メートルもの巨体は、どれほどの重量があるだろう。その着地にしては、あまりにもしずかで現実味がない。

「どこにいたの」

「パパのこと、うらまないで。あなたは、やさしすぎた。ずるがしこいリゼ・リプトンとは、おおちがいだ」

「どういうこと？　なにがおこってるの？」

「ぼく、リゼと手をくんだ」

「あなたが？　リゼと？」

「ここに、パパをつれてきたのも、あの子のシナリオなんだ。ほんとうは、このタイミングであなたをつかまえておくように、めいれいされていたんだけど」

混乱を経て、ようやく理解がおとずれる。やられた。怪物にとってハンマーガールとは、決して相容《あいい》れない敵対者だとおもいこんでいた。いや、こちらがそうおもいこんでいることを利用されたのだ。蛇は床にふせて上目遣いをする。ゆるしを請《こ》うような仕草だ。マリナはたずねた。

「あなた、私を咬み殺す？」

「しないよ。やろうとおもえば、できるけど」

「なぜ？　そうすれば、この場で決着はつくでしょう？」

「パパに、きらわれたくないし、きみのこと、すきだ」

わずかな日数とはいえ、いっしょに暮らした相手だ。鱗に覆われた爬虫類の体は異様だが、無条件にアール・アシュヴィを慕う蛇の心をおもうと情がわいてくる。おおぜいを殺した凶悪な存在にはちがいないけれど。

「ぼく、あなたに、あいさつしたかった。にげるまえにね」

「逃げる？　私をつかまえておくんじゃなかったの？」

「そこまで、いいなりには、ならないよ。ぼく、そろそろ、いかなくちゃ。のんびりしてたら、狩られちゃう」

「狩られる？　だれに？」

「ハンマーガールさ」

リゼ・リプトン？　しかし、湖のほとりからここまで移動するのに徒歩で一時間はかかるだろう。その前に竜に発見されて炎で追いかえされるのがお決まりのパターンだ。

そのとき遠くから、重い滑車のうごくような音がする。マリナは窓辺にちかづいた。立ちならぶ城塔にさえぎられて見えないが、おそらく正門の開かれる音だ。

「あの馬鹿……」

「パパのこと、わるくいわないで」

アールの仕業《しわざ》にちがいない。蛇を問いただすために背後をふりかえる。しかしもう蛇

「私もよ」

はいなかった。

上空のラトゥナプラから警告が発せられる。弦楽器をかきむしるような咆吼が周辺一帯に響きわたった。竜の視界を共有しておどろく。血の気がひくという感覚をしった。

竜は城門を見下ろしている。そこに十人以上もの人影があった。彼らは腕に緑色の腕章をはめている。ハンマーガールにしたがう兵士たちだ。ラトゥナプラの視界を逃れてここまで来られるはずがないのに。まるで、なにもないところからわき出てきたようにさえ見えた。

翼をひとふりして、ラトゥナプラに城門周辺を観察してもらう。ビリジアンたちは、城壁からすこしはなれた位置の地面の下から続々と姿をあらわしていた。いや、地面ではない。雪が積もっているため真っ白な雪原にも見えるが、そこは湖をおおうぶあつい氷の表面だ。ビリジアンたちは氷に穴を開け、その下をくぐり抜けてきたらしい。

「ラトゥナプラ！」

マリナがさけぶよりもはやく、竜は攻撃のために急降下していた。減速しないまま城門のすぐ内側に着地する。まるで隕石《いんせき》の落下だ。衝撃波が生じて周辺一体はがれきと化し、その場にいたビリジアンたちは吹き飛んだ。

島全体がふるえた。城に飾られている騎士の鎧がのきなみ倒れる。マリナはよろめきながらもはしりだした。城内の複数箇所にかくされた罠を起動しなくてはならない。できるかぎり殺さないように、という竜への命令は一時的に撤廃《てっぱい》だ。まずは今日を切り抜けることをかんがえよう。

5－7

城門は島の南端にあった。おそらく一度も使用されたことのない桟橋《さんばし》とボートがそばで凍りついている。竜が急降下する様をルフナは双眼鏡で見ていた。氷に開けた垂直なトンネルのひとつから顔を突き出して観察の任務をおこなっている最中だった。

氷に開けた穴は合計五つ。城門から五十メートルほどの付近に、一定の距離をあけて完成させていた。穴の内側に鉄製のくさびを打ちつけて、それをはしごがわりにつかっている。

竜がスピードをそのままに地面へ着地すると、その衝撃で城門は粉々になり、震動が【厳冬湖】にひろがった。ルフナは氷の穴の内側で、くさびにしがみついたが、ふり落とされてしまう。穴の下にいたビリジアンのひとりがクッションとなり怪我はしなかった。

水の抜かれたからっぽの湖底で、ビリジアンたちは不安そうに氷の天井を見あげる。湖の表面のぶあつい氷が軋んでいた。今にもひび割れて崩落しそうな不気味な響きが、

暗い洞窟のようになった湖底に遠くまで反響している。

「大丈夫だ。強度計算はしてある。しばらくはもってくれるはずだ」

深緑色の外套をまとった少女は、ピーナッツバターの瓶を開けて指ですくってなめている。最後の燃料補給だろうか。空になった瓶を捨てると、それは斜面をころがっていく。氷の下で島の地面はスカートの裾《すそ》のようにひろがっていた。

リゼ・リプトンは【厳冬湖】の地層にドリルで垂直な穴を開け、生息していた魚もろとも大量の水を下の階層へと流してしまった。真下に位置する部屋には、幸いなことに人は住んでいなかったが、雲の上から降ってくる大量の冷水と魚によって山の斜面は崩れ、鳥や動物たちは逃げまどったという。

長い日数をかけて湖をからっぽにした後、ビリジアンの移動と物資の輸送がおこなわれた。湖底の最深部から氷の天井までは数十メートルの高さがあり、冷暗所をおもわせるひんやりとした広大な空間には水たまりと魚の死骸《しがい》しかなかった。氷の天井は光を通さないほどのぶあつさだ。竜の視界を逃れながら、大型の兵器を城の鼻先まではこぶことができた。

「高射砲の準備を急げ！」

リゼがビリジアンの集団にむかってさけぶ。氷の下にひろがる島の地面と、氷の天井とのあわさった、ぎりぎりの位置にその兵器は配置されていた。氷の天井には斜め上方向への穴がもうけられ、そこに長大な砲身を突っこんでいる。

竜をしとめるための高火力兵器は、高射砲と呼ばれるもので、長大な砲身を持っている。発射される砲弾は、屈強な男でさえ持ちあげるのに一苦労なほどだ。【殺戮《さつりく》遺跡】の地下で発掘された部品を組みあわせ、ウーロン博士が完成させたものだという。氷の穴越しにそいつで竜を狙い撃つというのがリゼの作戦だった。砲身を通す氷の穴には、すり鉢状の加工がなされていた。砲身をふって狙える範囲をすこしでもひろくするためだ。

高射砲のあつかいをまかされた数名のチームは高射砲部隊と呼ばれていた。ルフナもその一員だ。リゼ・リプトンは出発の支度をしながら彼らに声をかける。

「後のことはたのんだ。私はお城のパーティに参加してくるよ。招待状はないけどね」

5－8

全身に降りそそいだこまかい破片をよけて僕はおきあがる。怪我はない。腕も足もうごいてくれた。島をかこむ高い城壁の上に僕はいた。城門を開けるための操作をカンヤム・カンニャムに教えて、城壁の上から外のビリジアンたちに合図をおくっていたところだったのだ。そこへ竜が急降下してきて城門をすっかり破壊してしまったのである。

がれきの崩落するような音が聞こえた。雷が空を引き裂くようなすさまじい音だ。たちこめる煙のむこうで、長い尻尾が鞭のようにしなってふりまわされる。浮かびあがっていた城塔のシルエットのひとつが、斜めに傾《かし》いで沈んでいった。

風が生じて煙が渦を巻く。背中にのっていたがれきの破片をふりまきながら、巨大な竜の体が煙の海から上昇した。神々《こうごう》しい姿だ。長い首をゆるく曲げて地上をにらみつけている。頭から首、背中、尻尾までがうつくしい曲線をつくり、翼が空をかくすほどにひろげられていた。

クレーターと化した石畳のあちこちから、あわく発光するような白煙がのぼる。たれ下がっている竜の尻尾の先が、城の屋根をなぎはらい、がれきが散弾銃のように周囲へ飛び散った。ひとつでもそれにぶつかったら、僕はうごけなくなるだろう。

乾いた銃声が聞こえる。生きのびたビリジアンたちが散発的に攻撃を開始した。その音から察するに、口径のおおきな銃ではなさそうだ。銃弾は竜にあたっているのか、それとも皮膚によってはじかれているのか、よくわからない。

竜が翼をひとふりして、攻撃をおこなっていたビリジアンたちのそばに降り立つ。体当たりで周辺の建築物を崩壊させたかとおもうと、ふたたび上空へとのぼった。それだけで銃声はおさまる。ちっぽけなごまをすりつぶすみたいに人間が消された。圧倒的な破壊の力だ。こんなもの、どうやって倒すというのだろう？

城壁すれすれの頭上を低空飛行で竜が通りすぎていく。風圧で僕は尻もちをついた。ラトゥナプラの顎が開かれて喉の奥があかるくなる。ビリジアンたちの出現していた氷の穴にむかって、爆発的な炎のかがやきが放たれた。空気がびりびりとふるえる。炎は氷の表面にぶつかってひろがり、その一部は城壁まで押し寄せて壁の外を駆けあがった。炎の噴射時間は限《かぎ》られている。湖のぶあつい氷を溶かす前に攻撃はおさまってくれた。僕はおそるおそる、熱せられた城壁で火傷しないように気をつけながら湖を見下ろす。氷の表層部分が溶けて水になっていた。あたりに蒸気をただよわせている。しかし、氷の下のビリジアンたちは無事のようだ。

竜討伐に関しての最大の問題は、いかにして炎から身を守るかだった。島の周辺には炎から身をかくす場所が存在せず、城にちかよれば炎によって一掃される可能性が高い。しかしリゼは湖の水を抜くことによって、竜に気づかれないうちに城まで接近し、さらには炎から身を守る場所を用意することに成功したらしい。溶けた氷の水が穴に流れこんでいる。その穴から、だれかが這いあがってくるのが見えた。防寒具の上に深緑色の外套を身につけている。リゼ・リプトンだ。僕はなつかしい気持ちになったがそれも一瞬だ。手をふってさけぶ。

「リゼ！　逃げろ！」

上空にいた竜が少女に気づいてむきを変えた。ぐるぅぅぅぅぅ、とうなり声をあげながら高度を下げる。爪と牙による攻撃を仕掛けるつもりだ。そのとき、爆発音を轟かせながら、竜にむかってなにかが放たれた。一瞬その軌道が目に見える。赤熱した物体が空中に光の線をひいた。

ラトゥナプラがぐらりと姿勢を崩す。脇腹のあたりから血を飛び散らせた。花柄模様のぶあつい皮膚がえぐれている。竜はリゼ・リプトンへの接近を中断して警戒するように距離をとった。

氷の穴のひとつから煙がたちのぼっている。金属製の筒の先端が穴の奥に見えた。竜を攻撃した砲弾らしきものは、そこから発射されたらしい。竜の攻撃を警戒しながらリゼ・リプトンは駆けた。水浸しの氷の上を移動し、城門のがれきに飛びつき、のりこえて、ついにハンマーガールが入城に成功する。

合流地点は事前に決めておいた。城内一階の広間には、高い位置に色とりどりのステンドグラスがはまっていた。一段高くなった場所に玉座があり、その肘掛けに寄りかかるようにしながらリゼ・リプトンが立っている。僕に気づいて、手をあげた。

「ここは意外とあたたかいね」

「ラトゥナプラのおかげだよ」

「ラトゥナプラ？」

「竜の名前。マリナが名づけたんだ」

リゼは外套の内側に着こんでいた防寒着を脱ぐと、屈伸運動をはじめる。すらりとした体躯《たいく》だ。腰には宝石で装飾された金槌がぶら下がっている。青色の瞳と金色の髪は高貴な雰囲気をまとっていた。

複数の靴音がちかづいてくる。カンヤム・カンニャムと、竜の攻撃から生きのびたとおもわれるビリジアン数名が大広間に駆けつけた。リゼは彼と視線を交わす。

「休暇はおしまいだね、カンヤム・カンニャム」

「どうやらそのようだな」

「休んだ日数分、給料からひいとく」

「それを判断するのは、ロンネフェルトの仕事のはずだがね」

カンヤム・カンニャムが僕を見て、牙を見せてわらう。

「アール・アシュヴィ、生きてたんだな」

しかし突然、彼は顔色を一変させ、僕におそいかかってきた。いや、そうではない。僕を床に組みふせておおいかぶさってくれたのだ。空気のふるえるような低い音がして、ステンドグラスが次々に爆発した。炎が侵入して広間の天井付近を斜めにはしる。しかし天井を焦がしただけで、やがておさまってくれた。風通しの良くなった窓から、黒煙が吐き出されていく。

どん、という爆発音が外から聞こえた。氷の下に配置されていた兵器の音だ。命中したかどうかはわからない。ステンドグラスの破片が散らばっていたけれど、僕はカンヤム・カンニャムのおかげで無傷だ。彼は立ちあがって言った。

「でかい音を鳴らしているあの兵器はなんだ？」

「高射砲って言うの。飛行機を撃ち落とす武器だって。マリナ・ジーンズの保護を急ごう。カンヤム・カンニャムはビリジアンをまとめて。氷の下からぞくぞくとやってくる予定だから。私はアールくんと先に行く」

外套に降りそそいだステンドグラスの破片をはらいながらリゼ・リプトンは僕にむきなおった。

「道案内よろしく、罠の配置を教えて」

5－9

マリナ・ジーンズはレンガ造りの壁に手を這わせる。かすかにうごくレンガを見つけて外すと、その裏側にレバーがかくされている。そいつをひっぱって罠を作動させた。がこん、と重厚な音が足下から聞こえる。ビリジアンたちが自分を追ってこの通路に足を踏み入れれば、床が割れて真っ暗な縦穴に飲みこまれるはずだ。しかも一定の時間で床は元通りになり、落とし穴は次の獲物を待ちかまえる仕組みである。

吹き矢、吊り天井、硫酸、捕獲網などの罠を起動して、壁の裏側の隠し通路へと逃げこんだ。肩幅ぎりぎりのせまい通路には、ちいさな穴が開いており、室内や廊下をこっそりのぞくことができる。

竜の視界に同調してビリジアンたちのうごきを観察した。上空から見える彼らは、うごく点のようである。氷の穴から次々と出てきて城に入ってくる。しかし、急降下して彼らを攻撃するのはためらわれた。氷の下にかくされた兵器がおそろしい。

これまでに数発、城の上空にいるラトゥナプラへとそいつが発射された。発射された砲弾があまりに速すぎて回避行動をとることもできない。体のすぐそばをよぎっただけで、皮膚の一部が消し飛ぶほどの衝撃である。

「大丈夫よ、うごきまわればあたらない。狙いをつけるのがむずかしいみたいだから。ラトゥナプラ、私は城の北側にむかう。低空を飛んで回収をお願い」

上空の竜にむかって言葉をおくった。氷の下の兵器は城の南側から発射されている。それなら城の北側の低い位置なら安全だろう。城にさえぎられて、砲弾はとどかないはずだ。この城を捨てるのはざんねんだけど、しかたない。ラトゥナプラといっしょに、またあたらしい住処《すみか》をさがそう。

隠し通路を移動している最中、複数の足音が聞こえた。のぞき穴から廊下を観察する。

ビリジアンたちの姿が確認できた。

「ラトゥナプラ、さっきの話は撤回。先まわりされてる」

くちびるを噛んだ。乱れた歯並びのせいで、くちびるにかかる力は均一ではない。彼らの目的は城内のどこかにいるはずの異邦人をさがしだすことだろう。しかし部屋をひとつひとつ確認することなく、まっすぐに北へとむかっている。そうするように指示されているらしい。

誤算はひとつではなかった。城内に侵入したビリジアンたちは、罠のない廊下を選択してすすんでいるらしいとわかる。彼らは手に地図の写しを所持し、わかれ道のたびに立ち止まって確認している。

アールの馬鹿。アホ。彼が情報をもらしてしまったのにちがいない。ここでじっと身をかくしているのも危険だ。おそらく隠し通路の位置もしられている。この場所にも捜索の手がのびるだろう。

どうすればいい？　頭が混乱してきた。すぐにでもラトゥナプラに回収してほしい。今すぐ壁をぶちやぶって、空へ連れ出してほしい。いや、だめだ。壁をぶちやぶる際に自分の体はがれきに押しつぶされてしまう。それ以前に、ラトゥナプラが不用意に降下すれば、氷の下から発射される砲弾の餌食《えじき》だ。

混乱はそのまま竜につたわった。竜が心配して、うごきを停滞させる。砲弾の発射される音が空に響いた。翼のはしっこを弾がかすめる。竜はすこし落下したが、すぐに持ち直した。

マリナは気を取り直す。竜にむかって謝罪し、自分は大丈夫だからと心のなかで語りかけた。竜の視界によれば、正門付近に開いた氷の穴から煙がたちのぼっている。火薬を燃焼した際にたちのぼる煙だ。

「まずはあれをなんとかしよう。あれを排除すれば、私たちは逃げ切れる」

マリナは隠し通路を移動しながら指示を出す。

5－10

高射砲部隊をのこして、ビリジアンの全員が城内へと入っていった。氷の穴から顔を出し、ルフナは竜の行動を双眼鏡で観察する。竜は城の上空の高い位置にのぼり、雪を降らせる雲の合間へとまぎれこんだ。高射砲の攻撃を警戒してのことだろう。

炎の噴射によって溶けた氷も、周辺の冷気によってふたたび凍りつき、なめらかでつるりとした面になっている。すこしはなれた位置にある別の穴から、ステレオ式測距儀《そくきょぎ》で竜までの距離を測っているビリジアンが顔を出している。象限儀《しょうげんぎ》で角度を測っているビリジアンの姿もある。

氷の下では十名程度の高射砲部隊がうごきまわっていた。実戦で高射砲が使用されるのははじめてだが、今のところ問題なく使用できている。【蒸気谷】で充分な特訓をうけた成果だろう。十キログラムもある砲弾を装塡し、照準器で狙いをつけて目標に発射する。高射砲の威力はすさまじく、発射のたびに轟音が氷の下に響いた。からっぽの湖底に反響する音で、氷の天井が割れてしまうのではないかと心配になるほどだ。発生した煙は氷の下に充満し、むせかえるようなにおいがたちこめた。砲弾の種類は徹甲弾《てっこうだん》と呼ばれるもので、金属の塊である。この階層にはこばれてきた砲弾は三十発程度。練習用の試射と、これまでの数発によって、のこり二十発を切っている。

高射砲部隊の指揮官の男が、氷の穴のひとつから顔を出してルフナに聞いた。

「竜は？」

「雲間に消えました」

「すばしこいやつだ。なかなか狙いがさだまらないよ」

男が言った直後、風を切るような音がした。ふりかえった瞬間、氷が地響きを立てる。巨大な槌《つち》をふり下ろされたかのような音だ。数百メートルほどはなれた後方に、白い煙がたちこめている。煙のなかに竜がいた。上空から急降下して湖の氷に体当たりの攻撃を仕掛けたらしい。衝撃で周辺一帯がゆれた。穴のふちにしがみついて指揮官がさけぶ。

「氷を割るつもりだ！」

今はぶあつい氷が盾となって高射砲を守っている。それがなくなれば、ひとたまりもないだろう。

竜は白い煙のなかからふたたび上昇して雲間へと消えた。高射砲で狙えない位置である。氷の穴を通して砲身は城の上空へむけられていた。それ以外の場所にむかって砲身をふることはできない。

竜は垂直に落下して氷への体当たりをくりかえす。自らの体を巨大な砲弾として全エネルギーを氷へとぶつけている。不気味な震動と響きが湖底の空間にひろがり、氷の下にいる仲間から悲鳴がおこった。次々と氷の天井が剝離《はくり》して破片をばらまいているらしい。壊れるときは全体がいっせいに壊れるのだろうか。あるいは衝撃をうけた一部分が崩落するのだろうか。

「だれか！　武器を持ってこい！」

指揮官がさけぶ。氷の穴から高射砲部隊の数名が出てきて竜に対しライフル銃で攻撃を仕掛けた。しかし命中しているのかどうかもよくわからなかった。距離がありすぎる。

竜は行動パターンを変えた。氷上すれすれを滑空しながら、こちらを観察するように旋回する。高射砲の攻撃範囲を推し量っているようだった。皮膚の花柄模様が確認できるほどの距離をすり抜けて飛ぶ。

ビリジアンたちがロケット砲を持ち出してきた。氷の穴から狙いをつけて複数同時に発射する。煙の曲線を空中にひきながら光点が竜にむかった。竜は姿勢を変える。翼を折りたたみ、背面飛行しながら、ロケット砲の砲弾をするりとよけた。背後で火球がふくらみ、雪景色がオレンジ色にかがやく。高射砲の砲弾にくらべて、ロケット砲の砲弾はスピードがおそく、竜に避けられてしまう。竜は無傷のまま、氷へのアタックを再開した。

5－11

遠くから低い音が響く。銃砲でも、爆発物の破裂の音でもない。巨大な質量の物体が地面に打ちこまれるような音だ。城の天井から、ざらざらと砂埃が降ってくる。戦闘状態に入ってからというもの、度重なる衝撃によって、壁や床にひび割れができていた。漆喰《しっくい》はくだけ、細かな破片となり、散らばっている。

「この音、なにかな?」

「竜が氷を割ろうとしてるんだ」

リゼ・リプトンは彫刻の刻まれた壁を子細《しさい》にながめる。彫刻はライオンを象《かたど》ったものだ。両手でその部分を押してみると、ずりずりと奥へずれてゆき、ぽっかりと穴が開いた。隠し通路のひとつだ。リゼは四つん這いになり床をしらべた。

「ここにはたぶん来てない。別の場所をさがそう」

だれかが通ったような靴跡は見当たらないらしい。僕たちは別の場所を捜索することにした。この城には二十個ほどの隠し通路の入り口がある。それらは壁のなかや天井の裏側でつながっていた。そのどこかにマリナ・ジーンズがひそんでいるのではないかと、この少女はかんがえている。

「そういえば蛇くんは？　逃げた？」

「わからない。だけど、こんなにきみの作戦を手伝ってくれるなんておもわなかった。すぐに裏切っちゃうかと心配してたんだ」

隠し通路の入り口をひとつずつチェックした。水槽のなかのオブジェをうごかすと開く壁、特定の順番でピアノの鍵盤を押すことで下りてくるはしご、表紙に鍵の絵が描かれている本をさすと横にずれる本棚など、様々な仕掛けによって入り口はかくされている。

城内を行ったり来たりしているうちに厨房を通りかかった。城の北側を探索しているビリジアンたちに遭遇する。彼らは鍋の中身をぶちまけて、上にのっている食器ごとテーブルをひっくりかえしながら異邦人の少女をさがしていた。マリナが大切につかっていたカップやソーサーは床に落ちて粉々になり、彼らの足に踏みつぶされている。住みなれた城が蹂躙《じゅうりん》されるのを目にして胸が痛くなった。

罠のある通路にさしかかり、僕は立ち止まる。

「ちょっと待って」

柱に設置された燭台が普段よりも低い位置にあった。その燭台は罠を発動させるスイッチになっていたはずだ。ころがっていた装飾品の鎧の一部を、ためしに前方の床へ投げてみる。模様だとおもわれていた床の一部が、鎧の重みによってわずかに下がった。次の瞬間、天井の装飾の隙間から液体が降ってくる。それを浴びた鎧が、じゅうじゅうと煙を吹きあげた。硫酸の罠だ。

「罠がセットされてるってことは、マリナは一度、ここにやって来たんだ」

僕は柱の燭台をつかんで上方向に押しあげた。柱の内部に組みこまれた仕掛けがうごいて、床を踏んでも酸が降ってこない設定になったはずだ。

「これでもう大丈夫」

「ほんとうに？　もう降ってこない？　よし、それじゃあ、アールくん、先にどうぞ」

リゼは通路の奥を指さす。硫酸をかけられた鎧の一部がまだ音を立てながら煙をまき散らしている。

「……念のため、ほかの通路を通らない？」

「賛成」

遠回りをして通路の先へむかった。その近辺にまたひとつ隠し通路の入り口がある。階段の踊り場に、扉の絵が織りこまれた古めかしいタペストリーが飾ってあるのだ。見あげるほどのおおきなもので、生地はぶあつく、壁に打ちこまれた杭《くい》から吊り下げられていた。リゼがその裏側をのぞいてみたけれど、ただの壁である。

「手をはなして。重さを感知する仕掛けなんだ」

タペストリーの下がっている状態で、織りこまれた扉の絵を、強めにノックする。壁の奥の仕掛けがうごいて、がこんと重たい音を響かせた。あらためてタペストリーの裏をのぞくと、通路の入り口が開いている。

「靴跡だ、まだあたらしい。奥へむかってる」

リゼは床をしらべた。通路の奥へと僕たちは入る。肩幅程度しかないため連なって移動しなければならない。

「この道はどこにつながってる？」

「たしか衣装部屋の方だったかな」

ふと、焦げ臭さを感じた。うっすらと煙がただよっており、壁の小穴を通り抜けた光が白い筋を描いていた。

5-12

貴族が舞踏会に着ていくような衣装が部屋にひしめいている。高価そうなドレスや形の良いタキシードをかきわけてマリナ・ジーンズは移動した。部屋の外から足音が聞こえて立ち止まり耳をすます。自分をさがす男たちの声が聞こえた。ハンガーで吊られていた紳士用のコートの内側にかくれる。

遠くから低い音が響いてきて、ドレスやタキシードがいっせいにゆれた。もう何度目のアタックだろう。ラトゥナプラが【厳冬湖】の氷を割ろうと奮闘している。

頭のなかにラトゥナプラの視界が浮かぶ。そびえたつ城から黒煙が吹きあがっていた。翼が風をつかみ、ひとふりすると、速度が上昇する。氷の崩落はまだのようだ。ラトゥナプラの体当たりをうけてもびくともしないなんて、いったいどれほどのあつみがあるのだろう。

自らの体を破壊の鉄槌と化し、湖の氷へと体当たりを仕掛ける。はるか下の真っ白な平面にむかって急降下し、いきおいを殺さずに衝突する。衝撃波によって氷の表層部分が砕ける。今のアタックで、みしみしと不気味な音が発生した。ぶあつい氷のどこか奥深くで破壊が生じようとしているのだ。氷に穴が開くまで、ここにかくれていたほうがいいだろうか。下手にうごきまわっては、発見されるおそれがある。

そのとき、焦げくさいにおいに気づく。室内をうかがうと、煙が充満しているではないか。火災が発生している。火を放たれたのだろうか？　それとも、ラトゥナプラの吐いた炎が、城のどこかに燃えうつったのだろうか？

衣装部屋には窓がなかった。火の手がここまできたら逃げ場もなく煙にまかれてしまう。決断を迫られた。ここでじっとしているべきか、それとも隠し通路をもどるべきか、あるいは部屋の外に出て安全な場所をさがすべきか。

決心すると、衣類をかきわけて部屋の出入り口へとむかった。廊下の様子をうかがう。ビリジアンたちの姿は見えないが、濃い煙がたちこめている。廊下の先が煙のせいでかすんでおり、そのむこうから男たちの怒号や行き交う靴音が聞こえてくる。息苦しかったが、視界がわるいのは好都合だ。煙にまぎれて衣装部屋を出た。

咳きこみながら階段をのぼった。その先に庭園がある。扉を開けて外に出ると、冷たい風が煙をちらしてくれた。呼吸が一気に楽になる。

庭園は城の中腹にあった。【厳冬湖】があたたかければ、そこは城に住む者たちにとって憩《いこ》いの場になっていただろう。枯れた噴水や彫刻がならんでいる。寒さにふるえた。あたたかさの源となっていたラトゥナプラが城からはなれているせいだ。凍てついた空気にさらされて息が白くなる。

煙のむこうに城塔のひとつがそびえていた。それは庭園の端に位置しており、円筒形で、それほど高いものではない。岬に建つ灯台をすこしちいさくしたようなものだ。しばらくそこにひそんでいようか。周囲にビリジアンたちがいないことを確認し、その城塔へとちかづいた。

草花の見当たらない花壇の間を抜けて、枯れ木のアーチをくぐり、塔の入り口にたどりつく。石を積みあげた堅牢な建築である。なかに入り扉をかんぬきで閉ざす。内部はうす暗く、湾曲した壁面にそって階段がらせん状にのびていた。一階は物置きになっており、庭園の手入れにひつような道具が積みあげられている。

ラトゥナプラのアタックがつづいていた。落下地点を中心に衝撃がひろがって城全体をふるわせる。これまでとは異なる破壊音が聞こえた。ラトゥナプラの視界によれば、湖の数カ所で同時多発的に、氷の砕けた白い煙が吹きあがっていた。ついにひび割れが生じてくれたらしい。あともう一息。兵器を無効化してしまえばなにも問題はない。城塔の屋上から回収してもらって、また遠くへ逃げよう。今度はあたたかいところがいい。寒さにふるえながら階段をのぼる。

5―13

通路の終わりにはしごが設置してあり、その先は衣装部屋の床だった。床板を外して顔を出すと、純白の生地がまわりをおおっている。ウェディングドレスのスカートの内側である。衣装部屋には大量の衣類や靴や帽子が保管されていた。マリナ・ジーンズは見当たらない。

「どっちに行ったとおもう?」

煙のたちこめる廊下に顔を出してリゼ・リプトンは言った。

「僕だったら、右だな」

「なんで?」

「左はしばらく窓がないんだ。だけど、右に行けば外に出られる。あの子が庭園って呼んでる広場があるんだ。薫製《くんせい》になるのがいやだったら、だれでも右に行くよ」

少女はうなずいて移動を開始する。深緑色の外套を僕は追いかけた。廊下は一本道で、途中にいくつか扉がある。廊下の先に階段があり、そこをのぼると冷たい風が頬にあたった。

庭園の景色が視界にひろがる。枯れた噴水や彫刻、すわって一休みできそうな石のベンチがあった。庭園の端に立つと南側一帯を見下ろすことができる。建ちならぶ城塔と渡り廊下と階段のそこら中から煙がのぼっていた。がれきの山となった城門のむこうに、氷におおわれた湖がひろがっている。ずいぶんと距離があるせいで脅威は感じられなかったが、上空を飛びまわる竜の姿も確認できた。ロケット砲が竜にむかって発射され、花火のようにかがやいている。

リゼが僕の手をひっぱった。そばにあった馬の彫刻の陰へと連れていかれる。少女は狩人のまなざしで庭園の一画をにらんでいた。円筒型の城塔がそびえている。出入り口の扉がちょうど閉ざされようとしているところだった。一瞬、扉の隙間に、見慣れた少女の顔が見える。

「マリナ・ジーンズ……」

リゼがつぶやく。僕は彫刻の陰から出て声をかけようとした。

「おーい！　逃げないで！」

ぽかりと頭をたたかれる。

「しっ！　だまってて！」

「なんで？」

「気づかれたくない。竜をこっちに呼び寄せちゃうかもしれないでしょう。特攻をしかけられたらやっかいなんだ」

遠くの空でラトゥナプラは、氷上から発射されるロケット弾を回避している最中だ。

「あの竜が城にちかづいてこないのは、氷の下の高射砲を警戒してるからだ。まずはそれを破壊するためにあそこでがんばってる。私がマリナのすぐそばまでせまっているとわかったら、高射砲の攻撃を無視して命がけであの子を回収しにくるかもしれない」

発見されないよう気をつけながら城塔へ接近する。それにしても寒かった。白い雪の粒が舞っている。竜がいなくなったら、またこの城は凍てついてしまうのだろう。

城塔は円筒型で、天辺の縁はぐるりと鋸歯《のこぎりば》の形になっている。マリナの消えた出入り口の扉は鉄製だった。開けようとしたが、びくともしない。リゼは外套の内側からロープを取り出した。一方の端におりたたみ式のかぎ爪がぶら下がっている。十メートルほどの高さにひとつだけ窓があった。窓と言っても、ただの四角い穴だけど。そこから侵入するつもりのようだ。

リゼはかぎ爪のぶら下がったロープを振り子運動させた。横目でちらりと、ラトゥナプラの動向を気にしている。雲間から竜の巨体があらわれて、垂直に降下して湖の氷にぶつかる。真っ白な煙が吹きあがり、鉄槌を打ちこまれたような音は空にはねかえって反響する。竜の落下にあわせてリゼはロープを投げていた。かぎ爪が窓の縁にひっかかる。その気配は、竜の生じさせた音によってかき消えてくれた。

垂直にたれ下がるロープをひっぱって外れないことをたしかめる。頰にかかった金色の髪をはらいのけ、少女は僕をふりかえる。

「アールくんは、ここで待ってて」

「なんで？　僕も行くよ」

「この壁、のぼれる？　無理無理、待ってなさい」

「できるよ、そんなのかんたん。だけどなんだったら、きみがのぼった後、一階まで下りてきて、そこの扉の鍵を開けてくれたってかまわないんだけどな」

「どうしてそんなに行きたいの？」

「説得のためだよ。二人で言い聞かせたら、納得してくれるかも」

「やさしいんだね」

リゼは目をほそめる。

「いつまでも、やさしい子でいてくれ」

「なんだ、その言い方」

リゼはロープにしがみつくと、体重を感じさせないうごきですするとのぼりはじめる。窓の高さまでたどりつくと、室内をうかがいながら窓辺に手をのばし、頭から前転するように城塔へ侵入した。

今度は僕の番だ。運動は苦手だけど、ここで待っているわけにはいかない。ロープを両手でにぎりしめて、ぶら下がろうとしたときだ。突然、張力がうしなわれ、上からロープが降ってくる。かぎ爪が外れてしまったのかとおもったけど、どうやらちがった。

リゼが窓辺でナイフを持っている。それでロープを切断してしまったらしい。窓辺にひっかかっていたかぎ爪を回収すると、少女は僕にかるく手をふり、深緑色の外套をひらめかせて奥へと消えた。

5－14

カンヤム・カンニャムは北端の城壁に待機していた。ロケット砲を所持している数名のビリジアンとともに、竜がこちら側へまわりこんできた場合にそなえているのだ。しかし竜は城の南側で、湖の氷を割るために幾度も垂直落下攻撃を仕掛けているらしい。城の北端にいては、そびえたつ城にはばまれ、竜の行動を見ることはできなかった。

「そろそろだな」

体毛にかかった雪の粒をはらいのける。そばにいたビリジアンのひとりが、寒さに凍《こご》えながら視線をむける。

「聞こえたんだ、ひびの入る音が。じきに割れるぞ。高射砲は破壊される」

人間の耳には聞こえなかったようだが、イヌ科の耳はその軋みを察知していた。ぶあつい氷の層の内部を、雷のようにひびが駆け抜けて、同時多発的に複数箇所で破裂した。まだ崩落には至っていないようだが時間の問題だ。

そばにいるビリジアンたちが、全員、青ざめた顔をする。人間の顔は不便だ。自分の場合、皮膚は体毛によっておおいかくされているため、顔色の変化をさとられることはない。

リゼ・リプトンやアール・アシュヴィらと別れたのち、氷の下から出てきたビリジアンたちと合流した。まずは城の北側に陣取り、部屋をしらみつぶしに開け、主要な通路にビリジアンを配備した。ひつよう以上に騒々しく声を出し、あるきまわって、どこかにひそんでいるマリナ・ジーンズを城の南側へと追い立てた。異邦人の少女を北側にまわりこませては不都合だったからだ。高射砲で狙える南側の範囲に竜をおびきよせて撃ち抜くのが理想的だった。

「高射砲が破壊されたら、この作戦はどうなりますか?」

ビリジアンのひとりが質問する。

「かんがえているさ。あいつも覚悟はしている」

南の空に視線をむける。灰色の城壁のむこうに暗い色の雲がひろがっていた。無数の雪の粒がゆっくりと生み出されて降りてくる。まるで城へ毛布でもかけるようにゆっくりと。

5-15

城塔内部はいくつかの階層に区切られている。最上階の部屋でマリナ・ジーンズは待機することに決めた。窓がないため周囲は暗い。埃にまみれた木箱が積みあがっており、庭園の手入れをするための道具がおさまっていた。それに寄りかかって膝をかかえる。ラトゥナプラの感覚に同調し、竜の視点で世界を見た。

空にむけて発射されたロケット弾が爆発する。ラトゥナプラを直撃はしなかったが、すぐそばで爆発されると、衝撃でぶたれたようになって皮膚がひりひりした。そうした痛みがマリナにもつたわってくる。実際に傷を負うわけではないが、竜が傷つくと自分の胸も痛い。

アークノアに来る以前、みじめなときも、悲しいときも、ずっと自分のなかにいた。形を持たないエネルギーとして、渦を巻いていた。それがようやく解放されたのだ。翼を持ち、空を駆けまわり、遠くまで聞こえるほどの声でさけんでいる。

「がんばれ、ラトゥナプラ……」

マリナは声をかけた。

遠くまでひろがる雪景色。ロケット弾のかがやき。火災の煙をたちのぼらせた城。風を切り裂いて竜は飛ぶ。ため息が出るような光景が頭のなかにひろがった。遠くまでやってきちゃったな、という感慨を抱く。

部屋の出入り口は木製の扉で閉ざされていた。それが唐突にノックされる。すこしの間をあけて声がした。

「マリナ・ジーンズ、出ておいで。投降してほしい」
聞き覚えのある声だ。いつも深緑色の外套に身をつつんでいた少女の顔がおもいださ
れる。リゼ・リプトン。腰に金槌をぶら下げた、人々に畏怖されている女の子だ。
「竜をおとなしくさせて。後は話しあいで解決しよう」
「どうやってここに？」
「ずいぶん、さがしたよ、マリナ」
立ちあがりながら意識の一方でラトゥナプラに信号をおくる。竜は今まさに氷を割る
ための垂直落下をはじめたところだ。
扉が開かれた。鍵はついていない。わざわざノックして来訪を告げたのは、こちらを
こわがらせないための配慮だろうか。リゼの姿が部屋の入り口にあらわれる。暗かった
ので少女の輪郭しか見えないけれど。
「入ってこないで。ひどい人、アールにスパイさせるなんて」
「そうする以外に方法がおもいつかなかった。ちかづこうとすれば竜の炎で追いかえさ
れるし。こうなるより前に、もっときみと話をするべきだったね。交流を持つべきだっ
たし、きみの居場所を用意するべきだった」
「話すことなんてない。私は居場所を自分で見つけた」
ラトゥナプラ。心のなかでたすけを呼ぶ。竜は急降下の真っ最中だ。氷上へ到達し、

爆発的な衝撃音を響かせた。

部屋に積みあがっている木箱が、かたかたと音を立ててゆれた。よろめきながら首を横にふる。

「私たち、根本からちがってる。あなたたちには創造主がいるでしょう？　だけど私やアール・アシュヴィには、そんなものいないんだよ。理解しあえないとおもう」

ゆれが一度はおさまった。しかしすぐにまた、これまでとは質の異なる衝撃波が生じる。立っていることがむずかしいほどの地震だ。あの子、やり遂げたみたいだ。

湖にはっていた氷が崩落をはじめた。【厳冬湖】全体が軋むような音を発し、雪の降り積もった真っ白な平面が至るところで小爆発をおこす。ひび割れが植物のようにのびてひろがり、水の抜かれた湖底へと氷が砕けて落ちていった。崩落にまきこまれながらも竜は飛び立ち空へと逃れる。砕けた氷の破片が白い煙のような粒となり、きらきらと空高くに舞いあがった。震動と轟音は途切れることなく、いつまでもつづいた。

「あの竜をこっちに来させないで！」

ゆれのなかでリゼ・リプトンはさけぶ。木箱が倒れてきて、それに気をとられていたマリナは床を蹴る。ぶつかって押しのけると、リゼはころんで背中を打った。

部屋の外に飛び出す。城塔の階段を一段飛ばしで駆けあがり、屋上にたどりついた。うす暗い部屋から一転、外はあかるい。

冷たい風をあびながら目をほそめる。城の周辺は崩落によって舞いあがった氷の煙がたちこめている。それはマリナの立つ城塔の方まで押し寄せてきた。破壊の音はやまない。空に反響しながらよりおおきくなっていく。

赤色の壁が出現した。ラトゥナプラが氷の下にあったおそろしい兵器にむかって炎を吐いたのだ。炎の熱によって、そこだけ氷の煙がはらわれる。空中に竜の姿が見えた。ラトゥナプラ！　マリナは呼びかけた。竜の行動をはばむ者はもうない。炎の噴射を切りあげ、翼で風をつかみ、竜は空中で身を反転させる。うつくしいターン。この城塔まであの翼なら五秒もかからない。後は回収してもらうだけだ。【厳冬湖】の出入り口はふさがれているだろうから、そこを破壊して逃亡するのがすこしだけむずかしそうだ。しかし不可能ではない。ここを出たら今度はあたたかいところで暮らす。そう決めた。

ぐんぐんとその姿がおおきくなる。自分とおなじ不格好な歯並びの顔がちかづいてくる。

背後にだれかの立つ気配があった。後頭部を固いもので、こつん、とたたかれる。かるい衝撃だ。ほんのちょっと頭をどこかにぶつけたくらいの。手足から急激に力が抜けていって、マリナは倒れこんだ。おきあがろうとしたが、もう体のどこもうごかせない。

視界のすみに金槌をぶら下げた少女の姿がある。くちびるがうごいてなにかを言っているようだがもう聞こえない。どうやら金槌でたたかれたみたいだ。

空がひろがっていた。白銀色の雪の粒が舞っている。そこを巨大な影がよぎった。ラトゥナプラだ。翼をひろげて減速し、自分を回収してくれるはずだった竜は、まるで意思をもたない塊のように墜落する。城塔すれすれを通りすぎて城へとぶつかった。それを最後にマリナ・ジーンズの頭のなかは真っ暗になった。

5―16

地響きとともに城の一画が沈んでいく。竜の落ちたあたりだ。

高射砲部隊は氷の天井が崩落する直前に撤退していた。最後に竜が吐いただめ押しの火炎に巻きこまれて何人かが死んだ。あと数秒、火炎の放出がつづいていれば、ルフナが盾にした氷塊も蒸発して命を落としていただろう。しかし竜は念入りに高射砲部隊を焼こうとはせず、すぐさま城の方向へとむかってくれた。

竜は見たことのない速度で飛行したが、空中で急に姿勢を崩し、城の中心付近へと落ちていった。充分なスピードに乗っていたから、城にとっては、竜の形をした巨大な砲丸をぶつけられたようなものだ。いくつかの城塔は傾き、地面へと吸いこまれるように煙のなかへ消えた。

氷の天井は大小様々な氷塊と化して湖底に降りそそいでいた。ルフナは怪我人に肩を貸しながら、氷塊のひとつにのぼって城をながめる。煙とがれきの奥からふたたび竜が飛び立つのではないかと身構えていた。だけどそうはならない。しずかなものだ。咆吼も聞こえない。

なにがおきたのかをルフナはかんがえる。もしもそれが実行されたのなら、悲しいことだ。怪物を殺すための、とてもかんたんな方法を、リゼ・リプトンが選択したというのなら。高射砲で竜を撃ち落とすことが成功していたなら良かったのに。リゼもきっと、それをのぞんでいたはずだ。だけどあの少女は選んだのだ。あっけない唐突な幕切れを。前触れもなく、おとずれる暗闇を。怪我人に貸していたルフナの肩が不意にかるくなる。風に吹かれて白い煙が流れていった。

5 - 17

どうやら僕が生きているのは運が良かったからではないらしい。気をうしなう直前、大量のがれきが押し寄せてくるすさまじい光景を目にした。しかし、どこからともなく青銅色の鱗の体があらわれて守ってくれたのだ。気づかなかったけれど、僕とリゼ・リプトンはずっとそいつに後をつけられていたのだろう。危険な状態になったら、そいつはいつでも飛び出して僕を守るつもりだったのだ。

頬に冷たさを感じて目を覚ましたとき、そばにあいつはいなかった。雪の粒が目の前をゆっくりとよぎっていく。あたりはしずかで、ロケット砲の爆発音も、ライフル銃の発砲音も、竜の翼が風を切る音も聞こえなかった。城の客室のベッドに僕は寝かされていた。【厳冬湖】の冷気で風邪をひかないようにという配慮なのか、大量の毛布をかけられている。戦闘は終了したのだろうか。あるいはすべて夢だったのだろうか。

ベッドから出て周囲を見まわすと、客室の壁と天井の一部が見当たらなかった。城は半壊し、ウェディングケーキを爆竹で爆発させたような形になっている。その断面部分に僕の寝かされていた客室はあり、雪が室内に入りこんでいた。

壊れた床のふちの部分から外を見下ろす。ビリジアンたちが城のがれきの上をあるいて怪我人の捜索をしていた。煙が晴れると、がれきに横たわる竜の姿があらわになる。ラトゥナプラはうごかない。周囲に人々があつまり、おそるおそる牙や尻尾や花柄の皮膚に触れている。僕は彼らに声をかけて状況をたずねた。竜は死んだ、と返事がある。マリナ・ジーンズも死んだ、と。

epilogue

1

授業中にグレイ・アシュヴィは舌打ちする。くそったれ！　すこしはなれた席の男子が、鏡の破片で日光を反射させ、グレイの顔を照らしてあそんでいる。ちらちらと強い光が目にあたり、まぶしくて、うっとうしい。そいつは顔をにやつかせてこちらの反応を見ている。ホワイトボードに計算式を書いていた教師がふりかえったときだけ、鏡の破片をしまってしらないふりだ。

以前からこの教室でおこなわれているえげつない行為だったが、ありがたいことに最近は参加する者が減っていた。一部の活発でいじわるな男子だけがこのあそびをつづけており、ほかのクラスメイトはいくらかグレイにもやさしくなっていた。もしかしたら同情心があったのかもしれない。行方不明になっていたとき、アシュヴィ家の兄弟に関するニュースは町で話題になっていたようだ。父を亡くしたことや、母がひとりきりではたらいて養っていたことなども、クラスメイトたちは親から聞かされていたはずだ。だからもう、グレイにはひどいことはしないでおこうという雰囲気が多少なりともあったのかもしれない。兄のアール・アシュヴィだったら「ラッキーじゃないか同情してもらえるなんて」などと言うだろうか。

だけどグレイはちがう。そんな同情はくそったれだ。以前とおなじように、みんなをにらみつけてやった。授業中、自分に言い聞かせる。今は怒りをしずめるんだ。グレイは鞄からサングラスを取り出してかける。これでもう大丈夫。教師がふりかえり、サングラスをかけたグレイに気づく。だけど肩をすくめただけでまた計算式にもどった。

放課後になると、くそったれのロッカーに死んだネズミの死骸を入れてやった。「グレイはいかれちまった。神隠しにあって、どうかしちまった」と歌う子もいる。行方不明になる以前、いやなことをされても、やりかえすことはしなかった。されるがまま、涙をこらえて家に帰るだけだった。だけど今はちがう。いやなことをされたら、大声でさけんだ。みんながどん引きするくらいにあばれてやった。やりかえされて痛い目を見ることもあったが、気分は前よりもずっといい。

人が死ぬ様をこの目で見た。それはほんとうの死ではなかったのかもしれないが、すさまじい戦場の中心をたしかに自分は駆け抜けたのだ。そこにくらべたら、この町はまるで保育園だ。

グレイ・アシュヴィは異世界での出来事をふりかえる。だけどあれは、ほんとうのことだったのだろうか。この世界に帰ってきて、時間が経過すると、まるで夢でも見ていたんじゃないかとおもえてくる。

アークノアという世界について、カウンセリングを担当する医者に説明しようとしたが、うまくできなかった。おもいつくのは断片的で抽象的な言葉だけだ。頭のなかに靄がかかったようになり、その世界をとらえることができなくなり、うまく他人につたえられない。

「……部屋が連なっていて、……巨大な本棚があって、……人の体が白い煙に、……そこは楽園で、……それから、……ええと、……くそったれ！　うまく言えないよ！　言葉が見つからないんだ！　その世界のことを話そうとすると、脳みそがアールの部屋みたいになっちゃうんだ。絶望的なくらいにとっちらかっちゃうってわけ」

警察と母は、アール・アシュヴィが今どこにいるのかをしりたがった。だけどグレイの必死な説明を聞くにつれて、大人たちの表情は戸惑いに変わっていった。

「アールなら心配ない。そのうち帰ってくるよ。スーパーで買った冷凍ピザが食べたいって、いつも言ってたし。ハンマーガールの乱暴な運転で事故死してなければいいけどね」

ハンマーガールとドッグヘッドについての説明にも、大人たちは納得してくれなかった。犬の頭を持った男に関して絵まで描かされたが、精神科医の眉《まゆ》をひそめさせただけでおしまいだった。最終的には、その二者が兄弟を誘拐し、監禁していたのではないかと大人たちは解釈しはじめる。話すのにつかれて、それでいいよもう、石頭のトンチキめ、とおもったものだ。

母の車でスーパーに出かけるとき、例の屋敷の前を通った。兄といっしょに不良たちから追いかけられて逃げこんだ廃屋である。そのなかでさまよい、奥へ奥へと入っていくうちに、あの異世界へとたどりついたのだ。だけどその屋敷は取り壊しの真っ最中である。そのうち平らな地面にならされて駐車場ができるという。信号待ちで停車している間、助手席の窓に額をくっつけて、屋敷の取り壊し風景をながめた。ショベルカーが外壁を破壊する。あの日、屋敷の奥へと何時間ももぐりこんでゆけたのに、今、あらためて見ると、そんなに奥行きのある建物とはおもえない。

「アールは元気にしてるかな？」

運転席で母が聞いた。異世界の話を母も完全に信じているわけではなさそうだが、他の大人たちよりもずっと理解をしめしてくれる。

「泣きべそかいてなけりゃいいけどね。ママ、あいつのコミックのコレクションは捨てないで。そうママにつたえてって、アールから言われてたんだ」

「捨てたりなんかしない。ねえ、あなたたちがいた奇妙な世界って、どこにあるのかな？」

「パパからなにか聞いてない？　パパもおなじように、あそこへ行ったかもしれないんだ」

母は首を横にふる。父からはなにも聞いていないらしい。

はじまりは父の部屋で発見した絵本だ。それはクローゼットの底板を外したところに保管されていた。題名は『アークノア』。大人たちから質問攻めにあったとき、この絵本を科学的な方法で分析するようにお願いしてみたが、やさしい顔つきで「うん、わかった、問題ないよ」と言われただけだ。しかたないのである日、絵本について独自に調査してみようとおもいたつ。

放課後に図書館に立ち寄り、自由に使用できるパソコンをつかって絵本に関するリサーチをおこなった。インターネットを使用するのは、ほとんどはじめてだ。キータイプで文字を入力するのもおぼつかない。題名を検索欄に入力してみると、都市伝説をあつめて紹介するホームページがあらわれた。そのなかに、関係ありそうな見出しをいくつか発見する。

「いわくつきの絵本の都市伝説。読むたびに絵が変わる？」

「子どもたちを食べるおそろしい絵本があると聞いたのですが」

「Aからはじまる題名の絵本に要注意」

「自分自身の姿が絵本のなかに……」

「百年前に出版？　増築をくりかえす屋敷と悲劇の事件」

「殺された少女と飼い犬の呪《のろ》いか」

おどろおどろしい背景画像とフォントに彩られながらそれらの記事は掲載されている。本文は子どもにわかりにくい詩的な表現と言葉づかいだ。記事はどれも呪いの絵本に関して紹介したものだが、『アークノア』と明確な表記はつかわれていない。どの記事も最後に【情報求む！】という一文とメールアドレスが掲載されていた。変だな、とグレイはかんがえこむ。アドレスがどれもいっしょなのだ。それらの記事を書いたのは同一人物なんじゃないのか？

電子メールというものをつかったことがない。パソコンの知識もとぼしい。アカウントの作成からメールの執筆までをやり遂げるのに百回くらい舌打ちしなくてはいけなかった。

ともかく自分の説明できる範囲のことをメールに書いて送信する。呪いの絵本とやらを所持していることや、実際に神隠しにあったこと、そしてできることなら、この絵本の作者について詳しく教えてほしいともメールに書いた。

数日後、グレイのメールアカウントに返信のメールがとどく。やったぞ、くそったれ。だれかとそんな風にやりとりをするのがはじめてだったので、すこしだけうれしくなった。

しかし、内容を一読して困惑する。返信メールの差出人の名前が気になった。当然ながら、はじめて目にする名前だったが、それにしてはひっかかる。図書館のパソコンの前で、これからどうすべきかを思案した。

グレイ・アシュヴィ様

あなたのお名前で検索したら、行方不明事件の記事が出てきました。メールに書かれていた件、ぜひともお聞かせください。もしよければ、紅茶でも飲みながら。

ビアトリクス・リプトンより

2

汽笛の音を響かせて蒸気機関車がすすむ。

トンネルをくぐり抜けて、壁の反対側へと出ると、景色は一変した。タンポポの綿毛が地平の果てまでひろがっているような場所だ。蒸気機関車が通りすぎると、その風で白いふわふわの綿毛が大量に飛び立つ。座席でゆられながら、カンヤム・カンニャムは窓辺に置いた小型ラジオに耳をすます。

広報担当のブルックボンドの声で、アークノア特別災害対策本部所長のメッセージが読みあげられる。ありきたりな追悼文だ。それを実際に所長のロンネフェルトが書いたのか、それともだれかが代筆したのかはよくわからない。作戦行動の全容はすでに公開されている。リゼ・リプトンが蛇と一時的に協力体制にあったことも、竜の消去のために金槌を使用したことも、世界中の人間がしっていた。

ほとんどの異邦人は、アークノア特別災害対策本部が情報規制に熱心でないことにおどろく。世界のあり方が異なるせいだろう。彼らの世界では、地上を区分けして国家をつくり、それぞれの国家に統治する者がいるという。統治する者は情報規制をおこない、民衆になにがおきているのかを正しくつたえない場合があるという。

アークノアには国家も統治者もいない。創造主がいるからだ。人々は日々の糧《かて》を心配することなく、死という消滅の恐怖を持たない。情報を利用することで守られるような富も権力もない。

カンヤム・カンニャムはラジオのダイヤルをまわしてチャンネルを変える。

「どこも特別編成だな。音楽をかけているラジオ局はないようだ」

討論番組で竜討伐作戦のことをふりかえっている。蛇との一時的な共闘に関して否定的見解が出ていた。竜討伐の後、蛇を見つけてしとめられていればよかったのだが、ざんねんながら逃している。

しかしハンマーガールが金槌を使用したことに関しては好意的な評価をあつめていた。この世界の様々な地域で人々はおもうのだろう。レストランやカフェやホテルのロビーで、あるいは家のキッチンやリビングで、今、この世界に人間の死体が存在している不思議さについて。

ラジオを消すとしずかになった。タンポポの綿毛を大量に巻きあげながら機関車は走行する。外に顔を出したら、毛並みに大量の綿毛がはりつくにちがいない。煙草を取り出して、マッチがないことに気づく。

「なあ、オイルライター、貸してくれないか」

むかいあわせにすわっている少女が、弱々しい表情で返事をする。

「煙を吸いたいなら別の場所で。機関士にまじってはたらいてきたら？　石炭を燃やすための火があるよ」

「あそこはごめんだな。汗が止まらないし、煤で黒い犬になっちまう」

ゴールデンティップ号は、現在、機関車と炭水車、客車と貨物車で編成されていた。カンヤム・カンニャムは客車に少女と乗っている。ほかに乗客はいない。アール・アシュヴィも【ウィンターヴィレッジ】に置いてきた。リゼ・リプトンが異邦人から離れるのは異例なことだが、今回はしかたないだろう。彼の精神状態はひどいものだったし、【嘆きの山】へ同行させるのは気がひける。

最後尾の貨物車には棺《ひつぎ》がのせられていた。振動でずれないようにロープでしっかりと固定されている。棺は木製でシンプルなものだ。【ウィンターヴィレッジ】の木工職人が作ってくれたものだが、この世界には人間のための棺というものが存在しないため、カンヤム・カンニャムが図面を描いて、どのくらいの寸法にすべきかを説明しなくてはいけなかった。

棺の蓋は釘《くぎ》で打ちつけられている。貨物車への積みこみを手伝ってくれたビリジアンたちは、棺を抱えたときの重みに動揺していた。自分たちにとって肉体の死とは、新たな生のはじまりである。白い煙となり、風のなかに消えて、また朝靄とともにあらわれる、そういうものだ。しかし異邦人にとっての肉体の死は棺の重みなのだ。ほうっておけば腐る。林檎や魚や豚肉《ぶたにく》と同様、やがてにおいを発する。その事実をつきつけられた者は幾日も眠れなくなる。

異邦人の死体は埋葬しなくてはならない。アークノアに人間用の墓地は一カ所しかないため、冷やして腐るのをおくらせながら、すみやかにそこまではこぶひつようがある。墓地のある【嘆きの山】までは、行き来に十日ほどかかる見込みだ。

「棺がひとつですんでよかったたな」

「うん。木工職人も、手一杯だっただろうし」

少女は自嘲《じちょう》気味に言って左の頰をさすった。

カンヤム・カンニャムはふと、アール・アシュヴィの泣き声をおもいだす。

比較的、損傷をまぬがれた城の一室でのことだ。暖炉であたたまりながら、リゼ・リプトンは、自分がなにをしたのかを彼に説明した。しかし少年は混乱していたようだ。無理もない。リゼにつかみかかって、止めるまもなく頰をぶってしまった。自分のしたことにアール自身もおどろいた様子だった。

しかしリゼは頰を押さえることもせず冷静に反撃をおこなった。アールの足をはらってころばせる。横腹を蹴り、うめいている少年の鼻先に金槌をかざして言った。

「あの子に痛みはなかったはず。これで頭をこつんとやれば、その震動で脳がほぐれていくんだ。温泉につかったときのように、ゆっくりと、心地よく眠りにつく。ためしてみる？」

アールの顔には恐怖があった。リゼは金槌を腰におさめて、扉をいきおいよくバタンとひびかせながら部屋を出ていった。少年は床にあおむけになったまま、顔をおおって嗚咽《おえつ》をもらした。

「リゼ、おまえがしたことを、俺は支持する。世界の大半の人間もそうだ。あそこで逃がしていれば、次の機会があるかどうかもわからない。世界観の浸食がすすみ、自然の摂理が書き換わっていた可能性もある」

「わかってる。私は仕事をした。それだけ」

蒸気機関車がトンネルへと入っていくと急に暗くなる。少女はむかいの席で膝をかかえていた。靴を椅子の上にのせているが、この客車は少女の所有物なので好きにすればいい。深緑色の外套のなかで足をおり曲げ、自分で自分を抱きしめるような格好でうつむいている。両膝に顔をのせて、表情は見えない。リゼとのつきあいはそれなりに長い。創造主が世界を完成させ、すべての生命がうごきだした瞬間から、おそらくいっしょにいる。だからわかっている。こうしているとき、泣いているのだ。眠っていただけだと、後でこの少女は言うだろう。

3

【厳冬湖】での戦闘を終えたビリジアンたちは、【蒸気谷】のキャンプ地で祝杯をあげて、岩場の間にたまっている温泉へと次々に飛びこんだ。

【ウィンターヴィレッジ】にもどっても宴会はつづいた。村の広場にテーブルが設置され、岩塩で味つけされた大量の肉や、【蒸留湿原】でとれた酒がならんだ。雪深い村に色とりどりの電飾が飾られ、世界各地から祝電がとどき、腕章をつけた兵士たちをねぎ

らった。

僕は炭ストーブの前で毛布をかぶり、外から聞こえてくる酔っ払いたちの声が聞こえないように耳を両手でふさぐ。数日間、【ウィンターヴィレッジ】の空き家の二階に閉じこもって外へは出なかった。部屋の扉は外から施錠されているけれど、こちらが希望すれば、監視つきで広場の乱痴気《らんちき》さわぎに参加することができるはずだ。だけどそんな気分にはなれない。

空き家はアークノア特別災害対策本部が買い取ったものらしい。竜討伐作戦に使用する武器や資材、食料を保管しておくためである。ビリジアンたちの簡易宿泊所としても機能していたようだ。

鋳鉄製のストーブの内部で、炭が熱を発しながら赤色にかがやいている。たまに僕はそれを火かき棒でつついた。火の粉がすこしだけ飛んで、ストーブの内部でくるくると舞う。赤色のかがやきを見ていると、ラトゥナプラの口から吐き出される炎のことや、城で短期間だけいっしょにすごした少女のことをおもいだす。マリナ・ジーンズがすくない調味料で工夫しながら料理をつくっている姿や、窓辺で読書をしている姿がうかんできて胸をつらくさせる。

竜の死骸は夜のうちに消滅していた。マリナが死に、形を保っていられなくなったのだろう。だれも見ていない時間、城のがれきに横たわっていた花柄の竜は夜のなかへ溶けるように消えてしまったのだ。あの城がふたたびぬくもりをやどすことはもう永久にない。

僕は無意識に火かき棒でストーブの外側をかんかんとたたいていた。鋳鉄製の重厚な造りなので、どんなにたたいても、びくともしない。はじめのうちは手加減しながらたたいていたけれど、そのうちに手が痛くなるほど強く、力をこめていた。

「アールさん、うるさいですよ」

施錠された扉のむこうから声をかけられる。ルフナだ。この時間は彼が部屋の外に待機している。僕はいらつきながら返事をした。

「ほっといてくれ！　ひまなんだ！」

「本を持ってきましょうか」

「うるさい！　ひとりにさせて！」

僕は監視されている。リゼ・リプトンとカンヤム・カンニャムの指示だ。数名のビリジアンが交代で部屋の前にいた。ルフナがそれに参加しているのは、蛇の怪物が僕に接触するかもしれないとかんがえているからだろう。この少年は【厳冬湖】で蛇をとらえられなかったことを悔しがっていた。

「食料を持ってきましょうか」

「なにも食べたくない。ルフナ、きみはあの日、高射砲部隊を手伝っていたんだよね」

火かき棒を放り出して僕は扉によりかかる。

「そうですよ」

「じゃあ、マリナが死んだ原因の一端はきみにもあるわけだ」

「どうしてです？」

「高射砲を竜に命中できていたら、あの子は死なずにすんだ」

扉越しにルフナのため息が聞こえてくる。

「言いがかりです」

僕はとにかくマリナの死の責任をだれかになすりつけて攻撃したかった。でなければ、悲しみで息もできなくなる。涙がこみあげてきて、僕はうめいた。

「一番の間抜けは僕だ」

「なんだ、ちゃんとわかってるんですね」

「うるさいぞ！」

ばん、と扉を手のひらでたたく。じんじんと手が痛くなってきた。僕はマリナを外の世界へ帰す手助けをしているつもりだった。彼女をだまし、恨まれたとしても、竜を殺すべきだとかんがえていた。生きて帰ってほしかったからだ。しかし結果として僕は処刑人を彼女のところまで案内してしまったのである。リゼは、はじめからそうするつもりだったのかもしれない。それでいて僕をだましていたのだ。

後悔している。取りかえしのつかないことだ。彼女のこれまでの人生、生きてきた時間、記憶、それらすべてがなくなってしまった。こんな世界に迷いこんでこなければ、今も普通に暮らしていたはずなのに。歯並びを馬鹿にされたって、死ぬよりはましなはずだ。

「グレイの言い方を真似《まね》するなら、ここはくそったれな世界だ」

「異邦人にとっては、そうなんでしょうね」

「リゼも、きみも、くそったれだ。アークノアの人たち、全員、大嫌いだ」

ポケットから深緑色の布の切れ端を出す。怪我をしたとき、リゼが外套の裾を裂いて包帯がわりに巻いてくれたものだ。ビリジアンの一員として仲間入りしたとき、僕はこれを腕章がわりにつかっていた。炭ストーブのなかにそれを放りこむ。よく燃えた。

「……そうだ、かんたんなことじゃないか。蛇を殺せば帰れるんだ。反吐《へど》が出るようなこの世界から。僕は今回のことで心底、いやになった。ルフナ、さっそく蛇をさがしに行こう」

「いいでしょう。ここでずっとアールさんの不毛な発言を聞かされているのは苦痛でしかありませんから」

「準備するから、ちょっと待ってて」

外出用の防寒具を身につけて寒さへの対策をおこなう。ひととおり準備を終えたころ、ルフナが扉を開けてくれた。

【ウィンターヴィレッジ】の広場には酒と料理のにおいがただよっている。宿屋一階のバー&レストランから、山盛りのパスタやステーキがはこび出されて、広場に置かれたテーブルの上にどかんとのせられる。食べかけの料理や皿は邪魔だと言わんばかりにテーブルの端から落とされた。テーブルの下には酒瓶がころがり、酔っぱらいたちが横たわっている。ギターで音楽をかきならしながらおどっている者たちもいた。広場中央の篝火付近はあたたかく、そこだけ地面の雪も溶けている。黒髪の少年はライフル銃をたずさえて周囲に視線をむける。

「みんながアールさんを見てます。おだやかではない雰囲気ですね」

「なんでだろう？」

「リゼさんの頬をぶったことが、しれわたっているんですよ」

ビリジアンのなかには、リゼを崇拝している者がおおい。彼らにとってあの少女は戦う意義そのものだ。酔っぱらって目のすわった屈強な男たちが僕をにらんでいる。

「どうしたらいいかな」

「ひとりで行動しないことです。暗闇に連れていかれて、死なない程度の乱暴をうけるでしょうね」

肉料理を口に入れる。おいしいはずだけど味はしなかった。ワインの瓶がテーブル上にいくつも横倒しになっている。酔っぱらいがテーブルに突っぷした拍子に、ボウリングのピンみたいにちらばったらしい。僕は一個ずつそれを立てながらルフナと話す。

「蛇は遠くへ逃げたかな？　それともこの村にいる？　だれかになりすまして僕を見守ってる可能性って、ゼロじゃないとおもうんだ」

「どこか高いところから飛び下りてみたらどうですか。蛇だったら、助けに飛び出すはずですよね」

「もし、いなかったとしたら」

「間抜けな怪我をするだけです」

ルフナは頭をふって前髪についた雪をはらう。飲みかけのワインの瓶をひとつたずさえて、僕は村の入り口方面へむかった。ルフナが後をついてくる。

「飲酒はよくないですよ。まだそんな年齢ではないはずです」

「うるさいな。大人たちに見つからないところへ行くぞ」

いつだったか、リゼに言われたことをおもいだしていた。「お酒なんか飲めないお子様のくせに」あれはたしか砂漠地帯で竜におそわれた後のことだった。水着姿のリゼはオアシスで泳いでいた。ずいぶん遠い昔に感じる。

村の中心からはなれると人の気配がなくなってしずかになる。風はより冷たくなった。

雪を踏みながら僕たちはあるいた。村の入り口あたりに馬小屋があり、数頭の馬がつながれて白い息を吐いている。僕はそこでワインを一口飲んでみた。おいしくない。咳きこんでいる僕をルフナが見ている。

馬小屋のそばに、そりが置いてある。これを馬にひかせて、この村の人たちは移動するのだ。広場のほうから、かすかに音楽が聞こえてきた。陽気な曲だ。僕はルフナに提案してみた。

「こういう作戦はどうかな。僕は村から逃げ出したふりをする。きみはビリジアンたちに言うんだ。アール・アシュヴィが逃げたぞって。そして、みんなで追いかける」

「それからどうなるんです？」

「もしも村に蛇がひそんでいたなら、きっと僕を追いかけてきて、逃亡の手助けをするだろう。そこを狙うってわけ」

ルフナはその作戦を検討しはじめる。かんがえこむような表情だ。足下にボロ布が落ちていた。僕はそいつをこっそりとひろう。広場の方から風に乗ってわらい声が聞こえてくる。馬がぶるるんといなないて、蹄の音を響かせた。僕は心のなかで少年にあやまった。ワインの瓶にボロ布を手早く巻きつける。硬い部分がむきだしの状態よりは、そのほうがずっといいだろうと判断したのだ。重大な怪我を負うリスクも下がるだろう。僕はワインの瓶をさかさに握りしめて、そいつをルフナの頭にむかってふり下ろした。

巻きつけたボロ布のなかで瓶が割れた。飲みかけのワインが滴る。少年は雪の上に崩れ落ちた。どうやら死んではいない。肉体が形をとどめている。僕の手や、ルフナの頭は、濃い赤紫色のワインで染まっていた。雪にも点々と染みている。まるで血のようだった。

さあ、もうあともどりはできないぞ。すこしだけ足がふらついている。目眩《めまい》もした。ワインのせいだろう。ほんとうはワインなんて飲みたいわけじゃなかった。さりげなく広場から遠ざかる方便がひつようだったのだ。

手についたよごれを服でぬぐった。ルフナの体をひっぱって馬小屋の奥へとはこぶ。雪の上に放置していたら死んでしまうかもしれないからだ。飼い葉のなかにかくしておけば体温もそれほどさがらないだろう。体をささえたとき、おもいのほか、やわらかくておどろいてしまった。まるで女の子みたいに華奢《きゃしゃ》な体つきだ。

馬を一頭、外に連れてきてそりにつないだ。だれかがやってこないうちに、僕は【ウインターヴィレッジ】を離れることにする。そりの操縦なんてはじめてだ。鞭をしならせて馬に指示をおくる。小屋にぶつかりそうになりながら、そりは雪の上をすすみはじめた。祝宴のおこなわれている村は後方へ遠ざかり、雪景色のむこうに見えなくなる。

僕はリゼ・リプトンに対して怒っていた。彼女のことがゆるせない。この世界で僕と交流してくれて、親切にしてくれた人々には申し訳ないけど、もうだめなんだ。死んでしまった少女のことが頭からはなれない。罪の意識に心臓がばくばくとはやくなって、泣きたいような不安におそわれる。

村の周辺には森がひろがっていた。手袋をしているのに寒さで指が痛い。ワインが染みているせいだろうか。森を抜けるとひろい雪原に出て、はるか遠くに地上と空を分断する絶壁が見えた。壁は雪のせいで白くかすんでいる。

壁の足下には雪が吹きだまって巨大な斜面を形成していた。となりの部屋へ移動するためのトンネルをさがして内部に入る。雪がないため、そりを降りるひつようがあった。そりを外して乗馬に挑戦してみたが、乗れないうちに馬が逃げ出して僕は置いてきぼりを食らってしまう。

徒歩で壁のトンネルを抜けた。景色が一変し、荒野がひろがる。植物はまばらで、見かけたとしても枯れている。夜がおとずれて僕は岩場の陰で寒さに耐えた。マッチもライターもないので、火をおこすこともできない。防寒具のおかげで、なんとか死なずに朝をむかえた。

早朝、僕を捜索するビリジアンたちの声が聞こえてくる。荒野にたちこめた白い靄のむこうから、複数の馬の蹄の音がした。僕の名前が連呼される。岩場をはなれ、彼らから遠ざかる方向へ逃げた。しかし最終的には見つかってしまう。荒野にはかくれるところがすくないため、白い靄が晴れてしまうと、逃亡中の僕の姿は遠くからでもよく目立ったのだろう。

「アール・アシュヴィ！　止まれ！」

三名ほどの屈強なビリジアンたちが馬にまたがって駆けてきた。僕を取り囲み、網を投げる。頭からすっぽりとかぶせられ、足がもつれてころんでしまった。

男たちが馬から降りる。網を外そうとしてもがいている僕にちかづいてきた。足でおなかを蹴られ、僕は痛みでうめく。吐きそうになるのをこらえた。

網の目の隙間から確認する。【ウィンターヴィレッジ】の広場で僕をにらんでいたビリジアンたちだ。リゼをいつも褒《ほ》め称《たた》えている気色のわるいやつらだ。酒臭い息を僕に吹きかけながら、網越しに一発ずつ僕の頬をぶった。

「逃げられるとおもったのか？」

「俺たちが見つけなくても、どうせこの先で、おまえは捕まっていただろうがな」

「トンネルをふさがれているんだ、おまえは袋のねずみさ」

痛みでもうろうとしながら理解する。この世界において部屋間を移動するには、ほとんどの場合、世界を分断している壁のトンネルを通るひつようがあった。ビリジアンたちは先回りして、そこをすでに押さえているのだろう。僕は間抜けだ。失望する僕がおかしかったのか、男たちがわらっている。指をさされて嘲笑《ちょうしょう》される様は、学校の教室をおもいださせた。恥ずかしさとみじめさがこみあげてくる。こういうとき自分には何の存在価値もないのだと感じる。うつむいて耐えるしかない。目をつむり、その時間がすぎるのを待つことしかできない。だけど胸の内側で悔しさばかりが募る。くそったれ。くそが。そのとき彼らのわらい声がおさまった。湿ったような音と、液体の滴るような音がする。骨の折れるような音がしたかとおもえば、地面に倒れこむような気配もある。

顔をあげると、三人の体が横たわっていた。すでに死んでいる。肉体は輪郭をうしなって風のなかに溶けていった。

「パパ、だいじょうぶ？」

おさない声がする。苦労して網を外すと、青銅色の鱗の体があった。胴体は太い木の幹ほどもあり、地面をするすると音を立てずに移動できるが、それなりに重量はありそうだ。そいつの体が通りすぎると、凍てついて棘々しくなっていた地面も、平らにならされてしまう。巨大な蛇の頭部が、高い位置から下りてきて、すわりこんでいる僕の鼻先にぴたりと静止する。男たちの乗ってきた馬は、蛇におびえて逃げていった。

「どうやってここが？」

僕は聞いた。そいつは顎の隙間《すきま》から、紐のような赤い舌をちろちろと見せる。両目はひとかかえもあるガラス球のようだ。そのなかに三日月をおもわせる形の真っ黒な瞳があった。

「わかるんだ、パパのいるところは、どこにいたってね。ところでね、あやまりたいことがあるんだよ」

「あやまりたいこと？」

「マリナのことさ。ああなること、ぼく、なんとなくかんがえてた」

「なんだって!?」

「そうなるかもしれないって、きがついてたんだ。だけど、ほうっておいた」

蛇は首をうなだれさせる。どこまでが首なのか、よくわからないけれど。

「リゼがあの子を殺せば、パパが、リゼのことをきらいになって、はなれてくれるかもしれないと、おもったんだ。そしてぼくといっしょに、いてくれるかもしれないって」

「そうさ、僕はそのつもりでここまで逃げてきた。もう、リゼのそばにはいられない。いたくないんだ。アークノアなんてくそ食らえだ。どうにでもなっちまえばいい」

地面をなぐりつける。蛇はガラス球のような目を僕にむけた。爬虫類の表情はよくわからない。だけど瞳のこまかなふるえから、そいつの戸惑いらしきものがつたわってくる。おさない声で蛇は言った。

「だけど、ほんとうによかったんだろうか。ぼくは、パパをふりむかせるために、マリナの、いのちを、りようした。そうおもうと、だんだん、つらくなってきたんだ。パパが、かなしんでいるのを見て、ぼくは、はじめて、じぶんのまちがいをしった。こういうやりかたは、いけなかったんだ」

「演技なのか？　反省しているふりをしているんじゃないか？」

「まいっているんだ、うそじゃない」

なぜだかその言葉が、真実だとわかった。見えないへその緒が、やはり僕と蛇の間にもあるのかもしれない。裏切られてばかりの世界で、そいつの弱々しい声は、なによりも人間らしいとおもえた。

「ぼくは、ゆるしてほしいんだ。パパからの、ゆるしが、ほしいんだ」

うっすらとひろがった雲よりも高い位置に木製の天井がある。僕はそれを見あげてかんがえる。目的のために僕を利用したリゼ・リプトン。マリナ・ジーンズが死ぬ可能性に気づいていながら、放っておいた蛇。

「やめろよ。そうかんたんに、ゆるしはしないぞ。あの子の死に関して、きみにも責任があるとわかった。罪深い行いだ。だけど僕はそれを責められない。そうだ、責められないんだ。僕も間違いをしでかしたから。ともかくリゼのところにもどる気はない。やっぱりきみと行くことになりそうだ」

「マリナみたいに、なるかもしれないよ」

「わかってる。だけどきみといっしょじゃなきゃ、トンネルを封鎖しているビリジアンたちを突破できやしない。僕は無力なただの人間なんだから」

まずはこの階層から脱出し、ビリジアンたちから逃れなくてはいけない。世界中が敵だ。まずはだれにも見つからない場所にかくれよう。いつかリゼと対決する日までに、できるかぎりの準備をしておかなくちゃならない。

乾燥した風が枯れ草をふるわせている。砂埃が足下を通りすぎた。凍てついた荒れ地をふみしめながら僕はあるきだす。すぐとなりを蛇がほとんど音を立てずについてきた。

そして僕は追われる身となった。

To Be Continued

本書は二〇一五年九月、書き下ろし単行本として集英社より刊行されました。

乙一の本

夏と花火と私の死体

九歳の夏休み、わたしは殺されてしまったのです……。少女の死体をめぐる、幼い兄妹の悪夢のような四日間。斬新な語り口でホラー界を驚愕させた、天才・乙一のデビュー作。

集英社文庫

乙一の本

ZOO1

天才・乙一の傑作短編集。双子の姉妹なのになぜか姉のヨーコだけが母から虐待され……「カザリとヨーコ」など、映画化された5編をセレクト。漫画家・古屋兎丸氏との対談も収録。

ZOO2

目覚めたら血まみれだった資産家の悲喜劇……「血液を探せ！」。ハイジャックされた機内で安楽死の薬を買うべきか否か……「落ちる飛行機の中で」など。驚天動地、粒ぞろいの6編。

集英社文庫

古屋×乙一×兎丸の本

少年少女漂流記

友達がいない、家も学校もおもしろくない……。
少年少女たちは、現実から逃げるように妄想の
世界を彷徨う。乙一と古屋兎丸、二人の天才が
十代の微妙な心模様を描き出す夢の完全合作！

集英社文庫

乙一の本

箱庭図書館

少年が小説家になった理由。文芸部員ふたりぼっちのイタい毎日。【物語を紡ぐ町】でひろがる、6つのストーリー。ミステリ、青春、恋愛……乙一の魅力すべてが詰まった傑作短編集。

乙一の本

Arknoah 1 僕のつくった怪物

兄弟・アールとグレイは不思議な世界「アークノア」に迷い込んでしまった。もとの世界に戻るためには、恐ろしい〈怪物〉に立ち向かわなくてはならない……。鬼才・乙一のファンタジー長編第1弾!

集英社文庫

Arknoah《アークノア》 2 ドラゴンファイア

2018年6月30日　第1刷
2019年10月23日　第2刷

定価はカバーに表示してあります。

著　者　乙《おつ》　一《いち》

発行者　徳永　真

発行所　株式会社　集英社
東京都千代田区一ツ橋2-5-10　〒101-8050
電話　【編集部】03-3230-6095
【読者係】03-3230-6080
【販売部】03-3230-6393(書店専用)

印　刷　図書印刷株式会社

製　本　図書印刷株式会社

フォーマットデザイン　アリヤマデザインストア　　マークデザイン　居山浩二

ISBN978-4-08-745750-6 C0193